本书由2015年辽宁省社会科学基金项目"'东北振兴'视阈中的辽宁文化记忆与形象塑造"（L15ZW005）资助。

叙事与话语

马婷 ◎ 著

中国社会科学出版社

图书在版编目（CIP）数据

叙事与话语/马婷著.—北京：中国社会科学出版社，2017.4
ISBN 978-7-5161-9983-1

Ⅰ.①叙… Ⅱ.①马… Ⅲ.①叙述学—研究 Ⅳ.①I045

中国版本图书馆 CIP 数据核字（2017）第 047392 号

出 版 人	赵剑英	
责任编辑	慈明亮	
责任校对	冯英爽	
责任印制	戴　宽	
出　　版	中国社会科学出版社	
社　　址	北京鼓楼西大街甲 158 号	
邮　　编	100720	
网　　址	http://www.csspw.cn	
发 行 部	010-84083685	
门 市 部	010-84029450	
经　　销	新华书店及其他书店	
印　　刷	北京明恒达印务有限公司	
装　　订	廊坊市广阳区广增装订厂	
版　　次	2017 年 4 月第 1 版	
印　　次	2017 年 4 月第 1 次印刷	
开　　本	710×1000　1/16	
印　　张	14.25	
插　　页	2	
字　　数	215 千字	
定　　价	59.00 元	

凡购买中国社会科学出版社图书，如有质量问题请与本社营销中心联系调换
电话：010-84083683
版权所有　侵权必究

目　　录

前言 …………………………………………………………… (1)

上编　叙事理论与话语

第一章　叙事理论发展概述 …………………………………… (3)
第一节　叙事理论发展概述 ………………………………… (3)
第二节　后经典叙事理论概述 ……………………………… (9)
　一　后经典叙事理论渊源 ………………………………… (10)
　二　后经典叙事理论分支 ………………………………… (12)

第二章　叙事理论与话语 ……………………………………… (21)
第一节　话语 ………………………………………………… (21)
　一　语言学中的话语 ……………………………………… (22)
　二　叙述话语 ……………………………………………… (29)
　三　福柯的作为实践对象的话语 ………………………… (35)
第二节　后经典叙事理论研究与话语 ……………………… (37)
　一　话语与语境 …………………………………………… (38)
　二　话语与叙事学的跨学科研究 ………………………… (44)
　三　话语与"事件化" ……………………………………… (49)

· 1 ·

目 录

第三章　文本与话语 ……………………………………………（56）
第一节　文本话语权的归属 ………………………………（57）
　　一　作者话语权的衰落与回归:意图谬见与隐含作者 ………（57）
　　二　读者话语权的衰落:感受谬见与隐含读者 ……………（62）
　　三　文本中心论的瓦解:形式主义、新批评与经典
　　　　叙事理论 ……………………………………………（65）
第二节　文本与话语 ………………………………………（69）
　　一　文本与话语交流 …………………………………（69）
　　二　经典文本与话语 …………………………………（74）

第四章　叙述者与话语 …………………………………………（79）
第一节　叙述者与话语权 …………………………………（79）
　　一　叙述者话语权的衰落:从权威化的叙述者到
　　　　不可靠叙述者 ………………………………………（80）
　　二　叙述者话语权的博弈:苏珊·兰瑟的"叙述声音" ……（88）
第二节　《简·爱》与《藻海无边》中的叙述者 ………………（94）
　　一　简·爱:树立话语权威的叙述者 …………………（94）
　　二　伯莎:消失在他者镜像中的叙述者 ………………（99）

第五章　视角与话语 ……………………………………………（108）
第一节　谁说与谁看:叙述者与人物 ……………………（108）
　　一　文学叙事中的视角 ………………………………（108）
　　二　影像叙事中的视点 ………………………………（116）
第二节　视角的话语颠覆性力量:简·奥斯丁 ……………（120）
第三节　新闻叙述中的视角 ………………………………（123）
　　一　新闻叙述也要考虑视角 …………………………（123）
　　二　叙述视角不同,结果迥异 …………………………（125）
　　三　视角背后的话语权之争 …………………………（127）

目 录

下编　叙事文本与话语实践

第六章　好莱坞电影与中国形象话语 (133)
　第一节　他者镜像中的中国主体 (133)
　第二节　好莱坞动画片中的中国形象与中国电影 (143)
　　一　好莱坞动画片中想象的中国 (144)
　　二　中国电影的"套子" (146)
　第三节　想象中的中国　西方的"蝴蝶夫人"——谈电影
　　　　　《蝴蝶君》 (149)
　　一　想象中的"中国女性"：白人绅士的"蝴蝶夫人" (150)
　　二　女性化的东方　西方的"蝴蝶君" (153)
　第四节　超越文化霸权：好莱坞电影与中国形象 (155)
　　一　华裔演员在好莱坞 (155)
　　二　中国人形象 (157)
　　三　好莱坞银幕上的中国文化资源 (159)
　第五节　好莱坞电影与中国女性形象的提升 (160)
　　一　《大班》中的美薇 (161)
　　二　《喜福会》中的普通女性生活 (163)
　　三　庭院里的阔太太"爱莲" (165)

第七章　黑色幽默小说与现代性话语 (167)
　第一节　概说 (167)
　　一　黑色幽默产生的渊源 (169)
　　二　黑色幽默的特点 (175)
　第二节　黑色幽默小说与现代性话语解构 (180)
　　一　禁忌题材的变幻处理者——纳博科夫 (180)
　　二　官僚政体的荒诞叙事者：约瑟夫·海勒 (185)
　　三　灵魂屠宰场的绘制者：库尔特·冯内古特 (191)
　　四　徒劳的追寻者——托马斯·品钦 (197)

· 3 ·

| 目 录 |

结语　面对后现代主义的挑战 …………………………（202）

参考文献 ……………………………………………………（209）

后记 …………………………………………………………（217）

前　言

　　叙事学产生于20世纪60年代中期，在俄国形式主义和结构主义影响之下发展起来，它试图找出叙事作品之下起决定作用的一整套原则。但术语森严且热衷于严格叙事语法的结构主义叙事学严重脱离社会历史语境，在文化理论思潮日益取得突出地位的时代已经显得"陈旧过时"，尤其在80年代跌入低谷，甚至有人断言，叙事学已经死亡。因此把结构主义叙事学用作进一步的研究范式已经面临重重阻碍。

　　90年代以来，叙事学充分吸纳了文化转向、伦理学转向以来的成果，形成了多种叙事学，出现了叙事学的"复兴"，统称为后经典叙事理论。后经典叙事理论诗学建构与批评实践并重，既注重叙事话语系统建构，也充分重视个体文本解读，已经演变为一个更具包容性和开放性的工程。

　　叙事学从经典叙事学转向后经典叙事理论，这一现象已是学界共识，但对这一转向的源起与理论借鉴语焉不详，因此有必要阐述其转向的理论渊源。本书提出"话语"在从经典到后经典叙事学的转向过程中所起到的重要作用，具体论述了"话语"在后经典叙事理论的理论建构和批评实践中的功能、作用和具体体现。

　　我们把话语看作为叙事理论中的重要因素有两重意义：一是叙事学的"话语"分析工具在后经典叙事理论中仍然发挥着不可磨灭的作用，没有这些话语工具，叙事理论的意识形态分析的独特性也体现不出来；二是叙事理论在分析叙事文本的过程中，都贯穿着福柯意义上的话语，它具有约束功能，能够产生话语暴力。"话语"在叙事学的理论阐述中不甚明显却又贯穿始终、不可或缺。

前言

本书中的话语在叙事学意义上使用时称为"叙述话语",单独使用话语时主要指福柯意义上的话语,如言语禁忌和真理意志等。概括地说,"话语"是一种隐性的权力运作方式,而"叙述话语"指叙事作品中的技巧层面,即表达故事的方式。而只要是公开发表的"叙事话语"就不得不受到隐性的话语运作方式的支配,因此叙述话语也渗透着权力的因素。本书将概念的历史沿革纳入具体语境中,同时注重批评实践,把个案与理论结合起来,说明叙事文本中所蕴含的话语暴力和伦理约束。

我们首先在具体阐述话语概念流变的基础上,详细论述了话语在后经典叙事理论研究中所体现出的约束功能。上编从叙事研究中的重要概念——文本、叙述者和视角——着手,从比较突出的研究范式如女性主义叙事学、修辞性叙事学、认知叙事学和文化叙事中,提炼出"文本与话语""叙述者与话语"及"视角与话语"的关联、功能及两者结合之后所能产生的意义。下编结合好莱坞电影所映射的中国形象问题提出,中国形象背后蕴含着根深蒂固的意识形态殖民话语;结合黑色幽默小说探讨现代性话语的消解。最后指出,话语在叙事理论研究中无疑体现出批判力量,但过分局限于经典文本中则在政治上显得保守和清静无为。上编偏重理论探讨,下编侧重文本分析。

上编　叙事理论与话语

第一章
叙事理论发展概述

西蒙·查特曼说过,叙事学的发展有两个版本,其中一种可称为"叙事学的兴起与衰落":以托多罗夫、格雷马斯和罗兰·巴特为起点,在热奈特时期达到顶峰,继而转入衰落,其中包含"作者之死"与"叙事学之死"。但这种分段方式越来越不得人心,因为它难以概括目前的后经典叙事理论所焕发出来的生机和活力,也没能衡量出它所放射出的巨大能量。赫斯德礼提出了三分法,即古叙事学阶段、以结构主义模式为基础的"经验"叙事学阶段和所谓的"批评性"叙事学阶段。这种分法突出了叙事学是一个持续发展的学科,强调了为后来的结构主义叙事学发展奠定了坚实的基础的小说理论,如英国小说理论家理查逊、菲尔丁、司各特、奥斯丁、刘易斯、爱伦·坡、亨利·詹姆斯和福斯特等人的小说理论,并且彰显出后经典叙事理论的继承与发展的特性。笔者赞同赫斯德礼的三分法,以之为基础,概括地描述叙事理论的发展进程,侧重各个阶段的理论之间的区别与关联。

第一节 叙事理论发展概述

叙事伴随着人类历史的始终,有了人类历史,叙事就存在。叙事研究可上溯至柏拉图,他在《国家篇》中区分了模仿与叙述,前者指诗人以人物的口吻说话,后者被看作诗人用自己的语气概述人物的言辞。需要强调的是,柏拉图在《国家篇》中区分的只是口头叙述中诗人的语气和手势等问题,而亚里士多德在《诗学》中提出了三种模仿的方式:语言叙述(史诗)、戏剧表演(悲剧)及两者的结合。柏拉图比亚里士多德更为关注文字叙述中的叙述与模仿的区别，而亚里士多德则侧重舞台表演和文字叙述的区别。

托多罗夫于 1969 年正式提出"叙事学（Narratology）"一词，并给它下了定义：叙事学，关于叙事结构的理论。它"研究所有形式叙事中的共同叙事特征和个体差异特征，旨在描述控制叙事（及叙事过程）中与叙事相关的规则系统"①。

叙事学的诞生一般以法国《交际》（Communications）杂志出版的专号"符号学研究——叙事作品结构分析"为标志。叙事学是 20 世纪"语言学转向"过程中的一部分，与俄国形式主义、英美新批评的旨趣相同，即都以文本为中心，为了发现确定不变的技巧或结构。"按照罗兰·巴特的定义，结构主义诗学的任务，应该是将叙事技巧之所以产生文学效果的那个潜在的系统揭示出来。这不是一门从阐释学角度提出对作品阐释关于'内容的科学'，'而是一门关于内容产生的条件的科学，它讨论的是形式。它所关注的是所产生意义的各种不同变化和作品可能产生的意义；它并不直接对符号进行阐释，而是阐述描述这些符号的多价衍生体。简言之，它的研究对象不是文学作品的完整意义，而是反过来，研究那支撑所有这些意义的空洞的意义。'"② 叙事学研究与结构主义有相同的目的，即归纳出叙事现象背后的规律，然后努力确定它们的功能和相互关系。

兴起于 20 世纪 60 年代的结构主义叙事学在 20 世纪 80 年代跌入低谷，却在中国掀起了高潮，这是打破意识形态批评一统天下的局面后，各种外来思想蜂拥而入且逐渐受到重视的缘故。叙事学的兴起众望所归。实际上国内的叙事学研究不论是译介还是专著都远远早于这个时期，从 20 世纪 20 年代就开始了。《小说法程》③ 和《小说的研究》④ 是其中的两个突出的例子。前者曾作为哈佛大学的教科书，内

---

① Gerald Prince, *A Dictionary of Narratology*, University of Nebraska Press, 1987, p. 65.
② [美]乔纳森·卡勒：《结构主义诗学》，盛宁译，中国社会科学出版社 1991 年版，第 374—375 页。
③ [美]克雷顿·哈米顿：《小说法程》，华林一译，商务印书馆 1924 年版。
④ [美]培里：《小说的研究》，汤澄波译，商务印书馆 1947 年版。

第一章 叙事理论发展概述

容以小说研究为主,兼论史诗、戏剧;后者分为小说之研究、小说与诗、小说与戏剧、小说与科学、唯实主义、浪漫主义、形式问题、现代美国小说之趋势等13章,从目录可以看出,二者都把人物、情节、背景作为小说理论中的三个重要课题论述。而《小说的研究》则提出,相对于人物描写和情节设计,环境描写得有艺术气息更为重要。郁达夫的《小说论》和沈雁冰的《小说研究ABC》除了论述了小说发展史,也比较注重人物、情节和背景的技巧分析。

张隆溪的《故事下面的故事——论结构主义叙事学》[①] 首次使用叙事学这一概念,介绍了列维-斯特劳斯、托多罗夫、格雷马斯等几位具有代表性的叙事学家的观点,由此指出结构主义叙事学的特点:寻求各种纷繁复杂的故事表象下面深藏的基本叙事结构,即"故事下面的故事"。文章不仅介绍了各位理论家的理论,而且指出了各位理论家之间的关联,作为一篇早期介绍经典叙事学的文章显得难能可贵。从介绍的这几位理论家来看,他们的关注点是"故事"层面,其实这只是结构主义叙事学发展的一条线索:即注重情节。

从20世纪80年代开始,译介叙事学理论的文章和译著日渐繁多。主要分为三大类。其一是对经典叙事学的代表人物的专著的全面翻译。张寅德编选的《叙述学研究》,选取了影响较大的叙述学成果,介绍了罗兰·巴特、托多罗夫、格雷马斯等人的代表性论文编辑成册,是当时研究叙事理论的重要文献。保罗·利科的《虚构叙事中的时间塑形——时间与叙事卷二》,热奈特的《叙事话语 新叙事话语》,华莱士·马丁的《当代叙事学》,里蒙·凯南的《叙事虚构作品:当代诗学》,米克·巴尔的《叙述学—叙事理论导论》的第一版和第二版等译著相继出版。20世纪80年代后期,人们逐渐意识到无论在语义、句法还是作品结构层次上的探讨,经典叙事学都把作品看作封闭自足的系统,基本不考虑它与社会历史的关系,而叙事文学,是人学,是人的社会活动的产物,不可能脱离社会历史语境。结构主义叙事学一直在追寻一个超验的柏拉图式的"理式",一个高于故事层面之上的结构真理,

---

[①] 张隆溪:《故事下面的故事——论结构主义叙事学》,《读书》1983年第3期。

上编　叙事理论与话语

忽略了作品的审美价值和艺术价值的判断,影响了结构主义在批评实践中的应用。即使真正洞悉了所谓的所有叙事作品的结构之谜,在具体的批评实践中,应用起来难免令人感到乏味,最终索然地走开。因为用这种方式研究作品可能开始的时候还会因为有一些新奇感而驻足欣赏,可是一旦众多作品都被纳入一个框架中来,此类研究难免令人生厌。

其二是国内学者介绍并应用叙事学理论的著作,有董小英的《叙述学》,胡亚敏的《叙事学》,罗钢的《叙事学导论》,南帆的《小说艺术模式的革命》,王泰来的《叙事美学》,徐岱的《小说叙事学》、《小说形态学》,格非的《小说叙事研究》,耿占春的《叙事美学》等。这些著作多是汇通了叙事学理论进行介绍和运用,为中国学界了解、应用叙事学奠定了基础。但是,用叙事学理论对中国文学进行技术分析,尽管能发前人所未发,但只是为西方叙事学理论找到了中国例证,验证了叙事学的广泛适用性,对中国的传统精神揭示不足。文学研究不排斥技术手段,但绝不是纯技术分析,还应该揭示文学所体现的文化精神和人文理想。而且,完全采用西方叙事学的理论模式,只能将可以纳入其理论范式的元素加以解读,而难以纳入这一理论框架中的理论因素,则往往被忽略,这也往往会消解中国民族传统和文化信息,审美精神和人文理想。

其三是建立在对话基础上的中国叙事理论的总结与建构。

杨义在《中国叙事学》中指出,中国叙事学失去了进行普世性的诗学建构的时机,但再也不能放过在注重语境研究的后经典叙事的大背景下总结其理论沿革的机会。中国叙事学结合中国的具体语境,阐发其理论背景与理论建构,符合后经典叙事理论注重语境研究的趋势。下面将具体介绍建立在对话基础上的中国叙事理论家的成果。中国叙事理论具备发出自己的声音的理论依据和现实性。杨义提出了建构中国叙事学可能性的理论基础,即优势文体、时间观、"第一关注"、文化传统、思维方式等文化基因。而中国叙事学中的一条基本原理:"对立者可以共构、互殊者可以相通……是中国众多叙事原则的深处的潜原则。"[①]

---

① 杨义:《中国叙事学》,人民出版社1997年版,第21页。

第一章 叙事理论发展概述

中国叙事性作品分析从历史开始，迥异于西方叙事研究以语言学转向为背景，这种差异背后隐含着两种文化思维模式的巨大差异。史学是中国传统的优势文体，语言学是西方结构主义思潮中的优势领域，从优势文体向其余文体渗透，这是理所必然。中国语言的时态是某种意义上的"永远现在时"，"鸡声茅店月，人迹板桥霜"，古人今人看的永远是同一个月亮，鸡声也是现在的声，可以跨越时空给人以永远的现在感，人景"共情"，景语皆情语。中国时间采取"年—月—日"由大到小的顺序，有别于西方大语种所采取的"日—月—年"由小到大的顺序，它不可避免地以集体潜意识的形态深刻地影响了中国叙事作品的结构方式。这些都会以集体潜意识的形态影响叙事作品结构方式。此外，中国小说的独特结构——"奇书文体"（百回定型结构，十乘十的叙述节奏，对称原则）与"圆形结构"，中国叙事文学的境界——抒情（意象）和中国叙事文学的"伴读者"——评点家等现象，都具有与西方完全不同的传统，因而在强调叙事理论独特发展的后经典叙事理论背景中，具有其发出自己声音的理论基础和现实可能性。

陈平原的《中国小说叙事模式的转变》(以下简称《转变》) 旨在探讨 1898 年到 1927 年这三十年小说"承担的历史重任——完成从古代小说到现代小说的过渡"[1] 这一值得充分重视的问题。陈平原的《转变》借鉴了经典叙事学理论中的"叙事时间""叙事角度"和"叙事结构"概念，化为己用。用西方的文学理论研究中国文学，如果只是设定一个理论模式并用中国的文学实践来为西方理论做注脚，不仅会一刀切掉了中国文学的特质，而且失去了总结中国文学叙事模式这一根本性的目的。但立足于中国文学，借用西洋之利器勾勒中国小说叙事模式的转变，二者结合恰好弥补了叙事学割裂历史语境的缺点。经典叙事理论建立在西方小说的基础上，因此在用某些概念时，必须谨慎，选择二者之间可以通约的模式，而后才能简化掉那些为了体系化而自我证明的部分。他对时间、视角与结构都做了严格的界定，确立基本的研究范式，推进了文学形式的研究。

---

[1] 陈平原：《中国小说叙事模式的转变》，北京大学出版社 2004 年版，"自序"第 1 页。

赵毅衡的《当说者被说的时候》直接提出他所认为的"叙述学第一公理",即"不仅叙述文本,是被叙述者叙述出来的,叙述者自己,也是被叙述出来的——不是常识认为的作者创造叙述者,而是叙述者讲述自身,在叙述中,说者首先要被说,然后才能说"[①],具有振聋发聩之感。这一公理的内容就是:"说者/被说者的双重人格,是理解绝大部分叙述学问题的钥匙——主体要靠主体意识回向自身才得以完成。"[②] 但作者在后面的运用中应该强调这一公理只是指读者阅读时的公理,否则就会与他的论述自相矛盾,而不是作者创作过程。作者对诸如"视角""作者干预""不可靠的叙述"等经典概念的辨析都相当精彩,对"叙述分层"的论述也令人信服。他强调:"主要叙述所占据的层次,亦即占据了大部分篇幅的层次,就是主层次。"[③] 而且,作者指出这一套叙事语法功用非凡,可以作为进入电影、传媒、传播乃至文化学之门的通行证,也符合后来发展的实际情况。

申丹的《叙述学与小说文体学研究》对国内叙事理论研究做出了重要贡献,是建立在与西方对话基础上的叙事诗学研究成果。她基于学理判断和文本分析,致力于反思西方叙事诗学并与之对话。她针对叙事学中歧义、模糊的概念,穿透纷繁杂陈的材料,勾勒出相关概念清晰的线索,如故事与话语的二分,情节概念,视角类型,自由间接引语等。这本书的特色之一就是区分了叙事学与文体的侧重点,同时也对二者的重合层面进行了研究。二者各有各的二分法,前者可分为故事和话语,后者可分为文体和内容。叙事学和文体学都关注"如何表达"的问题,因此可以说都属于形式探讨方面,是二者可比性研究的基础。但二者的理论兴趣和取向都有差异,前者关注遣词造句,看重文字表达中流露出来的语气、情绪;后者关注结构关系。作为文学解读的理论模式,二者固然各有侧重,但完全可以辩证统一起来。申丹、韩加明和王丽亚合著的《英美小说叙事理论研究》将后经典叙事理论与传统叙事理论结合

---

① 赵毅衡:《当说者被说的时候》,中国人民大学出版社1998年版,"自序"第Ⅰ—Ⅱ页。
② 同上。
③ 同上书,第59页。

起来进行探讨，既引入了叙事理论的新成果，又坚持了后经典叙事理论所注重的历史视角。上篇和中篇把小说家叙事观点与创作实践相结合，提供了比较研究英美小说叙事传统的新途径。下篇着重清理了容易引起混乱和误解的相关概念、术语。由于处在介绍后经典叙事理论的初级阶段，书中对后殖民主义叙事、文化叙事等理论动向没有关注，但这并不影响此书成为中国的后经典叙事理论综合研究的基础性著作。

由申丹主持翻译出版的《当代叙事理论指南》是介绍后经典叙事理论中比较全面和权威的，论题多元化，内容多是叙事理论的前沿问题，全书由"顽题新解""修正与创新""叙事形式与历史、政治、伦理的关系""超越文学叙事"四部分组成，尾声部分进一步探讨了数字化叙事和叙事在各种先进技术的作用下所面临的发展和变化，是目前国际上较新和较为权威的叙事理论著作。

另外，汉学家对中国叙事理论的总结也不容忽视。浦安迪的《中国叙事学》指出中西叙事传统的差异。他指出西方叙事传统是史诗—传奇—小说，而中国的文学传统为三百篇—骚—赋—乐府—律诗—词曲—小说的传统，前者的重点在叙事，而中国文学传统的重点在抒情，以此为基础可以建构中国叙事理论系统。中国小说区别于西方文学的特色之一是叙事文学的诗化叙事，在结构上对称，形成十乘十的百回定型结构的"奇书文体"。

第二节 后经典叙事理论概述

目前，正是后经典叙事理论发展的鼎盛时期，也是叙事理论最为混乱的时期，思想交锋频繁，即使就某一单个问题或概念都难以达成共识。要从纷繁芜杂的后经典叙事理论中找出一以贯之的线索，并将它在后经典叙事理论中的各方面表现剖析清楚，并非易事。而且，后经典叙事理论早已跨出了单纯的叙事理论的门槛，与各种理论尤其是新兴的思想理论结合，这样就必须在掌握叙事学理论的同时，了解与叙事学结合的相关思想，如语言学、主体论、精神分析、心理分析、后现代理论、新历史主义和文化理论等。

上编　叙事理论与话语

一　后经典叙事理论渊源

经典叙事学摒弃了社会历史语境，致力于以文本为中心的叙事诗学的建构，这样才有了隐含作者、隐含读者这样的概念来与现实中的作者和读者划清界限的叙事学术语，以保持叙事学的"中立、客观"的面目。单纯在文本范围内的叙事学研究割裂了文学与它所产生的社会语境之间的关联，在20世纪80年代之后逐渐陷入危机，甚至有学者声称叙事学已死。20世纪90年代以来，叙事学开始把目光重新投向曾经被忽略的社会历史语境，经受住了后结构主义的侵袭，像凤凰涅槃一样浴火重生。

后经典叙事理论拾回了前者丢掉的历史、语境，研究叙事如何运作，也更注重探讨作者如何运用叙事技巧和修辞手段与读者交流，同时发展出了稳定的分析模式。与经典叙事学相比，后经典叙事理论不再注重抽象的叙事语法，更具跨学科的特点，难以分类，甚至不用"ology"这一后缀，而喜欢用叙事理论（narrative theory）、叙事研究甚至叙事性（narrativity）这样的词，来概括它是众多分支的总和的特点，研究目的也不再执着于探寻普适性的叙事语法，而将研究触角转移到探究叙事与社会、叙事与文化、叙事与读者及其他学科之间的关系。

后经典叙事理论摆脱了经典叙事学的局限和过激之处，形成了新的原则和程序。后经典叙事理论走出了封闭的文本结构的狭小天地，闯入到文本背后的社会历史天空中，影响深远而持久。

叙事学的转向与20世纪80年代中期在美国兴起的"新历史主义"和社会学中文艺自主性批判密切相关。新历史主义是文化转向中的一股重要力量，这个流派认同一种大文化的、跨学科的语境研究，致力于恢复文学研究的历史维度。布迪厄提倡社会科学的反思性，也批评所谓的文艺的自主性的倾向，指出这种自主性理论与非历史化存在紧密的联系，旨在通过历史化来破除本质主义的思维方式。

"新历史主义进行了历史—文化'转轨'，强调从政治权力、意识形态、文化霸权等角度，对文本实施一种综合性解读，将被形式主义和旧历史主义所颠倒的传统重新颠倒过来，把文学与人生、文本与历史、

第一章 叙事理论发展概述

文学与权力话语的关系作为自己分析的中心问题，打破那种文字游戏的解构策略，而使历史意识的恢复成为文学批评和文学史研究的重要方法论原则。"[1] 新历史主义为叙事理论研究提供了范例，就其方法而言，它"将一部作品从孤零零的文本分析中解放出来，将其置于同时代的社会惯例和非话语实践关系中，通过文本与社会语境、文本与其他文本的'互文本'关系，构成一种新的文学研究范式或文学研究的新方法论"。[2] 新历史主义的代表人物之一的斯蒂芬·葛林伯雷称自己的方法论为"文化诗学"，他认为文化诗学要避免封闭的研究，或者阻绝艺术与作家与读者生活之间的联系。文学批评家既要关注文学文本与社会存在的关系，也要注重社会存在对文学的影响。

布迪厄也提出"场域"的概念，将文学从封闭的空间导向更为广阔的社会生活领域，他"把艺术品的主观经验看作客体，却不考虑这种经验和它运用上的客体的历史性，而艺术品的主观经验就是作者的经验，也就是某个社会的一个文明人的经验。这就是说，这些分析不知不觉地将个别情况加以普遍化，并由此将艺术品定时定位的个别经验转换为一切艺术认识的超历史标准。与此同时，这些分析对这种经验具备的可能性的历史条件和社会条件问题不闻不问：它们最终拒绝分析被看作值得进行美学评价的作品之所以如此的产生和形成的条件；它们无视自己引起的美学配置得以产生（系统发生）及随着时间流逝不断再生（个体发生）的条件问题"。[3] 这种做法就是布迪厄所谓的"生成的遗忘"：对于文化、知识或知识分子的历史发生的遗忘，这种遗忘是所有超验幻象的基础，也是特定的理论变成意识形态霸权的根本原因。"为了确定自身或他们的对手，艺术家和批评家使用的大部分概念是斗争的武器和赌注，艺术史家为了思考他们的客体建立的许多范畴，不过是来自这些斗争且多少有些巧妙地加以掩饰或改头换面的分类模式。这些最初在大部分时候被看作侮辱或谴责（难道我们的'范畴'一词在希腊

---

[1] 王岳川：《后殖民主义与新历史主义文论》，山东教育出版社1999年版，第157—158页。
[2] 同上书，第158页。
[3] [法]皮埃尔·布迪厄：《艺术的法则》，刘晖译，中央编译出版社2001年版，第344页。

语中的原意不是公开谴责的意思吗?）的斗争概念，逐渐变成了技术范畴，多亏了生成的遗忘症，批评的剖析和学术论述或论文才能赋予这些范畴一种永恒的姿态。"①

布迪厄所说的"生成的遗忘"在结构主义叙事学研究阶段普遍存在，而他所大力倡导的社会科学的反思精神却常常被忽视甚至有意无意地回避。此外，理论学者常有自说自话、就理论谈理论的倾向，理论成了一个封闭的自我循环，拒绝探讨理论与实践、理论与文本的关联，甚至有视社会学反思为庸俗的倾向。理论不接触现实、不解释现实也不从现实中来，必然会导致理论言之无物，大而无当。理论不是超越的不是理想化的建构，布迪厄认为这就是艺术批评中的"本质思维"的表现："'本质思想'在所有社会空间，特别是文化生产场如宗教场、科学场、文学场、艺术场、法律场域等中起作用，这些场域中玩的就是以普遍性为赌注的游戏。"② 而理论应该考虑其产生的条件和应用的语境，不应该成为普适性的游戏。

在社会学理论的影响下，叙事理论也不得不反省自身，针对现实进行自我革新。解决的办法就是历史化："反对这生成的遗忘，没有比重建被遗忘的或被压抑的历史更有效的解毒剂了，被遗忘的或被压抑的历史在表面上非历史的思想形式中永存，而这些思想形式构成了我们对世界自身的认识。"③

二 后经典叙事理论分支

现代叙事理论并不能用一种叙事框架包容，已经形成了各种新的叙事理论的集合。叙事学从封闭走向开放，从叙事诗学的建构转向批评实践，注重其在具体语境中的应用，产生了众多分支，从单一的叙事学转向了多种叙事理论（narratologies）：包括女性主义叙事学、修辞叙事学、认知叙事学、后现代主义叙事学及文化叙事学等。

---

① ［法］皮埃尔·布迪厄：《艺术的法则》，刘晖译，中央编译出版社2001年版，第355页。
② 同上。
③ 同上书，第397页。

首次提出后经典叙事理论一词的是美国叙事学家戴卫·赫尔曼，他于 1997 年在 PMLA 杂志上发表了题为《认知草案、序列、故事：后经典叙事理论的要素》的论文，指出了后经典叙事理论的构成要素。赫尔曼在《复数的叙事学：叙事分析的新视野》的"前言"中，明确指出叙事学已经发展到后经典叙事理论阶段，并进一步阐发了后经典叙事理论，推动了叙事学的发展。他提到，后经典叙事学不同于 20 世纪 60 年代以来的符号学大变革，后者激励着学者们去憧憬美好的愿景，而前者则充分地从其他学术思潮中汲取有益的方法论和指导思想，以灵活的和探索性的姿态演化出众多的叙事分析模式。叙事理论借鉴了女性主义、巴赫金对话理论、结构主义、读者—反应批评、精神分析学、历史主义、修辞学、电影理论、计算机科学、语篇分析以及（心理）语言学等众多方法论和视角，经过这些年的积极发展，一门"叙事学"（natratology）实际上已经裂变为多家"叙事理论"（natratologies）。下面将具体阐述常见的后经典叙事理论的类型[①]。

广义上说，叙事学要客观、抽象地进行界限清晰的结构主义分析，属于形式主义范畴，而女性主义则代表了以历史为基础的政治信仰和主观经历，属于政治批评范畴。二者几乎同时兴起于 20 世纪 60 年代，但在起初的十多年间，二者之间几乎没有交集。女性主义叙事学是后经典叙事理论的发源地，将经典叙事学从单纯的叙事语法或叙事诗学中解放出来，也开始关注社会历史语境，为后经典叙事理论开创了将叙事诗学与社会历史语境结合的根据地。女性主义叙事学家在分析叙事形式时，将目光投向了性别，并在分析过程中融入了人物、作者、叙述者、读者等因素。女性主义叙事学试图在历史语境中理解文本，将叙述形式与时代、阶级、性别、性别倾向与种族、伦理问题结合起来。总的说来，女性主义叙事学家比经典叙事学家对阐释某些具体文本的兴趣更为浓厚。

美国学者苏珊·兰瑟于 1986 年在美国的《文体》杂志上发表了一

---

① 文中的关于后经典叙事理论类型的介绍参考了申丹、韩加明、王丽亚《英美小说叙事理论研究》，北京大学出版社 2005 年版。

上编　叙事理论与话语

篇宣言性质的论文《建构女性主义叙事学》①，该文首次采用了"女性主义叙事学"这一名称，并系统地论述了该学派的研究目的和研究方法。20世纪90年代以来，女性主义叙事学逐渐成为美国叙事研究领域的一门显学，相关论著纷纷问世；《叙事》《文体》《现代语言学会杂志》等权威期刊杂志上不断刊登女性主义叙事学的论文。法国是结构主义叙事学的发祥地，女性主义文学批评也占据一席之地，但其女性主义叙事学成就并不突出。近来，女性主义叙事学已经不再将性别看作文本生产的先决条件，而是看作文本的效果，如罗宾逊所总结的："我关心的是性别如何通过文本过程产生的，而并非先于它们而产生的。"②

早期的女性主义叙事学侧重探讨女性人物的功能和定位，如米勒的《女主人公的文本》③和米克·巴尔的《致命的爱》④。斯雷曼的《权威的虚构》⑤并未注重性别，却成了用结构主义方法分析故事与话语也可以与政治和文化语境研究相一致的范例。研究作者和叙述者的性别对故事被讲述的效果的影响可见普林斯的《写于结尾之外》⑥和沃霍尔的《性别化的干预》⑦。萨利·罗宾逊的著作《引发主体》⑧将注意力从作者、人物和叙述者的性别转向了叙述作品在文化中建构性别。

---

① "Toward a Feminist Narratology," *Style* 20 (1986): pp. 341–363, reprinted in *Feminism: An Anthology*, eds. Robyn R. Warhol and Diane Price Herndl, New Brunswick: Rutgers University Press, 1991, pp. 610–629.

② Sally Robinson, *Engendering the Subject: Gender and Self-Representation in Contemporary Women's Fiction*, New York: State University of New York, 1991, p. 198, note 23.

③ Nancy K. Miller, *The Heroine's Text: Readings in the French and English Novel*, 1722–1782. New York: Columbia University Press, 1987.

④ Mieke Bal *et al.*, eds., *Love: Feminist Literary Readings of Biblical Love Stories*, Bloomington: Indiana University Press, 1987.

⑤ Susan Rubin Suleiman, *Authoritatian Fictions: The Ideological Novel as a Literary Genre*, New York: Columbia University Press, 1983.

⑥ Rachel Blau DuPulessis, *Writing beyond the Ending: Narrative Strategies of Twentieth-Century Women Writers*, Bloomington: Indiana University Press, 1985.

⑦ Robyn Warhol, *Gendered Interventions: Narrative Discourse in the Victorian Novel*, New Brunswick: Rutgers University Press, 1989.

⑧ Sally Robinson, *Engendering the Subject: Gender and Self-Representation in Contemporary Women's Fiction*. New York: State University of New York, 1991.

女性主义叙事理论试图将性别作为先在条件，关注女性作家和女性读者。女性主义叙事理论更为激进的观念是并不关注作者或读者的性别，并且不认为读者的性别与气质有必然的关联。就肥皂剧而言，观众的女性气质并非性别意义上的，而是他或她能够经年累月地在电视前观看剧情的进展，并理解肥皂剧文体的形式和符码。申丹总结了女性主义叙事学的"真正贡献在于结合性别和语境来阐释具体作品中结构技巧的社会政治意义"。[①] 女性主义叙事诗学的建构无功而返，但它对后经典叙事理论的发展功不可没，而且将叙事语法与具体文本结合起来的批评成果丰硕。

20世纪90年代以来，不少学者将既注重情节结构又注重修辞策略的叙事分支称为"修辞性叙事学"。修辞性叙事学聚焦于文本的叙事策略和修辞手法对读者的影响，采用叙事学的概念和模式来探讨修辞交流关系，同时逐渐形成稳定的分析模式，如费伦的"主题性、模仿性、虚构性"三维度故事分析模式，拉比诺维茨的四维度读者分析模式等。这种提法始于20世纪40年代美国芝加哥学派R.S.克莱恩有关叙事的"修辞诗学"，而真正的叙事学20世纪60年代后才兴起。在《叙事/理论》一书中，戴维·里克特提出了"结构主义叙事学"与"修辞性叙事学"的对照和互补的关系，认为前者主要关注"叙事是什么"；而后者关注的则是"叙事做什么或者如何运作"。布斯的《小说修辞学》更早地提出了"隐含作者""不可靠的叙述者"等概念，这个提法驱散了叙事内部的和谐统一的迷雾。修辞性叙事学很少关注作者创作时的社会历史语境，因此与女性主义叙事学形成了鲜明对照。

后现代主义叙事学因"后现代"一词的广泛指涉，因而可以囊括多方面的内容。保罗·利科把人看作叙事动物，是讲述者和阐释者。后现代叙事学保持叙事作品中相矛盾的各个方面，保留它们的复杂性，拒绝将叙事作品降低为一种具有稳定意义和连贯设计的产物。后现代叙事是多样化叙事中的一种，不再推崇系统性与科学分析的价值，因而其解

[①] 申丹、王丽亚：《西方叙事学：经典与后经典》，北京大学出版社2010年版，第207页。

构意味浓厚。而解构主义因其只注重文学层面的意义的不确定性,可以看作新的形式主义和反历史主义,缺乏社会现实基础,很难在文化转向之后的批评实践中落到实处。而后现代主义叙事学允许将历史观引入叙事学,为叙事学走向更为政治化的批评起到了桥梁的作用。后现代主义叙事学认为,无论阅读怎样客观与科学,阅读的对象问题是由阅读行为建构的,而非在阅读中发现叙事作品的内在特征。

文化叙事聚焦于"文学产品如何参与进行中的文化建构进程",[1]也称这种方法为"文化与历史叙事学"。这里文化叙事学是一种总体方法,指将叙事学提供的分析工具投入叙事虚构作品的文化分析中,致力于叙事形式研究与产生它们的文化之间的关系。传统的观念认为小说与现实的关系建立在模仿的基础上,而文化叙事学则侧重研究叙事形式如何影响了性别意识、历史观和主体观。文化叙事学可以从文学批评理论的文化转向中获益,文化研究和文化历史也能从利用叙事学提供的工具中获益。正如巴尔所指出的,既需要"文化的叙事学分析"也需要"叙事的文化分析"。[2]

其他媒介的叙事理论研究中,只有影像叙事理论取得了骄人的成绩。因此,有必要简要地介绍一下影像叙事理论成果。影像叙事理论研究可以从诗学建构和批评实践两个方面来看。

就影像叙事诗学而言,约瑟夫·M.博格斯在他的《看电影的艺术》中区分了电影与其他传媒:"和戏剧一样,电影在视觉上通过戏剧动作、手势和表情,在言辞上通过对话与观众进行交流。与音乐和诗歌一样,电影使用复杂而微妙的韵律,与诗歌一样的是:电影通过意象、暗喻和象征进行交流。像哑剧一样,电影集中表现运动的画面,并且像舞蹈一样,那运动的画面具有某种韵律特性。最后,如小说一样,电影有能力操纵时间和空间,对两者进行扩大或压缩,在两者宽广的范围内

---

[1] John Bender, *Imagining the Penitentiary: Fiction and the Architecture of Mind in Eighteenth-Century England*, Chicago: University of Chicago Press, 1987, p. xv.

[2] Mieke Bal, "Close Reading Today: From *Narratology* to Cultural Analysis" In *Transcending Boundaries: Narratology in Context*, (ed.) Walter Grünzweig and Andreas Solbach, Tübingen: Narr, 1999, p. 39.

自由地来往。"①

里蒙·凯南以电影媒介为例,分析了声、画叙事媒介与文字媒介的不同特征:"就叙事电影而言,观众和分析者面对的是两种不同的信息格式:视像和声音,它们同时进行但是并不显得累赘。因此电影媒介与文字媒介不同,它的特殊性在于能够将声音磁道与形象磁道非同步化和并置。"② 在后经典叙事学那里,文字以外的叙事媒介,特别是电子媒介受到了研究者们的重视,以声画传送而不是以文字传送为主的电影电视的叙事研究成为后经典叙事学最为主要的研究领域。

伯格的《通俗文化、媒介和日常生活中的叙事》归纳了西部片公式。从地域上来讲,要有特殊的地形如草原高山等,从时间上来讲,处于边疆开拓还没有结束的时候,这个背景中还要有西部服装如牛仔帽、靴子等等。从情节结构上来讲,可包括以下七个情节之一:

(1) 联合太平洋公司的故事,说的是修建铁路或电报线或汽车路,或者是马车队的冒险;
(2) 牧场故事,集中说的是牧场主和偷牛贼或牧牛人和牧羊人之间的较量;
(3) 帝国故事,牧场故事的史诗形式;
(4) 复仇故事;
(5) 卡斯特最后的抵抗或者骑兵和印第安人的故事;
(6) 逃犯的故事;
(7) 元帅的故事。③

就人物类型来讲,要有:

---

① Joseph M Boggs, *The Art of Watching Films: A Guide to Film Analysis*, California: Mayfield Pub. Co., 2012, p.4.
② [美]戴卫·赫尔曼编:《新叙事学》,马海良译,北京大学出版社2002年版,"引言"第21页。
③ [美]阿瑟·伯格:《通俗文化、媒介和日常生活中的叙事》,姚媛译,南京大学出版社2000年版,第151页。

城镇人,或文明的代理人。城镇人中有些女人不是文明的代理人(女教师)就是具有吸引力、在道德上暧昧的女人(酒吧女)。城镇人太软弱或胆小,无法保护自己,因此需要英雄。野蛮人或逃犯。这些人杀人、强奸,对城镇人造成威胁。他们无视法律、充满暴力、富有男子气概、居无定所,有时候还精神错乱。

英雄。这个人物在软弱的城镇人和野蛮的逃犯之间进行调和。卡威尔指出,英雄经常具备野蛮人和逃犯的技巧,却为城镇人工作。①

这些概括虽然简单,但还是道出大部分西部片的情节特点。就西部片的深层结构而言,包括善恶、强弱、文明与野蛮、正义与邪恶之间的对立、转化。

2000年出版的李显杰的《电影叙事学:理论和实例》是国内较早的系统研究电影叙事的专著,该书对电影语言进行了总结与归纳。书中的"谁是影片叙事人?"一章对叙事角度基本概念的澄清和基本理论框架的建构都提供了启示性的思路。陈林侠的《文化视阈中的影像叙事》中的第七章"影像叙事的视点与元叙事"对影像叙事中的视点与声音进行探讨,做出将经典叙事理论中的语式研究应用到影像叙事中的努力。书中提出了"谁说""谁看"和"谁思",分别与"叙事者与叙事声音""叙事视点与叙事文本"和"叙事距离与认同"相对应。但在叙述过程中,"声音"和叙述者区分不甚明确。

美国电视理论家萨拉·科兹洛夫(Sarah Ruth Kozloff)在《叙事理论与电视》一文中,以"故事"和"话语"作为电视叙事理论和实践研究的两个基本点。其中"故事"层面借用了普洛普"故事类型学"的方法,对电视(主要是电视剧)的故事结构作了类型学意义上的分类研究。"话语"层面从"参与者"(作者和读者)、"时间"(叙述时间)等概念入手,分析了电视制作人和观众的传授与被传授、阅读与

---

① [美]阿瑟·伯格:《通俗文化、媒介和日常生活中的叙事》,姚媛译,南京大学出版社2000年版,第151—152页。

被阅读的关系，以及"话语"对故事结构发展的各种时间的安排。

就影像叙事的批评实践而言，电影叙事研究可以从精神分析入手。观众愿意掏腰包买票走进电影院观看电影，目的是身心愉悦和放松。个体在观看的过程中，虚拟的影像取代了观众的记忆和心理体验，观众在欣赏的过程中本能的欲望得以满足。因此电影研究不能回避精神分析的电影阐释。弗洛伊德对梦的解析开启了精神分析的领域，拉康的现实界、想象界和象征界的人格理论为语言、符号进入精神分析领域开拓出可行之路。美国学者大卫·波德威尔的《电影叙事：剧情片中的叙述活动》试图建立一种系统的电影叙事诗学，他对影视中的视角、类型和观众的反应与参与以及时空表现等问题都提出了建设性的框架。他舍弃了精神分析而借鉴心理学成果，从人类对事件的认知出发，注重观众在故事接受过程中不可或缺的建构功能。

戴锦华的《电影理论与批评》《雾中风景》，尹鸿的《世纪转型时期的影视文化》等专著，强调电影在社会文化层面，逐渐被主流政治整合，与主流的政治、经济、文化形成共谋，在此基础上进行先入为主地想象性叙事。

目前的叙事理论研究介绍得较多的是英法美叙事理论家的成就，而对德国的叙事理论没有给予足够的重视。实际上，德国叙述理论应该引起关注。莱默特的《叙事结构形式》一书聚焦于叙事时间，探讨了事件的时序，以及故事时间与叙事时间的关系。斯坦泽尔的《叙事理论》在叙事理论界享有盛誉。《叙事分析手册》是北美之外的叙事理论研究新成果。它的作者分别是比利时安特卫普大学的吕克·赫尔曼，任教于和布鲁塞尔自由大学的巴特·凡瓦克。二人也致力于后经典叙事学研究，在国际叙事学界颇有影响，还为《卢特利奇叙事理论百科全书》写了"后经典叙事学"等词条。德国叙事理论抵制语境研究的倾向在近十年间已经逐渐消失，纽宁等的文化叙事理论成功地将女性主义与叙事学结合起来，推进到媒体研究、认知论及文化研究等领域，值得重视。

中国当下叙事研究也可以放在后经典叙事理论的框架中，主要在于中国叙事学结合中国的具体语境，阐发其理论背景并进行理论建构，完全符合后经典叙事理论在语境中进行理论阐发和建构的趋势。同时，中国叙事学再也不能放过在注重语境研究的后经典叙事的大背景下进行理论总结的机遇，它完全具有发出自己的声音的理论依据和现实可能性。

总而言之，国内叙事学研究主要分为对国外叙事理论的接受和建立在对话基础上的中国叙事理论总结与建构。其中对国外叙事理论的接受分为两方面，其一是对国外叙事理论的译介，其二是在接受国外叙事理论的基础上进行的总结和归纳，并进行实际应用的研究。而中国的叙事理论建构从思维方式、文化传统、文类特点等方面都与本书迥然不同，具有与结构主义叙事学进行对话的理论基础和现实可能性。从具体实践来说，杨义、陈平原、赵毅衡、申丹等人从各个角度出发为中国叙事学的理论建树做出了不可忽视的贡献。

第二章
叙事理论与话语

　　从广义上说，叙事学即叙事理论，结构主义兴起之前的小说理论都可以看作叙事学的一部分，但并非严格意义的叙事学。叙事学作为一门不同于小说技艺研究的独立学科，是在结构主义的基础上发展起来的，它的发展要归功于结构主义者。而结构主义的发展则得益于语言学。俄国的形式分析学派以什克洛夫斯基为首，分为两个分支，一个是莫斯科语言学小组和彼得堡"诗歌语言研究会"，另一个即为巴赫金的对话理论，包括对中世纪民间文化研究的文化人类学成果。形式分析理论传到巴黎，在巴黎分化为两个研究方向：一个是法国的结构主义和符号学，另一个是法国叙事学。法国叙事学以热奈特为代表，他的《叙述话语》确定了经典叙事理论的基本内容。然而正如语言学突破了索绪尔的封闭的语言系统，叙事理论也逐渐走出语言"结构"的窠臼，进入后经典叙事理论阶段，将语境、跨学科研究及哲学、历史方法纳入自身的研究领地内，从而走出了低谷，重新焕发出生机与活力。

第一节　话语

　　话语问题有三个相关的概念，分别是"言语"、言谈和话语，前二者分别由索绪尔、巴赫金提出，言语与语言相对，指个人化的表达，"言谈"偏重于对话情境中的具体段落分析，而话语注重探究语言与意识、知识、权力、机构、制度等文明产物之间的关联，因而在人文研究领域受到高度重视。话语概念在20世纪逐渐从语言学扩展到其他领域

上编 叙事理论与话语

中,如历史、文学批评、文化人类学等,而这些领域中的话语概念往往突破了语言学的界线。

语言学中的话语和叙事学的叙述话语及福柯的作为具有约束功能会产生言语禁忌的话语都是本书要涉及的对象。索绪尔的语言系统是结构主义叙事学的理论起点,叙述话语研究的基本范畴都是从语言学中抽取出来的。而巴赫金的话语则放在了对话层面,走出索绪尔的封闭系统。福柯则把话语作为实践对象来考察,为叙事理论重新返回社会历史语境提供了切实的理论依据和切入点。

一 语言学中的话语

索绪尔的《普通语言学教程》影响了整个 20 世纪的文学理论,乃至整个人文领域的变革。他认为,19 世纪占统治地位的比较语言学主要关注语言单位的历史流变,而忽视了语言系统的整体性,于是他试图把语言系统看作一个体系,建构整体性的语言学。他把语言看作一个独立自足的体系,并排除社会、历史等因素的影响来研究语言。索绪尔的语言学将语言系统视为语言学的第一要义,将语言系统凌驾在言语之上,并提出了语言学的四条基本原则:即组合关系与聚合关系(历时与共时)、语言与言语、能指与所指、系统差异决定意义。索绪尔的话语指言语,与语言系统相对。在索绪尔那里言语只要符合语言系统即可,而不考虑言语的场合、语境等因素。

索绪尔把"话语"作为具有声音动作的言语意义上的概念,他是在"实际运用的言语活动"的意义上来使用这个概念的。然而只要涉及"实际运用"就不得不与现实相关联,不可能遵循自治的原则。在实际应用中,语言系统遵循半自治的原则,语言的意义不断变化,是鲜活的,受制于社会历史因素,并与之相互制约。巴赫金反对索绪尔强调的语言的"客观性",强调语言的根本性质是社会的,而在"异质"社会中,语言不可避免地是冲突的场所,绝不是中性的封闭自足的系统。小说文本的本质是"对话"性的,必然超越单个主体所能控制的范围。如赵毅衡所点评的:"符号不是一个固定的意义单位,而是在具体的社会历史环境中被不断地修正、转化,从而使文本在不同倾向、'不同声音'的主体的冲突中展开。因此，文本必然是多声部的交织。"① 巴赫金的语言哲学体现了他的方法论，即始终反对抽象理念与封闭系统论，认为这将导致人的精神分裂，理论丰富而行动匮乏。在《走向行动哲学》一文中，他发现人类日常行动有两方面：一是可以具有普适性的客观规律，二是经验的不可重复的事件性。由于现代理念论推崇第一方面而忽视第二方面，他强调人文研究要避免自然科学的归纳、演绎等方法，以"生动介入"方式了解事物，以及各个学科无法容纳的关系网络。

巴赫金认为语言不只是静态的共时研究，不应该把鲜活的语言材料抽象为僵硬的语言对象，而这种语言学研究的不是语言的本来面目。符号不仅代表了一个它之外的存在，而且还反映着某种现实，巴赫金与伏罗什诺夫在《马克思主义与语言哲学》中批判了索绪尔的观点："从真正客观的观点出发，努力完全独立地来看待语言，独立于该时该刻语言个体所表现的语言，这样语言就表现为一个不断形成的流程。对于站在语言之上的客观观点来说，不存在着它能够建立共时性语言体系的现实因素。"② 巴赫金非常强调文本的社会指向，这里不仅仅指向现实，而且现实指向要有一定的社会意义，这样文本才不至于流落为单纯的文字游戏。而且，语言完全避免不了社会意识形态的侵袭，具有阶级性。他写道："阶级并不是一个符号集体，即一个使用同一意识形态交际符号的集体。例如，不同阶级却使用同样的语言。因此在每一种意识形态符号中都交织着不同倾向的重音符号。符号是阶级斗争的舞台。"③

实际上真正的话语分析始于受索绪尔语言学影响的"俄国形式主义"，他们把话语限定在"文本"结构中，主要研究文学文本及文化传统，也可以称为"文本话语"。他们强调文学研究不仅仅要重视作家的生活和他们的作品，更应该注意文本本身，因为文本才是读者要面对的真实客体。雅各布逊的话语理论研究的是交流中的语言，打开了封闭语

---

① 赵毅衡编选：《符号学文学论文集》，百花文艺出版社2004年版，第60页。
② 钱中文编：《巴赫金全集》（第2卷），晓河等译，河北教育出版社1998年版，第411页。
③ 同上书，第365页。

言系统的大门。巴赫金在《陀思妥耶夫斯基诗学问题》中已经体现出他重视语言的社会历史性语义分析,"我们的分析,可以归结为超语言学;这里的超语言学,研究的是活的语言中超出语言学范围的那些方面"。① 在巴赫金看来,应该把活的语言研究放在第一位,或者说应该致力于言语规律的语言应用。他明确提出了"意识形态符号论",突出语言的社会性、意识形态性所具有的支配作用,但他同时也承认语言作为符号的相对自律性。语言形式对于说话人仅仅存在于具体言语的语境之中,因此,也就是存在于一种特定的意识形态语境之中。字词永远都被内容和意义充斥着,而这内容和意义又都是从行为和意识形态中引申而来。但前者要远比后者重要,语法正确与否远不如语境和意识形态更具决定性作用。语言首先是社会性的、受物质基础决定的,但它并非完全客观的规律,同时又要受符号系统自身的约束。个人必须学习和掌握这一规律,才能实现交流。而在交流过程中,话语是充满了意识形态的载体,他提到:"话语作为必不可少的成分,伴随着整个一般意识形态创作。话语伴随和评论着任何一种意识形态行为。"② "我们所清楚的话语所有的特点——就是它的纯符号性、意识形态的普遍适应性、生活交际的参与性、成为内部话语的功能性,以及最终作为任何一种意识形态行为的伴随现象的必然存在性——所有这一切使得话语成为意识形态科学的基本研究客体。"③ "话语永远都充满着意识形态或生活的内容和意义。"④ "生产关系和由它所直接决定的社会政治结构决定着一切可能的话语交往、他们话语交际的一切形式:在工作中、在政治生活中、在意识形态的创作中。"⑤ 可见,只有在适当的语境中,对话双方的交流才能顺利地进行,并达到相应的目的。

巴赫金将"话语"区分为"日常话语"和"艺术话语"。这两种

---

① 钱中文编:《巴赫金全集》(第5卷),白春仁等译,河北教育出版社1998年版,第239页。
② 钱中文编:《巴赫金全集》(第2卷),晓河等译,河北教育出版社1998年版,第356页。
③ 同上书,第357页。
④ 同上书,第416页。
⑤ 同上书,第360页。

话语的词汇和组合方式都相同，但功能不同。日常话语用于生活交流，而艺术话语则实现作者与欣赏者之间的沟通。二者共同存在于社会生活体制中，相互影响。这里的"话语"与情境密不可分。巴赫金在《马克思主义与语言哲学》中指出，语言作为符号系统，不可能摆脱意识形态影响，后者强大的支配力，优先并压倒语言的内在规律，语言只能遵循半自治法则，无法逃避社会历史因素的规约。1966 年法国语言学家本瓦尼斯特的《普通语言学问题》与巴赫金的观点异曲同工。他发现，索绪尔的严密法则，只适用于语音层与单词层。一旦上升到句子层，或进入对话场景，情况就大不相同。据此，他确立一个分水岭：在句子层面，我们离开索绪尔的语言系统进入话语世界。他对话语问题的分析如对话、陈述、人称代词等研究直接推动 20 世纪 60 年代末结构主义的转向。

　　巴赫金提出一种"对话主义"话语理论，一种超语言的对话原则。他的话语概念不是指文本话语，也不仅仅指人际交谈，而是强调语言的交流功能，包括思想的共生性歧义与文化内部的复杂运动。"所有话语（表述、言语作品和文学作品）除了我本人的话语之外，都是他人话语。我生活在他人话语的世界里。我的全部生活，都是在这一世界里定位，都是对他人话语的反应（这反应是极其多样而无穷尽的），以掌握他人话语始（在最初掌握语言的过程中），以掌握人类文化财富终（用话语或其他符号表现的文化财富）。"[①] 语言学属于广义的意识研究范畴，不应该以个人为中心，而应关注人与人之间的交流对话过程。因为意识、思想都是符号产物，是人与人通过符号交流而产生的，它不仅仅受制于语言自身的规律，还要由言语和语境决定。

　　巴赫金的对话原则得到广泛认同，他提出意义不是来自个人，经由字词表现出来，也并非隐藏在字词本身之中或符号网络之中，而是来自对话及其具体语境，对话交际才是语言显示其生命活力的真正所在。也就是说，无人拥有意义，只能通过对话来获得意义。与索绪尔的言语相

[①] 钱中文编：《巴赫金全集》（第 4 卷），白春仁等译，河北教育出版社 1998 年版，第 407 页。

对，巴赫金提出了"言谈"这一概念，强调"言谈"的社会性、历史性、对话性与具体语境，与中立、客观的语言系统相比，它们善变，与意识形态不可分割，显得混浊、肮脏。语言的真实性存在于言谈的交流中。巴赫金指出："我所理解的他人话语（表述、言语作品），是指任何他人的任何话语，不管是用自己语言（即我的母语）还是任何别的语言说的或写的；换言之，是指任何非我的话语。"①"我们的全部表述（包括创作的作品），都充斥着他人的话语：只是这些他人话语的他性程度深浅、我们掌握程度的深浅、我们意识到和区分出来的程度的深浅有所不同。"② 他强调他人在交际过程中具有重要作用："他人言语不但决定着表述的结束，而且还决定着表述的开端。"③ 在交流过程中，双方必须对话语有着一定的观察和预测，才能做出相应的反应，双方从而相互影响、相互制约。言语交际是多方面积极的思想交流过程，所交流的思想彼此间不是漠不关心的，每一个思想也不是独立自足的，他人表述都以言语交际领域中其他表述的种种应答性作为反应的基础。

　　巴赫金的对话理论赋予了话语以交流的含义，将索绪尔的话语从封闭的语言学的牢笼中解放出来，进入社会意识形态领域，具备了交流的可能性。他虽然承认符号规则的制约作用，但认为意识形态的压制力量远比符号的自治功能要强大得多。巴赫金对话理论盘横在许多叙事学家心头已久，这样他们也自觉或不自觉地转向文化研究和女性主义叙事理论。罗兰·巴特指出："话语可能是一个大'句子'（其单位并不一定非是句子），正如句子就某些特征来说是一个小的'话语，"④"语言和文学之间具有同一性（对等性至少是叙事作品特有的一种传递工具）：一旦文学把语言用作表达思想、感情或美的工具，就几乎再也不可能把文学看成一门与语言没有任何关系的艺术，因为语言用自身结构

---

① 钱中文编：《巴赫金全集》（第4卷），白春仁等译，河北教育出版社1998年版，第407页。
② 同上书，第174—175页。
③ 同上书，第213页。
④ ［法］法罗兰·巴特：《叙事作品结构分析导论》，载张寅德编选《叙述学研究》，中国社会科学出版社1989年版，第6页。

的镜子反照着话语，以此始终伴随着话语。尤其是在今天，文学不是变成语言状况本身的一种语言了吗？"① 句子是语言学的研究对象，话语是文学研究的对象，而话语和句子在某种程度上又是相关的，把语言学观念纳入文学研究中也就顺理成章。朱丽娅·克里斯蒂娃（Julia Kristeva）的诗性话语则强调话语主体通过阅读—书写过程介入社会历史话语之中并重新书写历史。克里斯蒂娃的诗性语言背离语言规则而强调意义的多重性、歧义性、僭越性和意义生产的潜在可能性；同时，由于互文本把社会历史纳入文本范围，文学实践与社会实践变得密不可分。

巴赫金的对话意义上的话语启发叙事学进入意识形态领域并重新返回社会历史语境，克里斯蒂娃把文本放在互文本的链条上来考察，在文本链条上考验叙事理论的正确性。如克里斯蒂娃所说："任何文本都好像一幅引语的马赛克镶嵌画，任何文本都是其他文本之吸收与转化。"② 互文性不仅指明显借用前人的词句、情节、结构、人物等某些方面相似，而且也强调了构成文本的符号与文本以外的其他符号、文本、意象等相关联，在相互联系中显示出各自独特之处，进而建构出自己的价值。个体文本是文本链条上的一个节点，只有在文本聚合的条件下才能凸显出其意义与价值。任何一个文本都不能被看成一个单纯的孤立的存在，在它的周围，是一个无形的文本网络，一个特定的文本，在它成为文本的过程中，总是在这个网络中提取那些写过，读过的片段、词语并以各种方式移置、暗指、附会、引用、篡改、抄袭，把它们编织到自己的文本中，文本总是相互指涉，这构成了文本意义的不断游移、散播、和扩散。一句话："任何文本都依赖于文化中先前存在的全部文本，及释义规范。"③ 巴塞尔姆的小说《白雪公主》让人想起同名童话，吉恩·瑞斯的《藻海无边》重写了英国著名女作家夏洛蒂·勃朗特的《简·爱》，乔伊斯的《尤利西斯》则以"寻父"的叙事的结构回应了

---

① ［法］罗兰·巴特：《叙事作品结构分析导论》，载张寅德编选《叙述学研究》，中国社会科学出版社1989年版，第7页。

② ［法］克里斯蒂娃：《一种符号分析研究》，转引自赵毅衡《文学符号学》，中国文联出版社1990年版，第253页。

③ 赵毅衡：《文学符号学》，中国文联出版社1990年版，第253页。

荷马史诗《奥德赛》等。

结构主义者从语言学中获得灵感，也将文学看作自足、封闭的语言符号系统，并从中挖掘出使符号组合在一起的规则，以创建一种"科学"的文学研究方法，即叙事学。托多罗夫认为所有的符号活动都和语言类似，存在基本语法。他提出叙事句法概念，与普罗普的叙事功能相比更为抽象一些。"在叙事句法中，最重要的是动词谓语，因为每一个动词谓语都意味着一次行动，正如语句中的动词可以归纳为数量很小的基本类型。叙事的动词谓语也可以进行分类。例如，各种类型的小说都有自己常见的谓语，如爱情小说动词常见的动词谓语是'追求、拒绝、接受'等，而侦探小说和犯罪小说常见的动词谓语则有'谋杀、侦探、囚禁'等。"① 他借用语言学概念，把叙事分为三个层次，即语义、句法和词语。在结构主义者看来，语言学的基本语法与叙事语法可以构成异质同构的关系，托多罗夫在《〈十日谈〉的语法》中把小说看作纯粹的句法结构。他认为，叙事句法有两个基本单位，即命题和序列，命题指一个完整独立故事，序列由命题构成。一个故事至少有一个序列，但多数包含多个序列。命题由名词和动词构成，是最基本的叙事单位。其中名词代表人物的身份地位，而动词代表人物的行为，推动故事的进展。托多罗夫认为，《十日谈》的行为可以用三个基本动词表示，即"改变情境""犯过错"和"惩罚"。故事一般以某种平衡的状态开始，接着平衡被打破，进而由一个平衡向另一个平衡过渡，过渡中可能会有各种阻碍，最终好人得报偿坏人被惩罚。结构主义文论家只注重符号内在的相互联系，而忽略符号的实际指向。不错，文学是语言的艺术，但更是社会现实和精神的结晶，单纯在语言领域进行"纯净"的研究降低了文学的精神层次和理论信度。

建立在语言学基础上的结构主义叙事学脱离了社会历史语境，逐渐失去了学术推动力，日益陷入困境。而语言学中话语的发展也从理论上推动了叙事学的发展。语言系统是死的，可在日常生活中，语言的真伪、强弱、虚实、贵贱等却远远超越了语言的正确性。充满矛盾、杂语

---

① 罗钢：《叙事学导论》，云南人民出版社1995年版，第115页。

的言语完全不是语言系统所能统摄得了的。结构主义及结构主义叙事学以语言学为基础，而语言一旦落在具体语境中，则不得不"遭受"意识形态的持续渗透。结构主义叙事学经受了人文领域中文化转向的洗礼，在巴赫金、克里斯蒂娃、热奈特、福柯等人的推动下，进入后经典叙事理论阶段。

二 叙述话语

关于话语有多种界定：一种指任何长度的叙事媒介或符号系统，相当于文学中读者所读到的文本。如果话语仅指表达手段，那么话语就可以等同于声音、文字图画等任何符号，这样用媒介来形容更合适些。叙事研究的主要对象还是故事与话语，其话语特指叙述话语。如查特曼所说："每一个叙述文本都含有两部分：一是故事，也就是内容或一系列事件（行为、事情）再加上各种存在物（人物、场景）；二是话语，所谓话语就是表现，也就是内容通过何种方式被表达出来。简言之，故事就是叙事中所描述的内容，而话语则是指这些内容如何被描述出来。"[1]查特曼注重的是叙事的形式，即话语是怎样的。热奈特的《叙述话语 新叙述话语》将语言学的概念应用到对叙事诗学的建构中。他的叙事话语奠定了叙事理论的基础，提供了叙事学话语分析的工具，这些工具在后经典叙事理论中依然有效并在继续发挥作用。

热奈特以语言学概念为依托，用故事指被叙述的内容；叙事是叙述的形式，也就是我们看到的文字组成的文本；而叙述是指叙述的方法。他的《叙述话语》同时完成了两个任务：一方面归纳了普鲁斯特的诗学，另一方面，用普鲁斯特的作品作为普遍的例子来建构叙事学的普适性策略。在科学主义盛行的时代，单纯地研究个体文本已经难以适应科学的潮流，于是探索林林总总的叙事文本之中的叙事结构也就成了结构主义者们的追求。叙事理论家认为，人类心灵有先天的普遍的结构，而语言系统、神话结构和故事结构等都由最深层的心理结构衍生出来。热

---

[1] Seymour Chatman, *Story and Discourse*: *Narrative Structure in Fiction and Film*, Ithaca and London: Cornell University Press, 1978, p. 19.

奈特提出了叙述话语的三个最深层的结构，即时间、语式和语态。

叙事时间考察三个子系统：时序（order）、时距（duration）和频率（frequency）。如果叙事话语中的时序与故事中的时序不同，则说明话语中出现了"时间倒错"现象，如倒叙、预叙、插叙等。故事时距和话语时距的关系可能表现为：等距（如对话体的场景叙事）、故事时距＞话语时距（如概述或全景式叙事、省略或停顿）、故事时距＜话语时距（比较少见，主要用来描述主观心理叙事）。频率用来比较故事发生的次数和话语中发生的次数。

语式指信息调节，涉及叙述距离、叙述角度等，热奈特区分了两种调节方式，即距离控制（指叙事信息数量控制）和投影控制（指叙事角度控制）。叙事可以采取叙述者聚焦（如全知型第三人称叙事），也可以采取人物聚焦（如第一人称叙事或第三人称有限视角叙事）。但多数文本都采用两种或以上的聚焦方式。热奈特在分析叙事聚焦后进一步指出，选择了某种聚焦方式也就限定了信息数量和叙事角度，因为特定的聚焦只能感知到某些信息，如果叙事超越了这些信息，则会产生"视角越界"。但他同时指出，很多情况下视角越界并不影响读者的阅读和判断，读者的认知策略可以帮助他们合理地排除这些越界可能带来的阅读困难。

语态研究中的关键术语是叙述者与受述者，前者指叙事话语的发出者，后者指叙事的接受者。托多罗夫在《叙事作为话语》中称：语态"反映了故事中的'他'和话语中的'我'之间的关系，也就是人物和叙述者的关系"。[①] 叙述者可以出现在叙事行动中（如很多第一人称叙事），可以不出现在叙事行动中（如很多第三人称叙事）。关于叙述者的分类最普遍的方式是按人称分为第一人称叙述、第二人称叙述和第三人称叙述。其中第一人称叙述和第三人称叙述比较普遍，第二种并不常见。赵毅衡对按人称为叙述者分类提出质疑："'第一人称小说'之所以得名，是因为叙述者自称'我'。但是第三人称小说中的叙述者并没有自称'他'，如果必须称呼自己，还是得自称'我'。中国传统小说

---

① 张寅德编选：《叙事学研究》，中国社会科学出版社1989年版，第298页。

的叙述者自称'说书的'、'说话的',只是第一人称变体。第三人称小说对人物称'他'。因此,把小说分为'第一人称'、'第三人称'显然是不尽恰当的,第三人称叙述只不过是叙述者尽量避免称呼自己的叙述而已。"[1] 可是赵毅衡忽略了一个问题,就是第三人称叙述者不必经常现身称呼自己,否则也就不构成第三人称叙述了。

就第一人称叙述而言,如果讲故事的人讲述自己的经历,那是自传;一个人想象出一个人物来向我们讲述他的经历,那就是小说。如夏洛蒂·勃朗特想象出一个名为简·爱的叙述者讲述她从小父母双亡,漂泊无依,最后与罗切斯特终成眷属的故事,这个人即为叙述者。这位叙述者讲述她小时候的亲身经历时,情绪激动、言语无序,完全是一个小女孩的思维方式,此时的简·爱称呼自己为"我",但这个"我"与那位成年的更为平和宽厚的"我"不同。前者为人物,后者为叙述者,她多年后回顾自己当年的经历,讲述自己的故事时,她是叙述者,但当她经历那些事件时,她是故事中的主人公。

第二人称小说读起来好像是叙述者讲给人物的回忆或者在悼词中常用第二人称。比如下面的段落:

> 你是开荒队的队长。你把那种叫玉米的庄稼不叫玉米。你说那是苞谷。你指着刚开出来的一块地,对大伙儿说,我们要在这里种上苞谷。
>
> 你是队长,你把玉米叫苞谷,大伙儿就全跟着把玉米叫苞谷。
>
> 你说,你要在这块地里种苞谷。你只是说说,你不必举起坎土曼去挖一道道的垄沟,也不用弯着腰一把把撒种子。你只要说一声,你只要挥挥你的胳膊,大伙儿就一起走进那块地里种苞谷。你只要站在一边,看看沟挖得够不够深浅,种子撒得匀不匀就行了。
>
> 苞谷种子是你让老胡去场部拉来的。开荒队离场部有五十里地,老胡赶着马车去拉苞谷种子。出发时,你让老胡把你的老步枪带上。老胡说,带它有什么用,野兽是不会攻击大马车的。你说,

---

[1] 赵毅衡:《当说者被说的时候》,中国人民大学出版社1998年版,第5—6页。

上编　叙事理论与话语

倒不是怕你遇上狼呀虎呀什么的。场部刚来过通知，说是咱们这一带，还有国民党军队的散兵游勇，躲在山里当土匪。要各个开荒队提高警惕，一旦发现坚决消灭。①

　　第三人称叙述又分为第三人称全知叙述和第三人称有限视角叙述。林达·M. 夏尔斯认为第三人称全知叙事以菲尔丁为开端，为维多利亚时期的小说创立了不可动摇的主导地位，他说："通过一系列等级不同的话语，真理被传输给隐含作者、叙述者和读者，这都依赖于第三人称全知叙述。这种叙述倾向于消除小说的话语特性，推进有机和谐的形式感。""这种形式不仅把读者置于有利的认知和道德判断位置，从而使其主体性适合于维多利亚中产阶级规范，而且这样做是以建立遵从为目的。现实主义基础上接受中产阶级道德伦理。感情复杂的男女主人公被塑造成符合于资产阶级理想的理性男人或贞节女人。"② 可以说，夏尔斯对维多利亚时期的第三人称全知叙述的论述也适用于多数的第三人称全知叙述，即可以赋予读者有利的认知地位和道德上的优越感。作者与人物始终保持着适当的距离，这样能够更冷静、更富于理智地使人物跟作者及其经验有所区分，使一个人物同小说中的其他人物相区别，从而使他作为活生生的独立的个体而建构起来。

　　语态研究中的关键是叙述者，即讲故事的人。叙述者可以在叙事过程中言明正身，也可以隐藏，但无论他是否声名自己的身份，他都是故事的叙述者，没有他，故事就不存在。叙述者是故事的叙述者，同时他也是作者身份的体现。关注故事如何被叙述胜于讲述的是什么故事，热奈特将"话语"分为"话语"和产生它的行为，目的在于强调叙述行为的重要性。叙述行为产生叙述话语，没有叙述行为就不会产生叙述话语，因而也就没有叙述产生的文本。

---

　　① 董立勃：《烈日》，《当代》2004 年第 2 期，第 74 页。
　　② Linda M. Shares, "The Aesthetics of the Victorian Novel: Form, Subjectivity, Ideology," *The Cambridge Companion to the Victorian Novel*, (ed.) Deirdre David, Cambridge University Press, 2001, p. 65. 转引自申丹、韩加明、王丽亚《英美小说叙事理论研究》，北京大学出版社 2005 年版，第 63 页。

第二章 叙事理论与话语

与叙述者紧密相关的一个概念是"叙述分层",指叙述行为与被叙述事件之间的关系。热奈特将超叙述层次称为"外叙述","次叙述"为"元叙述",主叙述为"内叙述"。赵毅衡对此提出批评:"首先,这三个前缀缺乏对应,没有层次相依关系;而且,其取名绝对化了,不可能再有次次叙述或超超叙述。"① 赵毅衡提出了他的叙述分层的标准,即"高叙述层次的任务是为低一个层次提供叙述者,也就是说,高叙述层次中的人物是低叙述层次的叙述者。一部作品可以有一个到几个叙述层次,如果我们在这一系列的叙述层次中确定一个主叙述层次,那么,向这个主叙述层次提供叙述者的,可以称为超叙述层次,由主叙述提供叙述者的就是次叙述层次"。② 显然这一分层标准更为合适,因为"从情节维系上说,低叙述层次往往是为了解答高层次人物的疑问而设。"③

故事的叙述一定要由叙述者来完成,没有叙述者就没有讲故事这一行为。叙述者的变化带来了叙述分层的问题,这样也引发了受述者的分层。拉比诺维茨认为有四种读者:"(1)实际的或有血有肉的读者——特性各异的你和我,我们的由社会构成的身份;(2)作者的读者——假设的理想读者,作者就是为这种读者构思作品的,包括对这种读者的知识和信仰的假设;(3)叙事读者——'叙述者为之写作的想象的读者',叙述者把一组信仰和一个知识整体投射在这种读者身上;(4)理想的叙事读者——'叙述者希望为之写作'的读者,这种读者认为叙述者的每一句话都是真实可靠的。"④ 其中(2)、(3)和(4)在叙事理论中都有比较清楚的认识,而第(1)种即现实中的读者的阅读体验研究基本是个空白。文学研究中的真实读者的阅读体验涉及社会心理的各个方面,叙事理论家不愿意做调查,而社会心理学家用来做测试的文本又过于简单,所以这一领域的研究进展缓慢。叙事进程的经验研究很

---

① 赵毅衡:《当说者被说的时候》,中国人民大学出版社1998年版,第87页。
② 同上书,第58页。
③ 同上书,第75页。
④ [美]詹姆斯·费伦:《作为修辞的叙事》,陈永国译,北京大学出版社2002年版,第111页。

大程度上要靠社会心理学家来完成，而他们的文学叙述知识又相当有限，他们用来实验的素材多为短小简单的叙述。这种简单的文本没有太多的叙事技巧，而这些文本的读者产生的具体感情大致相同。而叙事理论家又几乎都没有实际做过这样的实验，进行的都是理论论证或者说是理论推测。第（2）种"作者的理想读者"类似于隐含读者，能够理解文本的特殊含义，熟悉包括叙述者在内的一切叙述形式及话语意义。而第（3）种"叙事读者"相当于受述者，并不是所有的叙述文本中都有受述者，受述者多出现在书信体小说中。《天方夜谭》中谢赫拉是叙述者，她的读者即受述者苏丹王也出现在了文本中，他是明显现身的受述者。但很多书信体小说中的接受者并不出现，或者只有一个名字。如《少年维特的烦恼》中，维特的几乎所有的信都是写给威廉的，但威廉从未回信，只是维特在写信过程中偶尔把他的状况转述出来。第（4）种读者对于叙述者来说是理想的，但其价值观和判断能力则值得怀疑，因为叙述者的价值观和判断能力可能有限，即使其认知力和理解力都无可怀疑，他也可能会通过控制信息的传达而掩盖或扭曲某些故事。

  可以看出，把叙事作为话语进行研究不在于对故事行动功能及序列进行描写，而在于将故事转化为话语的方式，从而使批评实践更具操作性、更有价值，其缺陷是缺乏对叙事运作机制更全面的探讨。布斯曾批评热奈特的做法，指出《叙述话语》说明了普鲁斯特叙事是如何写成的，却没有说明它有什么用，批评他过分集中于叙述信息和概念分析，而对读者与人物，特别是对叙述者之道德和情感上的利害关系重视不够。《叙述话语》涉及的是叙事和叙述，不是故事，主人公的优缺点和文本的价值取向与叙事或叙述无关，而故事则不可避免要谈论相关内容。因而，研究叙事技巧和规律的叙述学只有把叙事规律与特定的内容和作者要表达的思想联系起来才能说明作者为何这样写而不是那样写。也就是说，要把叙事研究修辞化而非语法化，才能避免再次回到形式主义的老路上去。

  术语森严且热衷于严格叙事语法的结构主义叙事学在20世纪80年代跌入低谷，其原因从根本来说，在于文学的复杂多义性远远超过同质性，人类复杂的生活状况投射在叙事中，叙事学本身也需要改良。叙事学在七八十年代受到冲击，也与当时的理论革命密不可分。80年代中期美国诞生了女性主义叙事学，它将结构主义叙事语法与女性主义文学批评相结合，开启了叙事学复兴的帷幕。查特曼（Chatman）、普林斯（Prince）等人认为故事和话语技巧都重要，从而将经典叙事学中的两种研究范式进行有机的整合，也被称为"总体的"或"融合的"叙事学。

三 福柯的作为实践对象的话语

福柯的话语尽管有其特定的含义，但从其作为"符号系统的使用"的意义上来说，与话语的本来意义是一脉相承的。在语言学中，话语指不能单纯用语法分析来解释的最具灵活性的那部分，它不单纯是语言学意义上的句子，但它首先一定是一个句子，而这个句子的真假、高低、贵贱、善恶完全不是语言学所能囊括得了的；另一层意思是"语言的运用"，与"语用学"的范围大致相同。

依照索绪尔的区分，语言可以分为语言与言语，只有语言或者说语言系统才是语言学的研究对象。因此语言显然不是福柯的话语所要表达的对象，同样言语也不是。索绪尔的言语指人们日常的交际语言，虽然与福柯的话语有一定的关联，但绝不是他的语言学所能容纳得了的。

所谓"话语"，就是对展示出某种外在功能的符号系统的称呼。在《疯癫史》中，福柯的"话语"指一个时代的人们对某种现象的认识，它未必是知识，但具有规约性的影响力。而"性经验话语"也不是指"关于性经验的语言"，而是人们以各种方式在各个领域所进行的谈论。而语言不具备这些特质。在福柯那里，话语不等于所说的事物，而是构成对象。而话语的对象是反复填充的空间。谁说的正确，如何说才是真理，真理怎样陈述并发挥作用，这些非语言学家能解决得了的问题构成了话语对象。在《词与物》中，话语即是对世界秩序的整理。他的《疯癫史》和《临床医学的诞生》中的话语也有此义。在《知识考古学》和《话语的秩序》中，话语的功能性展示于"话语—话语"层面，而不再是"话语—世界"层面。具体说来，《知识考古学》中话语的功能是在"话语实践"中对话语网络的

上编　叙事理论与话语

形成所起的作用；而《话语的秩序》则涉及"话语控制"中所显示的话语功能性。从《规训与惩罚》以后，话语的功能性跃出了话语层面，进入"话语—权力"层面，此时话语与权力纠缠在一起，话语的功能是使得权力的某种目标（如规训）得以可能。[①] 话语是作为自我实现、塑造自我的功能而出现的，规约人的各种要素所形成的"话语场"就是话语的内涵，它消除了人的主体性。先在的"话语场"的合法性正是话语分析的对象，它决定了话语的形成，而既不是话语的内部也不是话语的外部决定了话语的形成。而走出词汇层面的"陈述"已经不是语言学所能解决得了的问题，而构成了"陈述"，它受深层的生产规则和惯例的规约，那就是权力。话语生产人类社会规则及其知识系统，它进行条块分割，划分知识的适用领域和界限，进而通过制度化来获得权力，对个体产生影响。因而"权力和知识是直接相互连带的；不相应地建构一种知识领域就不可能有权力关系，不同时预设和建构权力关系就不会有任何知识。"[②]

　　福柯的话语是他过渡到权力理论的准备性阶段。他在话语理论中区分了"认知型知识"与"累积知识"，正是通过揭示两者的差异他才得以提示知识所隐藏的权力因素，从而将权力与知识在话语中结合起来。福柯著作的最终目的是研究权力，因此在提出"权力"后，话语及话语分析的任务也就基本完成了，退而成为一种背景。他还倾向于把话语理论当作一种为谱系学服务的认知论工具，认为主体的实在性就是"能指"与"能指"的联结，主体是由话语空间的网格决定的。福柯的话语指向欲望，而欲望是不断变化的，因此话语也总是变动不羁的。他的话语理论警示人们，那些自以为是自己主观意愿的内容，可能背后都隐藏着限制人的主体性的意识形态控制性。

　　传统的权力总是与司法形式相关联，以法律条文和禁令作为其动作的形式。而福柯将权力从司法体系中拎出来，它摆脱了国家机器、王

[①] 吴猛：《福柯话语理论探要》，博士学位论文，复旦大学，2003年，"内容提要"第 i—ii 页。
[②] ［法］米歇尔·福柯：《规训与惩罚》，刘北成、杨远婴译，生活·读书·新知三联书店2007年版，第29页。

权、法律等领域，消解了禁止、压制的特质，成为积极的生产性的创造性的场域。这样话语权力就无时无处不在规约个体的行为，类似于边沁的"全景敞视"建筑。这是一种新式监狱：中心是一座瞭望塔，四周环绕着若干囚室，在囚室里的人只能随时随地处于被监视的状态却什么也看不见，而瞭望塔上的人却可以全方位无死角地审视囚室中人的行为。由于被囚禁者什么也看不到却知道自己被监视，因而自觉地遵从各种规章制度以防违规。这种监视使人不自觉地被改造、被规约，被纳入体制允许的框架之内。由于监视无所不在，被囚禁者越来越丧失了自主性，越来越守规矩。最终这种规约形成定势，持续地发生作用，直到最后监视者自身也处于被监视的境地，也要在规定的框架内行动。需要强调的是，话语的规约是不可见的，它不像监狱那样是可见的，虽然不可见，但它是可知的，形成一个无形的牢笼，将人区隔开来，规约人在话语的控制下展开行动。而且，话语不是处于特定时间地点，它无所不在，在日常生活中普遍地改造人，规约人。这种机制让人为之惊叹：发自内心的自觉的服从却来自于虚构的话语网络之中。

实用主义者斯坦利·费什也对话语有精辟的概括："要么是语言描写世界，要么是语言建构世界；要么存在着超验真理，要么不存在真理；要么话语之外存在着事实，要么话语创造事实和真理。"[①] 他的论述虽然极端，但指向很明显：所谓的事实或者确实存在，或者根本不存在，而是话语创造出来的。从根本上说，福柯话语理论是"重估一切价值"的批判精神的体现。后经典叙事理论利用叙事理论的工具对叙事形式进行知识考古，研究叙事形式在特定历史时期的选择与意义。

第二节　后经典叙事理论研究与话语

20世纪90年代以来的叙事理论统称为后经典叙事理论，总的说

---

① ［美］詹姆斯·费伦：《作为修辞的叙事：技巧、读者、伦理、意识形态》，陈永国译，北京大学出版社2002年版，"前言"第20页。

上编　叙事理论与话语

来，其特点表现为注重社会历史语境，注重跨学科研究，并且有把研究对象事件化的倾向。下面分别从这三个方面入手，阐述后经典叙事理论研究中所渗透的话语特征。

一　话语与语境

结构主义叙事学试图从林林总总的文本现象中找出潜藏其中的深层结构，在找寻的过程中放逐了历史、社会的维度，消解了历史的纵深层次。在结构主义基础上发展起来的经典叙事理论缺乏社会和政治现实基础，主张政治上的清静无为，因而可以被视为一种新的形式主义。叙事学强调客观性以及研究结果的普适性，然而，科学化、程式化的经典叙事方法制约了读者对意义的探寻。批评家们追求科学性无可厚非，但过于严格的规律遏制文学分析过程中感受的活力，精细的结构模型给人以机械的感觉，有的分析甚至令人味同嚼蜡。结构主义过度强调了客观性，罗兰·巴特甚至提出极端的"零度写作"。方便、灵活地表现丰富的情感是文学的一大优势，可结构主义叙事学略去了语言艺术中最富有表现力、最微妙的形式，忽略了创造性、想象性，令其可欣赏的审美效果大打折扣。这样，在面对文本的实际应用过程中，缺乏解释文本的力度，无法深入挖掘其意义与效果。

后经典叙事理论更重要的贡献在于阐释作品，而非进行结构主义诗学的建构。20世纪90年代以来，大多数叙事学家将具体的文本阐释与社会历史语境结合起来，这也正为后经典叙事理论找到了用武之地。后经典叙事理论将叙事诗学与社会历史语境结合起来，获得了长足的发展。

"语境"一词首先用在语言学中，指某个语句所处的上下文的环境，是一种语序、词序和连贯性的问题。语境还可以扩大到产生语句的社会历史环境，人们对这个语句的情感、体会以及与之相关的一切内容。一般来说，语境包括：一，生成文本的时代、种族、民族环境、作家的个性以及文本在互文本链条上的位置；二，读者的阐释层面；三，文本内的叙事要素的关联。文本所处的社会历史语境是孕育文本的温床，而它的产生也离不开先前文本的影响。只有在文本所组成的"语境"中才能衡量这一文本的价值与意义。读者阐释可以将文本内的要素与社会历史语境以及互文本链条结合起来,只有经由读者的阐释才能使文本的意义不断地在各个语境中释放。语境可以在读者的参与下共同塑造而成,是一个动态的、开放的概念。卡恩斯甚至认为语境具有决定性作用,而非传达信息的文本。他认为:"恰当的语境几乎可以让读者将任何文本都视为叙事文。"[①] 而任何叙述成分都无法像语境那样保证读者理解文本。比如一本书在图书馆中的不同位置,决定它的归属,如果放在小说架上它是小说,放在社会研究领域中,它就是社会学的书籍。他的观点与经典叙事学形成强烈的对比,后者注重文本内的故事结构、话语成分等,而他将语境作为研究的首要因素,而且将之强调到一个无以复加的程度,略微有点过了。《查特莱夫人的情人》在完成的历史时期是为有德之士所不齿的,可与当今好莱坞大片中的性爱镜头的篇幅和感官刺激程度来比,不过是小巫见大巫。而且书中的描写主要停留于精神层面,抽象而充满了比喻和象征。不过在人民文学出版社出版全译本时在封面上加上一句"本书曾在英国和美国遭禁三十余年",然后,封底上一句"引起轩然大波的是书中一些露骨的性爱描写"[②],并注明选自《20世纪欧美文学史》以表明自己出言有据。虽是说明事实的陈述句,但不能不令人怀疑其背后旁敲侧击的深意。从这句话看来,禁书的公开出版并不意味着我们风气开放,倒显出说者有意,听者有心了,大家心领神会吧。无非是当局认为它的内容或者思想影响到了社会的稳定或者对社会的发展造成了负面的影响,违背了文明建立于其上的道德谱系,不符合人类文明之所以能发展并延续至今所依赖的一切准则。当然,这些准则,或者说这些准则所能容忍的限度,在每个历史时期都有不一样的内容和定义,并且处于不断的发展变化中。

从叙事学的发展进程来看,对伦理、政治、殖民问题的关注是后经

---

① 转引自申丹、韩加明、王丽亚著《英美小说叙事理论研究》,北京大学出版社2005年版,第258页。

② [英]劳伦斯:《查特莱夫人的情人》,赵苏苏译,人民文学出版社2004年版,封四。

典叙事的一个重要动向,女性主义以及各种后现代理论都为叙事学的"可持续发展"提供了一大片可供采掘的富矿。

女性主义叙事学的诞生拉开了后经典叙事理论转向的帷幕,它将文学所处的真实境地与文本结合起来,"偏离"了经典叙事学要囊括所有叙事并从中抽象出普遍规律的宗旨。女性主义叙事学家旨在改造脱离语境和男性化的叙事学。但叙事学涉及的是叙事作品共有的结构特征,叙事结构或叙述手法都是无性别差异的。为了实现这一目的,兰瑟于1995年在美国《叙事》杂志上发表了论文《将叙事性别化》,该文以女作家珍妮特·温特森的小说《在身上书写》为例,聚焦叙述者的性别与主题意义的关系。以此为基础,兰瑟建议将"性别"作为一个结构成分收入叙事诗学。性别意识与叙事理论和社会语境结合,能够很好地阐释作品。

下面以《简·爱》为例,说明它与19世纪初期英国形成的"家庭女教师故事"类型小说的互文性,及作品在相关语境观照下所显现出来的意义。"家庭女教师故事"类型小说融合了爱情小说和精神追求型的自传这两种小说类型。但与先前的这种类型的小说相比,它体现出一定的变异。《简·爱》产生之前还有玛丽·布伦顿的《禁戒》,玛丽·玛莎·舍伍德的《卡洛林·莫当》等家庭女教师类型的小说。这两部小说的叙述者都是女性,但叙述者都遵循传统的社会道德规范和基督教教义,以此来建构自己权威性的地位[①]。虽然都是第一人称叙述,但是《简·爱》仍有很多不同之处。上面提到的两部小说的叙述者都已经多年为人妻,叙述者与她们所讲述的人物保持着明显的时间上的距离,所以她们可以占据道德优势回过头来对年轻人行使教诲的权力,叙事也成了高尚道德的授权。而简·爱不同,她悬搁了某些基督教教义,凸显个人的生命价值。尽管她对事物的理解未必正确,但她为自己的道德观念做主。

《简·爱》的第一人称叙述与前述的家庭女教师小说有所不同。主

---

① [美]苏珊·S. 兰瑟:《虚构的权威:女性作家与叙述声音》,黄必康译,北京大学出版社2002年版,第203、206页。

第二章　叙事理论与话语

人公简与成年后回顾当年经历的成年叙述者之间的价值观念无甚差别。叙述者并不指责人物的行为，叙述者的价值观念与人物之间是一脉相承的。在第 12 章有关女性需要自由的论述中，过去时和现在时混杂，难以区分哪些是她过去的观念，哪些是她当时的价值观。"女人一般被认为是极其安静的，可是女人也和男人有一样的感觉；她们像她们的兄弟一样，需要运用她们的才能，需要有一个努力的场地；她们受到过于严峻的束缚、过于绝对的停滞，会感到痛苦，正如男人感到的一样；而她们的享有较多特权的同类却说她们应该局限于做做布丁、织织袜子、弹弹钢琴、绣绣口袋，那他们也未免太心地狭窄了。如果她们超出习俗宣布女人所必需的范围，去做更多的事、学更多的东西，他们因而就谴责她们，嘲笑她们，那也未免太轻率了。"[1] 根据上下文来看，这段叙述应该是主人公的看法，而主人公在当时的所思所想由叙述者来阐述应该用过去时，而这里却用了现在时，就与叙述者的评论界限模糊，二者没有明显的界线和价值观念上的差异。这位成年叙述者并没有像传统小说中的女家庭教师那样循循善诱地劝告：对人要宽容，说话要有分寸，言辞要平和等等。这位失去父母的灰姑娘式主人公拒绝扮演那种默默不语的从属角色，这也是家庭女教师的既定的特点。如安妮·勃朗特的小说《埃格尼丝·格蕾》的女主人公说："我的本分只是洗耳恭听，无需动口"，"每当内心十分痛苦的时候，脸上总是保持着平静欢快的神色"，

---

[1] [英]夏洛蒂·勃朗特：《简·爱》，祝庆英译，上海译文出版社 1981 年版，第 140 页。Charlotte Bronte, *Jane Eyre*, The Ballantyne Press, 1927, pp. 129 – 130. 原文为 "It is in vain to say human beings ought to be satisfied with tranquility: they must have action; and they will make it if they cannot find it. Millions are condemned to a stiller doom than mine, and millions are in silent revolt against their lot. Nobody knows how many rebellions besides political rebellions of ferment in the masses of life which people earth. Women are supposed to be very calm generally: but women feel just as man feel; they need exercise for faculties and a field for their efforts as much as their brothers do; they suffer from too rigid a restraint, too absolute a stagnation, precisely as men would suffer; and it is narrow-minded in their more privileged fellow-creatures to say that they ought to confine themselves to make puddings and knitting stockings, to playing on the piano and embroidering bags. It is thoughtless to condemn them, or laugh at them, if they seek to do more or learn more than custom has pronounced necessary for their sex".

| 上编　叙事理论与话语 |

"我觉得还是小心一些，少说为佳。"① 她这样做是非常符合当时的历史条件的："饥饿的四十年代"，农业萧条，中产阶级破产……由于更多未婚的中产阶级妇女积极争取合适的家庭教师的职位，教书更辛苦了，激烈的竞争使薪水降低，刺激雇主对寻求这项工作的妇女提出更苛刻的要求……例如，1851年的统计数字列出了25000名家庭教师，但同时有75000名家仆，他们的工作条件和薪水更糟糕。② 获得一份工作很不容易，激烈的竞争又使雇主对家庭教师横加指责，动辄得咎，这些也都在这部小说中表现得很充分。为了工作为了生存，家庭教师们在遭到含沙射影的斥责或者当面指责的时候多数只好保持沉默。埃格尼斯也只能在"得咎"的时候沉默，因为"她（雇主）把想说的全说了，但不想听听我的回答"。③

但成年之后，在学会了富有成效地与人交流的过程中，她能够倾听，适度地保持沉默，体现了与传统的家庭女教师故事相协调的方面。"我固然谈得比较少，可是我兴致勃勃地听他（罗切斯特）谈。他的天性就是爱谈话；他喜欢向一个没有见过世面的心灵透露一点世界上的情景和风气（我不是指它的腐败情景和邪恶风气，而是指由于表现的范围广泛、由于具有新奇的特点才变得有趣的那一些）。"④ 正如米歇尔所说："男人需要女人保持沉默，目的是使她们成为男性的听众。"⑤ 不仅仅与男性——罗切斯特的交谈中是这样，与她的表姐妹——黛安娜姐妹的谈话也是这样。"戴安娜的神情和说话都带有一种权威性；显然，她是有意志的。我天性喜欢屈服于她那样的权威；而且喜欢在我的良心和

---

　　① ［英］安妮·勃朗特：《埃格尼丝·格蕾》，裴因译，上海译文出版社1991年版，第153、144—145、46页。

　　② *Approaches to Teaching Bronte's Jane Eyre*，（eds.）Diane Long Hoeveler and Beth Lau, New York: Modern Language Association of America, 1993, p. 43.

　　③ ［英］安妮·勃朗特：《埃格尼丝·格蕾》，裴因译，上海译文出版社1991年版，第153页。

　　④ ［英］夏洛蒂·勃朗特：《简·爱》，祝庆英译，上海译文出版社1981年版，第191页。

　　⑤ Judith Mitchell, *The Stone and the Scorpion—the Female Subject of Desire in the Novel of Charlotte Bronte, George Eliot and Thomas Hardy*, Westport, Conn.: Greenwood Press, 1994, p. 19.

自尊心的允许的情况下，服从积极的意志。"① 可见，有权力言说并且能够获得承认正是话语权威的象征。

如果说简·爱的话语还在法则允许的范围内的话，那么伯莎（Bertha）则是一个完全被排除在法则之外的女人。相比之下，简·爱的声音有所节制，而伯莎拒绝采用传统的象征女人声音的话语。简·爱的坦率无忌的声音显得对社会秩序无甚威胁，并不出格，才被允许公开发表。后来她能用对话来交流思想，最终与罗切斯特完满地结合。愉快的交谈是她理想生活的标准。她能够平等交流的状态，调和先前的沉默的女教师形象和她自己早年激愤的言辞。

如格林布拉特所说，必须将文学作品纳入其所产生特定历史时期中，必须考虑当时的生活范式，而这种生活范式能够超越作品，赋予作品以完整意义，因此文学形象和文学意义是对人物与其文化环境的关系反复阐释的结果。历史上任何一个时期都存在着不同意识形态之间的斗争，文学作品是在社会影响之下产生的，而非个别作家的独创，个人的能动作用只是其中一个方面。

后经典叙事理论重新将文学作品放回社会、政治、宗教和意识形态的语境中阐释，以说明文学和历史中隐藏的权力问题。这就恢复了文学与历史、权力、政治和文化之间的联系，这一点与福柯的影响密不可分。"新历史主义借用福柯的权力分析法，强调权力不再是压抑现实社会中的不同声音，而是借着组织和引导这些反对的力量和声音进行权力运作。所以，权力并不是简单的压迫与反压迫、刺激与反刺激、控制与反控制的对立关系，而是积极的、具有创造力的、多角度多层面的复杂关系。权力之所以能够最终压制其对立面的力量，不在于它是否定了其对立面，而是根据自己的需求制造出反对的声音，并将反对的声音重新纳入秩序之中，在打破权力的控制和再分配中延伸了权力，使其纳入现行的体制或商业化运作轨道，而导致其对立面丧失其激进的锐气，失去

---

① [英]夏洛蒂·勃朗特：《简·爱》，祝庆英译，上海译文出版社1981年版，第450页。

其破坏和攻击力。"① 后经典叙事理论把福柯的话语的约束力量和言语禁忌功能纳入研究视野中，与叙述话语的基本概念相结合，焕发出新的活力。人不得不受权力和意识形态支配，而这些权力建构的一个主要特点是使受支配者认为他们自己在控制着一切。同样，公开发表的叙事文本因为受到话语的约束，不得不采取合适的策略来适应权力话语的规约。

二 话语与叙事学的跨学科研究

由于文学与叙事的一致性，叙事学往往忽略了叙事的广泛视域，几乎成了以文学为中心的叙事学，而且文学研究中多以由叙事者传达意义的小说为中心。这一局限在这一学科的创立和发展时期尚可原谅，但在后现代时期，应该放弃一边倒的倾向并允许叙事学的跨学科研究。很多早期的论述尤其是有结构主义偏爱的论述，都把叙事的叙事性局限在文本中。然而文本和艺术品作为叙述现象确实重要，但叙述也存在于有叙述性观念的人的头脑中。

叙事理论从结构主义借鉴研究范式，即结构语言学，其研究焦点是组织为叙事形式的符号系统是如何表达意义的，符号如何被处理为故事的条件。因此叙事学家的注意力并不局限于伟大的文学作品，可以说有故事的地方，就有叙事学。后经典叙事理论逐渐将拉美文学、黑人文学、少数族裔文学等纳入研究视野中来。非经典的文本的叙事实践催生了叙事理论的发展，也越来越引起重视。如托尼·莫里森特别崇尚拉美作家，她的作品具有拉美"魔幻现实主义"的某些特点，如多重叙事角度、多个叙事层次、时空错位等。也正因为如此，莫里森的《所罗门之歌》(1977) 被认为是美国文学史上把现实主义和现代主义结合在一起的里程碑式的作品。此外，口传的叙事也应该被纳入理论视野中来。我们不仅要分析真实的叙述文本，也要适用于实际接受的文本，即不仅是被叙述的文本，还要包括被读的或听到的文本，如赫尔曼的《社会叙事学》。

---

① 王岳川：《后殖民主义与新历史主义文论》，山东教育出版社1999年版，第159页。

第二章 叙事理论与话语

后经典叙事理论从相关哲学思潮与学科中吸收一切有益的营养,扩展到各个领域,形成多种方法和模式,折射出跨学科、多视角的特点。奥尼伽(Onega)和兰达(Landa)认为:"一方面有大量的文本足以表明该学科(叙事学)原初的结构主义的核心作用,另一方面也有大量的广义上的叙事学探讨,如果我们不是在严格的形式主义意义上使用这一术语。"[①] 因此叙事学也需要"与时俱进"、发展进化,以便适应不断变化的形势。后经典叙事理论的领域逐渐扩大,最理直气壮的口号就是叙事无所不在,叙事不仅仅限于文学,日常生活中的影视、广告、新闻、绘画、歌谣、笑话等,都可以纳入此列。泛叙事性是后经典叙事理论的普遍特征,"叙事"概念涵盖了一个很大的范畴,包括符号现象、行为现象以及广义的文化现象,例如我们现在所说的性别叙事、历史叙事、民族叙事等。保罗·利科的《时间与叙事》把人看作叙事动物,只要人类社会存在,叙事就不会消亡。就叙事本身而言,有多种媒介,因而也应该有多种角度:文学、哲学、政治学、社会学、心理学等,都有其用武之地。如奥尼伽和兰达所说:"叙事学现在似乎正在回归其词源意义,成为对叙事进行的多学科的研究,探讨并吸纳其他多种与叙事表现形式相关的批评话语的洞见。"今天叙事学"研究多种文学及非文学类型和话语的叙事观,它们不必严格界定为叙事性的,如抒情诗、电影、戏剧、历史及广告。"[②] 自20世纪60年代初期以来,叙事学也一直稳步地扩大着自己的视野,从包括"传统语法(托多罗夫将人物、属性和事件与名词、形容词和动词融合在一起),转换语法(深层结构,表层结构,转换),几何学(图形,符号方阵,三角形,轮形),光学(视点,聚焦),电影(客观详尽的叙事,摇摄,放大,缩小),视觉艺术(取景),地形学(故事空间,话语空间,领域,疆域),性征和精神分析学(叙事欲望,引诱,高潮),数学(混沌系统)、语言哲学和形式语义学(可然世界),博弈理论(举动),后现代社会理论(福柯

---

① S. Onega & Jose Angel Garcia Landa, *Narratology: An Introduction*, London: Longman, 1996, p. 1.
② Ibid., p. 3.

的全景监视）以及女性主义（典型的做法是区分叙事结构的性别和叙述者的性别）"①在内的诸多领域借用概念。作为人类的一项基本活动，叙事存在于人类的一切文化精神活动中，因而叙事理论的研究也要适应叙事实践的多元化，逐步拓展理论关注的视野，发挥其与现实亲密接触的理论功用。只有这样，它才能继续发展，避免再次掉进封闭的结构陷阱的危险。

虽然说叙事理论家声称已经建构了一门能够应用于所有故事的描述方法，但除了在电影研究领域有所成就外，几乎从未真正走出过文学研究的大门。而且，现代社会中，影像艺术几乎霸占了绝大多数普通人的大部分闲暇时间，满足了人的观看欲望。观影如同做白日梦，所以好莱坞被称为"梦工场"，人的未能实现的想象以及压抑的本能欲望都可通过这种文明所允许的方式来实现。视听感知中，人的情感、欲望都得以宣泄，乃至净化，从而获得心灵上的平衡。因而本书也涉及影像叙事，讨论叙事理论的跨学科研究中的话语渗透，尤其是好莱坞电影与中国形象塑造问题。历代的中国形象是东方主义话语系统的产物，也激起各个不同历史时期西方的强势之梦。

影视分析也建立在现代语言学的基础上，符号学、叙事学、结构主义等理论是影视分析的基础。电影的对白和脚本及叙事结构都体现出鲜明的话语特征，剧本、对白、画外音等都是电影展示情节、塑造人物的基本叙事手段。时间体验中影视叙事，其完整性、结构性和秩序性不是来源于画面本身，而是源自画面背后的叙事逻辑或因果关联，而这无法脱离社会权威话语的制约，也正是从这个意义上可以说，影视更要注重构造复杂的情节，开掘主题，塑造人物性格，以满足观众的口味同时适应审查机构的要求。蒙太奇虽然可以把不相关的镜头结合在一起，但最终要服务于叙事性的要求，服从故事的情节展开、事件的逻辑性和先后顺序。

但作为视觉艺术，电影有语言、声音、视觉形象等层面，在"视

---

① ［美］戴卫·赫尔曼：《新叙事学》，马海良译，北京大学出版社2002年版，第62页。

觉文化"中,"形象"处于绝对优势地位,而"语言"沦为了解释形象的附属地位。用语言学的术语来说,能指吸引了眼球的注意,"所指"在能指的压榨下分崩离析,世界成为"能指"的狂欢或漂浮的碎片。实在被转化为各种影像,时间破碎为一系列永恒的当下片断的横向组合。

与语言相比,影像受随意的直接的视觉因素影响更大。影像艺术的飞速发展也引发了媒体的暴力。视觉形象是多义的,不能单独用一种元素或言语行为来解释。对影视叙事的研究无论从影视叙事基本体系的建构还是各种不同的研究视角如社会意识形态、性别、精神分析等,都卓有成效,而这些理论无须赘言,都与话语有着天然的关联,因而后经典叙事理论中的影像研究无不渗透着话语的支配力量。

就影像叙事的基本体系而言,视觉越来越受到重视与视觉政体(视觉性的隐喻形成了一种视觉中心主义,或者说是一种"视觉政体")的感官等级制度密切相关。人类的身体感官中,吃与生理需求联系在一起,而看的行为则与认知活动密切相关,而且眼睛位于大脑的上部,可以不受距离限制接触到更远的事物,而嘴巴、鼻子则受制于距离的限制显得能力有限。因此,与看相关的视觉常被看作高级感官,人们往往把看对事件的预见性结合在一起,如"高瞻远瞩""见识""放眼未来"等,而没有把吃得多嗅得灵敏作为喻体;而预见性是线性历史观中难得的品质。可见,视觉感官形成了对其他感官的话语权的压制。

视觉政体渗透在影像叙事中,表现为空间性压倒时间性,空间性表现为故事情节性的淡化和画面美感的增强,形成"奇观"电影。英国电影理论家穆尔维率先提出了电影中的"奇观"现象。穆尔维的"奇观"与法国哲学家、文化批评家伊·德波的"景象"在西文中是同一个词(spectacle)。德波认为:"真实的世界已变成实际的形象,纯粹的形象已转换成实际的存在——可感知到的碎片,它们是催眠行为的有效动力。由于奇观的工作就是通过各种不同的专业化中介来改造世界,使世界不再是可直接感觉的,因此奇观必然地要提升人类的视觉器官到一度由触觉器官所占据的特殊位置。作为最为抽象的感官和最容易受骗的感官，视觉自然最善于适应当今社会的总体抽象。"① 德波发现，生活的世界已经呈现为景象的堆积，当代社会的生产、流通和消费，已经转向景象的生产、流通和消费，而并不在于商品的使用价值。因此"景象即商品"的现象无所不在。德波是从这个社会的发展趋势来解释景象问题的。在当代社会，重要的是景象的生产、流动与消费，依照德波的思路，整个电影工业发展也是景象社会的必然趋势。同样如周宪所指出的："在视觉文化时代，电影正在经历一个从叙事电影向奇观电影的深刻转变。好莱坞大片、中国'第五代导演'均表现出这一转向……从叙事电影向奇观电影的转变，表征了电影文化从话语中心模式向图像中心模式、从时间模式向空间模式、从理性文化向快感文化的转变。"② 如张艺谋的《黄土地》《红高粱》《大红灯笼高高挂》等作品中，强烈的视觉冲击让人经久难忘。最突出的莫过于《英雄》了，电影将视觉美感提升到了空前的高度。故事的逻辑性和连贯性不是重点，画面的美感才是重点。这就必然要排挤或压制与视觉快感相抵触或矛盾的叙事要求。而奇观"是非同一般的具有强烈视觉吸引力的影像和画面，或是借助各种高科技手段创造出来的奇幻影像和画面"。③无论导演的主观意图如何，批评界已经有把张艺谋的电影文本看作为后殖民的范本的声音了。张艺谋电影的东方主义的民俗奇观与民族寓言成为最为鲜明的民族性的表现，构成了西方对东方的期待视野中的中国电影甚至中国文化的标志。原因就在于他的电影最能够满足西方所期待的新奇感和文化优越感。西方在接触东方时，最容易认同的是那些与其印象中的"东方"契合的文本。可以说张艺谋与西方文化和价值观几乎达成了一种默契，前者以自我东方化的奇观电影呈现自己以期获得青睐，后者基于几百年来沉淀下来的关于中国的刻板印象自然而然地选择了张导的作品。

---

① [法]伊·德波：《奇观社会》，吴琼编《视觉文化的奇观》，中国人民大学出版社2005年版，第64页。
② 周宪：《论奇观电影与视觉文化》，《文艺研究》2005年第3期，第21页。
③ [法]伊·德波：《奇观社会》，吴琼编《视觉文化的奇观》，中国人民大学出版社2005年版，第59页。

影像叙事传达信息，影响情绪，决定消费，调节权力关系。我们看到什么，看不到什么，谁又会对何种视觉图像产生何种视觉？这些都是影像叙事及传播所产生的问题。说到底，这些问题也是话语权的归属问题。有能力决定视觉及视觉世界在生产意义，并确立和维护文化内部的美学价值的，都是由权威话语决定的。"看"不是一种自然的、无意识的行为，而是包含主体鲜明的方向和目的的活动，让你"看什么""怎样看"其中蕴藏着丰富复杂的社会文化内涵，也暗含人们不易察觉的权力关系、性别意识和意识形态目的，因而电影要在"看与被看"中解码它们"言说"的视觉语言。

劳拉·穆尔维在《视觉快感与叙事性电影》中提出，电影满足和利用了人的"窥淫癖"（弗洛伊德），观影环境的黑暗与明亮银幕的对比也增强了观众性心理满足的错觉，影像的突出特征在于构成各种观看（摄影机的观看、人物的观看和观众的观看）特殊方式。穆尔维依据精神分析学说，提出奇观与电影中"控制着形象、色情的看的方式"相关[1]。影像叙事中的奇观电影体现出视觉政体的等级观念，影像叙事机制也受制于两性之间的话语权力关系。简言之，叙事模式一方面将女性建构为欲望的对象，女性即为影像，引导观者对此类形象的认同，另一方面，又揭示出其中的等级差异，男性成为看的主体，引导我们对现存的女性生存方式及男性观看行为进行质询。

三　话语与"事件化"

近年来由于社会语言学的影响，叙事学越来越倾向于将叙事看成一个过程（process），而非产品（product）。这与福柯"事件化"的研究方法类似，我们用"过程"这个词表示将文本放在具体历史语境中时，叙事诗学与文本意义及文本地位之间的具体关联，不迷信所谓自明的权威。福柯"用这个词（事件化）首先是指自明性的破灭，它意味着存在乞求于历史永恒化——一种把自己施加于所有东西上的透明性（显

---

[1] ［英］劳拉·穆尔维：《视觉快感与叙事性电影》，周传基译，张红军编《电影与新方法》，中国广播电视出版社1992年版，第206页。

而易见性）——的诱惑之处，使其独特性彰显出来，表明事件并不是像所说的那样是必然的。破除我们的知识与实践建立于其上的自明性是事件化的首要的理论——政治功能"。① 福柯指出："事件化"（eventualization 意为"使……成为事件"）这个概念首先是指对于"自明性"的理所当然的权威地位的质疑，它往往借助于"历史永恒性"与"普遍的人类学特征"之类的神话，掩盖了事物的独特性与相对性。福柯说："由于历史学家失去了对于事件的兴趣，从而使其历史理解的原则非事件化（de-eventualization）。他们的研究方式是把分析对象归于最整齐的、必然的、不可避免的、最终外在于历史的机械主义或现成的结构。"② 在福柯看来，过去的历史研究常常沉醉于通过已经发生的事件找出普遍的真理或绝对的知识，而实际上，任何所谓普遍绝对的知识或真理最初都必然是作为一个"事件（event）"出现的，而"事件"总是历史的具体的。这样，事件化意味着把所谓的普遍"理论""真理"还原为一个特殊的"事件"，它坚持任何理论或真理都是特定的人在特定时期、出于特定的需要与目的从事的一个事件，因此它必然与许多具体的条件存在内的关系。"事件化"方法要表明的是：任何理论都不是必然的、不证自明的或普遍的。福柯说："对于自明性的突破，对于我们的知识、我们的默许以及我们的实践建立其上的这些自明性的突破，是'事件化'的首要的理论—政治功能。"③ 人对事件的认识往往流于世俗之见或先入之见，往往是理论先于事件的历史维度及其历史独特性，似乎那是不证自明的普适性的认识。而福柯强调，任何理论都是出于特定历史时期的特定事件而建构出来的，因而理论首先也可以看作是一个"事件"，因而我们在面对某个事件时，应该把它还原为事件，放弃单一的因果论。如果不把热奈特对普鲁斯特作品的研究当作普适性的策略，而看作特殊的现代主义的历史性实践，那么他所建构的超历史的

---

① Graham Burchell, Colin Gordon and Peter Miller ed. *The Foucault Effect*: *Studies in Governmental Rationality*, The University of Chicago Press, 1991, pp. 76–77.
② Ibid., p. 78.
③ ［法］皮埃尔·布迪厄：《实践与反思——反思社会学引论》，李猛、李康译，中央编译出版社1998年版，第44页。

第二章 叙事理论与话语

系统就恰恰与后经典叙事理论注重历史语境的倾向相符合。这样，结构就被压抑了，而被压抑的历史又返回了。

后经典叙事理论家认识到，无论阅读怎样客观与科学，阅读对象始终要在对阅读客体的阅读过程中建构而成，而绝非在阅读中发现叙事作品的内在特征。也就是说，叙事作品的内在特征不是事先就在那里的，而是通过在具体语境中的阅读，结合各个时代的读者阐释而形成的。因此，叙事文本是叙事的结果，是作者在特定历史时期也许出于某种目的而叙述出来的成果，同时对这一结果的理解与阐释可以是无穷的。如果说理论可以当成一个事件来看待，那么叙事文本当作一个事件来看待就更不必怀疑它的适用性了。叙事理论家卡恩斯在《修辞性叙事学》中批评热奈特对时间错位的分类时说："热奈特的分类没有论及在一部具体小说中，错序可能会有多么重要，这些叙事手法在阅读过程中究竟会如何作用于读者。换一个实际角度来说：可以教给学生这一分类，就像教他们诗歌音步的主要类型一样。但必须让学生懂得热奈特所区分的'预叙'自身并不重要，这一技巧的价值在很大程度上取决于个人、文本、修辞和文化方面的语境。"[1] 强调"个人、文本、修辞和文化方面的语境"的重要性，无意中揭示出后经典叙事理论的发展方向。

赵树理成为经典也是一个事件化的过程，与当时特殊的社会语境密切相关。

赵树理是解放区少数的真正的农民作家，在当时被奉为杰作。当然，他的地位与其文本的叙事现象密不可分。他借鉴了中国古典白话小说的"拟书场格局"，将其改造为"现代评书体"。中国古典白话小说的基本叙事特征鲜明：叙述者干预的全知视角，情节曲折、生动，结构完整并按单线连环的方式展开，包括"入话""煞尾""诗赞"（或"文赞"）等固定套路等。赵树理的"拟书场格局"采用了第三人称的全知叙述视角，也注重故事情节的叙述，甚至被批为重事轻人。与拟书

---

[1] 申丹、韩加明、王丽亚：《英美小说叙事理论研究》，北京大学出版社 2005 年版，第 212 页。

上编　叙事理论与话语

场格局的叙述者相比，赵树理小说中的叙述者不再以自己的价值判断直接评论人物或事件，而尽量把它融入人物的塑造和情节的叙述中，同时仍然保留了"说书人"亲切自然的口吻，娓娓道来，引人入胜。就叙述结构而言，他的故事情节更为丰富复杂，但辅助的情节线索并不干扰和破坏主线故事的连贯性与张力，很好地烘托了主题。这些叙事特色无疑迎合了农民的欣赏水平。他本人也一直致力于与传统的书场争夺阵地，立志成为"文摊"的作家，把"老百姓喜欢看"作为自己的创作追求。他深知，要想使广大农民读者乐于读自己的作品，就必须借鉴这些艺术形式，传统艺术形式能够留存下来，完全是靠它们在农民群众中的深厚基础。

而实际上，这样一位农民气十足的"作家"，与那些崇尚新文学接受新思想洗礼的文人相比显得有些格格不入。当时的文学界领导人多是30年代在北京或上海受过新文化熏陶的有学术背景或政治背景的人物，虽然这个"乡巴佬"的作品在读者中吃香，但他本人在革命队伍里实际上没有什么发言权。[①] 他不受当时的一般意义上的文学权威认可，把他推为经典只是政治需要而已。而且，他也并非一直处于受推崇的地位，在《回忆历史　认识自己》中，他写道：

> 胡乔木同志批评我写的东西不大（没有接触重大题材）、不深，写不出振奋人心的作品来，要我读一些借鉴性作品，并亲自为我选定了苏联及其他国家的作品五六部，要我解除一切工作尽心来读。我把他选给我的书读完，他便要我下乡，说我自入京以后，事业没有做好，把体验生活也误了，如不下去体会新的群众的生活脉搏，凭以前对农村的老印象，是仍不能写出好东西来的。[②]

可读完胡的略有批评性的批示后，赵树理并没有多大改变，直到写出《三里湾》后，他才认识到自己的三个缺点："一、重事轻人。……二、

---

① 严文井：《严文井文集》（第2卷），湖北少年儿童出版社2000年版，第431页。
② 赵树理：《赵树理文集》（第4卷），中国工人出版社2000年版，第2113页。

旧的多新的少。……三、有多少写多少。……这三个缺点,见于我的每一个作品中,在《三里湾》中又同样出现了一遍"。① 当时提倡的"两结合"要以英雄人物为核心的,因为人的主观能动性具有强大的力量,可以改变"事",而非"事"改变"人",由此才有英雄。而赵树理的作品明显"重事轻人",因而不太符合新中国建设时期的要求。

显然,赵树理的作品能否成为领军之作,不仅仅由其文本现象来决定,更要由特定历史时期的政治需要所决定。毛泽东《在延安文艺座谈会上的讲话》提出要发动群众,尤其是发动农民,把他们聚集在党的周围,可以大大增加民族凝聚力,增强当时在延安的根基并不牢固的共产党的力量。要动员群众,在文艺上就必须创作出能让群众看得懂、又有教育意义的作品,从而逐渐实现对"大众文化"的引导。为了革命斗争的需要,广大农民的阅读需要成了那一时期的首要任务。抗战时期党一直强调文艺大众化的问题,提倡"文章下乡、文章入伍"运动,当时的"民族形式"讨论以及1942年的延安整风运动涉及的都是这一问题。但大众化问题的讨论虽然热烈,可文艺界的创作并没有拿出真正让"大众"满意的文艺作品。但延安时期我们急需文艺创作上的成果支持,尤其是在《讲话》发表之后。而这个时候出现的赵树理,他用通俗的农民语言讲述农村故事,无疑正适应了形势的需要,因此赵树理被经典化,在当时的文坛崭露头角。

赵树理的《小二黑结婚》直接受到当时的北方局书记、负责北方局调查研究室工作的彭德怀副司令员的关照,指出这种从群众调查研究中写出来的通俗故事不多见,由此《小二黑结婚》才得以出版。后来,郭沫若、茅盾、周扬等一些大作家及党的文化领导者也都出来赞扬赵树理,称赵树理的创作是走向民族形式的里程碑,实践了毛泽东的文艺方向等。同年,《人民日报》发表文章,称赵树理为"农民作家"。正如福柯所说:"权力制造知识。"② 权威读者(彭德怀、郭沫若、茅盾、周

---

① 赵树理:《赵树理文集》(第4卷),中国工人出版社2000年版,第1710页。
② [法]米歇尔·福柯:《规训与惩罚》,刘北成、杨远婴译,生活·读书·新知三联书店2007年版,第29页。

扬等）的主导话语作用建构了赵树理在当时的典范地位。没有他们一锤定音的赞美之词，当时的左派新文人不见得会接受赵树理的经典地位，更不会把他推崇为农民作家的代表。如果不结合这些条件而单纯地谈论叙事诗学的特色是不能更深入地理解赵树理成为经典的历程和意义的。

后经典叙事理论将文本在具体的社会历史语境中的经历归还到文本研究中，如赫尔曼所说："从文本中心模式或形式模式移到形式与功能并重的模式，即既重视故事的文本，也重视故事的语境"①。无可否认，把文本还原为过程，或文本在"事件化"过程中，无不受制于各种话语的规约，如官方话语、精英话语等等。当然特定社会历史语境中的话语权力会干预文本地位的确立，但时间会去除过度的话语权力的干预，在不断的重读过程中去伪存真，去粗取精。读者由于具体的种族、民族、时代、环境的差异，会加入争夺意义的斗争中去，文本的意义不可能被固定，就成为一个又一个"事件化"的过程。

总的说来，在语言系统内正确的陈述，在现实应用中，不一定正确，只有在相关知识领域，陈述才成为话语。本书的话语主要是福柯意义上的话语，使用叙事学意义上的话语时称为"叙述话语"。话语具有约束功能，产生话语暴力：言语禁忌、理性启蒙和真理意志，这在后经典叙事理论中有所体现。"话语"是一种隐性的权力运作方式，而"叙述话语"指叙事作品中的技巧层面，即表达故事事件的方式。而只要是公开发表的"叙事话语"就不得不受到隐性的话语运作方式的支配。

叙事学在面对语言学转向、新历史主义、伦理学转向的冲击时，叙事学研究者寻找统摄一切的规律的意图也被视作徒劳之举。审美能力、对生命的感悟、与他人的关系、个人的作用远非结构分析所能胜任的，生活的差异性才是人类生活的应然状态，作为生活之投射叙事文本溢出

---

① ［美］戴卫·赫尔曼：《新叙事学》，马海良译，北京大学出版社2002年版，引言第8页。

了那个划定的叙事诗学的框架,形成所谓"内爆"。与之相对应的叙事理论也转向了后经典叙事理论。而后经典叙事理论的主要特征,即注重语境研究、跨学科研究以及把研究对象事件化的倾向,都贯穿着话语的主导性力量。

第三章
文本与话语

巴赫金在《文本问题》中提到语言学、语文学和其他人文学科中的文本问题，认为文本作为人文学科的思维成果的第一实体，是这些学科必须面对的直接现实，没有文本，这些学科的研究对象也就成了空中楼阁。这里的文本含义比较广泛："是思想的思想，是对感受的感受，是论话语的话语，是论文本的文本，""如果宽泛地理解文本，释为任何的连贯的符号综合体。"[①] 结构主义把文本看作与社会现实、作者相隔绝的客体，完全不受主观意识的影响和制约。建立在结构主义基础之上的经典叙事学致力于以文本为中心的叙事诗学的建构，它在进行形式描述时，常常预设了叙事的意义，结果使得经典叙事研究完全摒弃了社会历史语境，成了一座孤岛。

就文本能带来的意义而言，传统的作者意图决定论和读者感受决定论都遭到质疑，并在文学研究中逐渐失去其市场。叙事学中的"隐含作者"和接受美学中的"隐含读者"可以与现实中的作者和读者划清界限，是为保持文学研究的"中立、客观"的面目而创造出来的中间概念。文学研究涉及作者、读者、文本、语境等多方面的因素，因此叙事理论研究可以采用叙事学的概念和模式来建构作者与读者之间交流的互动的认识论模式。

[①] 钱中文编：《巴赫金全集》（第4卷），白春仁等译，河北教育出版社1998年版，第300页。

第一节 文本话语权的归属

文本源于拉丁文"编织"（texere）一词，指文本像毛线或绳子编织成毛衣一样，由文字编织而成。从词源角度看，无论东方还是西方，文本都有一种可拆解的意味在内。但这种意味远非科学性的分析所能涵盖的，伟大的作品都各有其神秘之处，都有经久不衰的生命力。因此，无论是作者、读者还是文本本身都不足以构成解密文本的独家法门。文学理论研究的趋势大致分为三个阶段，其一是注重作者研究阶段，其二是专注于文本的阶段，其三为侧重读者研究的阶段。从这三个阶段可以看出，作者对文本意义的决定权在逐渐被驱逐，读者的地位在提高。但不可否认，文学活动都要围绕文本进行，文本的重要性不言而喻，因而文本中心论的形式主义和结构主义叙述学都曾风行一时。但如作者意图决定论和读者感受决定论一样，过度强调某一因素而忽视另外两方面的因素，都犯了矫枉过正的毛病，不可避免地要进行理论上的"拨乱反正"。

一 作者话语权的衰落与回归：意图谬见与隐含作者

艺术研究涉及创作者—文本—读者—世界等层面，但在20世纪之前的传记批评，文学研究的注意力几乎都在作者身上，作者的生平、传记、家世都成为文学研究的重头戏。19世纪西方文论的代表人物泰纳认为决定文学的三要素为种族、时代和环境，因而文学批评的任务也主要围绕着作家的生活背景来进行，相反作品却处于次要位置。中西文学传统都曾试图从作者的内心来把握文本的意义。古希腊的解释学，中世纪的释经学及狄尔泰的哲学解释学，都试图客观地把握作者的原意，只有作者的原意才是文本意义的终极。将作者意图作为评价作品尺度的做法源远流长。维姆萨特和比尔兹利所列举的安那达·K. 库玛拉斯沃就属这一派观点的代表人物。他认为，只有实现了作者意图的作品才是艺术上成功的作品，对作品的价值的评判也就是道德评判。

19世纪的印象主义批评对这种做法提出了质疑，认为真诚的批评家应该宣称自己讲的只是自己的感受，而并非荷马或莎士比亚的意图。这样的研究脱离了文本，一切以作者为转移，应该称为传记研究而非文学研究。现代读者很容易反驳作者决定论，即使作者将自己的意图贯彻在文本中，也可能因自身的认识和理解水平而留下漏洞，从而为读者留下解构的漏洞。比如理查森的书信体小说《帕美拉》的本意是告诫年轻女性，要贞洁、忠诚，美德的报偿是圆满的爱情和受到尊重。但由于此书中的人物自己充当叙述者，难免有自夸之嫌，容易导致对其品质的怀疑：她最终赢得报偿，完全得益于她为赚取主妇的名分而进行的精心算计。她对贞洁婚姻的价值了如指掌，借此攀上了高枝。可见，作者意图无法贯彻为读者的认识。

维姆萨特和比尔兹利的《意图谬见》对作者决定论提出中肯的批评："一首诗只能是通过它的意义而存在……我们并无考察哪一部分是意图所在，哪一部分是意义所在的理由，从这个角度说，诗就是存在，自足的存在而已。"①"就衡量一部文学作品成功与否来说，作者的构思或意图既不是一个适用的标准，也不是一个理想的标准。"② 在 20 世纪，作者权威遭到前所未有的质疑，罗兰·巴特的"作者之死"将这一呼声推到极致。他写道："在相信作者的时代，人们总是设想他是他的书的过去，书和作者自动站在分开从前和今后的一条线上。人们设想作者养育了书，也就是说，作者在书之前存在，为书而构思，心力交瘁，为书而活着。现代的见解恰好相反。现在的撰稿人跟文本同时诞生，没有资格说先于写作；他不是书写这个谓语的主语。除了解说以外，再也没有时间；任何文本此时此地都可撰写，文本的永恒性就在于此。"③ 作者只有在创作的时候，才能称其为作者，写作完成后，文本的意义就不由作者决定。巴特写道："写作不停地安放意义，又不停地使意义蒸发，对意义实行系统的免除。文学（最好以后叫作写作）拒绝对文本（对作为文本的世界）指派'秘密'的最终意义，这样恰恰

---

① ［美］维姆萨特、比尔兹利：《意图谬见》，罗少丹译，赵毅衡编选《"新批评"文集》，中国社会科学出版社1988年版，第210页。
② 同上书，第209页。
③ 赵毅衡编选：《符号学文学论文集》，百花文艺出版社2004年版，第509页。

是解放了可以称为反神学的活动性,这其实是革命的活动性,因为拒绝把意义固定化,最终是拒绝上帝及其本质——理性、科学、法律。"①"一旦一个事实得到叙述,从间接作用于现实的观点出发,也就是说,最后除了符号本身一再起作用的功能以外,再也没有任何功能,这种脱节现象就出现了:声音失去其源头,作者死亡,写作开始。"②巴特以普鲁斯特为例论证道:"普鲁斯特的叙述者不是那个看见了、感受到了的人,甚至也不是那个在写作的人,而是将要写作的人(小说中的年轻人——我们不知道他的年龄,他是谁——想写作但写不出来,直到小说结束之时,写作终于可能开始),普鲁斯特把史诗献给现代写作。事情要从根本上颠倒过来:不是像人们常常认为的那样,作家的生命倾注于小说中,而是作品是他的生命,他自己的书是生命的模型;这样,对我们说来事情很清楚,夏尔吕并不模仿孟德斯鸠——在其轶事式的、历史的现实中——只不过是从夏尔吕派生而来的次要的碎片而已。"③ 罗兰·巴特则直接"杀死了"作者,提出零度写作,把作者排除在意义建构的范围之外。意义就成了阅读(批评)的产物,文本的统一性不在其起源而在于其终点。读者必须"杀死"作者,才能开放阅读。

"意图谬见"及"作者之死"否定了作者对文本意义的决定权。芝加哥学派的韦恩·布斯在形式主义批评的大背景下,为避免"意图谬误"和"感受谬误"而提出了一个折中概念——隐含作者。布斯认为:"只有依赖于对作者和他的隐含形象的区分,我们才能避免空洞无味地谈论作者的'忠实'或'严肃'这类特点。"④ 这个隐含作家总是不同于现实的人,是现实的作者在创造作品的同时创作了他自己的化身。可以看出,布斯的隐含作者是由作者来决定的,是作者的"替身",是第二自我。布斯认为,作者写作时:"他不是创造一个理想的、非个性的一般人,而是一个'他自己'的隐含的替身,不同于我们在其他人的作品中遇到的那些隐含的作者。对于某些小说家来说,他们写作时似乎

---

① 赵毅衡编选:《符号学文学论文集》,百花文艺出版社 2004 年版,第 511 页。
② 同上书,第 506—507 页。
③ 同上书,第 508 页。
④ [美] 韦恩·布斯:《小说修辞学》,华明等译,北京大学出版社 1987 年版,第 84 页。

就是在发现或创造自己。"①

而就读者而言，他如果不查阅作者的传记和其他史料来考评其生平，就不可能了解真实作者的生活经历和创作意图，读出来的可能与作者的"替身"大相径庭。因而布斯的隐含作者概念本身已经留下了可供拆解的漏洞。西蒙·查特曼认同"隐含作者"这一概念，因为它可以把真实的作者和读者排除在叙述过程之外。但在查特曼看来，"隐含作者不像叙述者，无法告诉我们什么。他，或不如说是它，既没有声音也没有直接的交流手段。它通过包含各种声音的整个作品的构思，凭借它所选择的并让我们理解的一切手段无声地引导着我们"。② 可见，这位隐含作者是读者在阅读过程中根据文本建构出来的文本中作者的形象，是读者通过文本的构思和各种叙事策略以及显示出来的意识形态倾向而提取出来的作者形象。因此查特曼认为"推断"作者比隐含作者概念更合适，他的意思就在于把隐含作者归结为一个必须由读者来决定的概念了。

里蒙·凯南与查特曼的观点类似，凯南借用"它"而不是人格化的"他"来指隐含作者，认为它应当是读者根据文本构成而推断出来的形象，是由文本体现出来的无言的结构现象，是接受过程的组成部分，看作读者心目中的作者，是读者从作品中推断出的综合评判的结果。这个整体形象是由读者与文本两者共同决定的，在一定程度上依赖于读者的理解。而读者所处的社会历史时期又因时而异，因而推断出来的隐含作者概念也就随之而变化，极有可能与作者本人有极大反差。我们看《泛舟》这首诗：

泛舟无俗情，水送复山迎。江色迷朝霭，松阴转午晴。
稳依危石缆，深傍绿芦行。吾已忘机事，沙鸥莫漫惊。

从诗中可以推断出来的隐含作者淡泊名利、超然物外，俨然一位化外人

---

① [美] 韦恩·布斯：《小说修辞学》，华明等译，北京大学出版社1987年版，第80页。
② Seymour Chatman, *Story and Discourse: Narrative Structure in Fiction and Film*, Cornell University Press, 1978, p. 148.

第三章 文本与话语

士,可本诗实际上出自欺压百官、权倾一时而留下千载骂名的严嵩。如果评中国历史上的十大奸臣,他一定榜上有名。可从本诗中根本看不出这种倾向。很多人写这种寄情山水的诗文,只是在得不到名利时的一种自我安慰,表明没有世俗功名还有山水相伴,能够怡心养性,自我平衡。从严嵩写的大量的这种寄情山水诗中可以看出,作者本人的思想及生平不能不考虑在文本研究的范围内,否则很可能会发生这种以奸为忠的情况。而读者推断出来的"作者"可能与那位活生生的写作文本的人投射出来的隐含作者大相径庭。这种情况并不少见。

里蒙·凯南进一步指出隐含作者概念的模糊性及其变动性。从作者写作的角度看,隐含作者是作者的第二自我,从读者阅读的角度看,隐含作者是读者从文本中推断出来的作者的形象。同一位作者的不同作品可以推断出不同的隐含作者,从同一文本中,不同读者也可能会推断出不同的隐含作者。而一位作家的化身不会只有一个,在不同的文本中,会体现出不同的理念,因此他的隐含作者可以有多个。

但如费伦所说,叙述文本之所以按这种方式排列语词,就是因为隐含作者的价值观和意识形态如此决定的。英国文体学家罗杰·福勒在《语言学与小说》中也指出不能脱离作者的经历来理解作品,譬如要更好地了解 D. H. 劳伦斯的作品的主题和修辞,就应该花时间了解一下他所处的社会背景和他的内心世界的基础:"我们不应完全排斥作者,而应当从我已论及的创作原则的角度来理解隐含作者这一概念:文本的构思将作者及读者置于一个与作者所描述的内容相对应的特定位置,也就是说文本的结构在一定程度上界定了它的'作者'。这种用创作原则上的隐含作者概念来取代现实中的作者的做法可以从语言学的角度来理解。小说的构思及其实施均由语言作为中介,而语言是社会所共有的,它蕴涵那个社会的价值观和思维方式。作者在写作时对语言结构的选择会使他在一定程度上失去自我控制,因为文化价值观(其中包括对于不同种类的隐含作者的不同期待)会渗透作者的言语,这样一来,个人的表达必然会被属于社会的意义所限定。"[1] 可见,隐含作者这一概

---

[1] R. Fowler, *Linguistics and the Novel*, London: Methuen, 1977, pp. 79 - 80.

念有回归现实语境中的真实作者的倾向,也纠正了经典叙事学将写作主体排除在阅读过程之外的倾向。

意图谬见否定了作者对文本意义的决定权,但这并不意味着作者可以缺席。如申丹教授指出的:"作者在某一作品中表现出来的立场与观点与其通常表现出来的很可能会有所不同,不同作品中的作者形象也往往有所不同,同一作品中表现出来的作者立场也可能前后不一致,如此等等。正是由于这些差异的存在,'真实作者'和'隐含作者'这两个概念难以互为涵盖或互为取代。在阐释作品时,可以说是缺一不可。"①可见,隐含作者概念不能脱离作者本人来界定,将布斯的中立的意图又拉回到了社会历史语境中,这也完全符合后经典叙事理论的潮流。确实,真实作者是什么样的人不能决定读者从作品中推断出来的作者形象,当然读者推断出来的形象也不完全与现实作者在文本中的部分体现相一致。但隐含作者是由读者从文本中推断出来的还是作者意图的部分再现之争表明,通过其文本现象展现出来的作者本人的意图也是文本意义不可或缺的因素。

二 读者话语权的衰落:感受谬见与隐含读者

将读者的感受作为评价诗的标准的做法古已有之,以瑞恰兹及其追随者为代表。他们把文学作品的价值标准归结为读者的心理感受,认为能让读者的内心感受得到平衡的就是好作品,反之就不是。而读者的内心感受又分为批评者自己的感受和其他读者的感受两个标准。维姆萨特和比尔兹利对瑞恰兹进行了反驳。他们指出,首先就第一种模式而言,批评者的诚意和水平无法保证,而且每位读者对作品的感受又都不同,这样批评者和读者对同一部作品的感受无法统一,这种批评也就无意义了。其次就第二种模式而言,如果以其他读者对作品的感受为标准,而每位读者对作者的感受各不相同,无法确立统一的标准。二人在《感受谬见》中提出:"诗是关于情感和客体的论述或是关于客体的情感特

---

① 申丹、韩加明、王丽亚:《英美小说叙事理论研究》,北京大学出版社2005年版,第397页。

征的论述,"这种情感"只能在其客观对象中得到表现,并作为知识的一种模式精心构思而成"。① 因而"感受谬见则在于将诗和诗的结果相混淆,也就是诗是什么和它所产生的效果。这是认识论上怀疑主义的一种特例,虽然在提法上仿佛比各种形式的全面怀疑论有更充分的论据。其始是从诗的心理效果推衍出批评标准,其终则是印象主义和相对主义"②。《意图谬见》和《感受谬见》批判了文学研究中的传记式批评和印象式批评。实际上二人既不反对作者意图的研究,也并不排斥读者感受的研究,只有把作者的意图和读者的感受作为评价诗的绝对标准时,才会引起谬误。他们曾明确提出:"一首诗引起的感情越是叙述得具体入微,它越会接近关于产生这些感情的原因的叙述,也更有把握成为这句诗可能在其他熟悉情况的读者心中引起的感情的叙述。"③可见,形式主义研究内部并非完全排斥社会历史语境的。二人批评的目的并非要将读者感受排除在文学批评之外,他们认为文学批评可以由读者感受出发,探讨产生感受的原因,从而实现对作品的评价。

而接受美学打破了作者决定论和文本决定论两个极端,也纠正了形式主义过于注重文本的弊端,把文本与读者的关联纳入到文学研究范围内。伽达默尔的阐释学对接受美学的兴起具有直接启蒙的作用,也可以说,接受美学就是阐释学。伽达默尔把文学看作一种绵延的历史的对话,在这种对话中作品的真正意义是永无止境的。他在《真理与方法》中指出,对一个文本来说,它的意义是一种无限的生产过程,新的理解源泉不断产生,展现出意想不到的意义关系。因此,接受过程不是对作品意义简单的复制与还原,而是一种积极的建设性的创造。

接受美学的代表人物伊瑟尔在英伽登的图式结构理论基础上提出"隐含读者"的概念。英伽登认为,文学充满着各种未定点,是由不同的层次构成的一个整体结构。各个层次的衔接上不免会留下许多的"含混"和"空白",这就需要读者在阅读过程中进行"具体化"或者

---

① [美]维姆萨特、比尔兹利:《感受谬见》,罗少丹译,赵毅衡编选《"新批评"文集》,中国社会科学出版社 1988 年版,第 247 页。
② 同上书,第 228 页。
③ 同上书,第 243 页。

"补充"了。在任何限定的文学作品中，该图式结构都是无法消除的。每一部作品原则上都是未完成的，都有待于读者去填补，而这项工作永远也无法完成。每个读者都带着自己的个性和前见去阅读，总有个体独特的体会，因此作品的具体化过程和结果也会多种多样。

在伊瑟尔那里，隐含读者是根据文本结构预设的理想读者。隐含读者能够读出本中潜在的一切可能性，而与之相对的现实读者或经验读者则始终不可能完满地实现文本意图。因此，每一次阅读所获取的意义其实都是文本全部意义的一部分。可以说隐含读者就是文本结构期待的接受者，他既非真正的读者，也非某种抽象的读者，而是一种文本结构，是可以预见的现实读者的阅读和解释的多种可能性。文本意义实现的过程和结果都潜在地呈现于由读者的角色构成的文本结构之中。隐含读者指向一位可能出现的符合本书结构的"期待"的读者，而且能够主动参与本书意义的构建与实现。这里的文本是一个能够激发读者阅读的网络结构，它一方面具有开放性，另一方面又限制读者对文本的随意解释。虽然不同的读者由于各自不同的个性特征、能力和前见会对同一文本进行不同的解释，获得不同的意义，但这些解释和意义本来就蕴涵在该文本之中。换言之，隐含读者既实现了文本的潜在意义，又体现了读者通过阅读实现潜在性的过程。虽说读者是文本意义的建构者，但归根结底，接受美学中的隐含读者是由文本召唤的。不能把读者的作用绝对化，姚斯强调，接受美学并不是放之四海而皆准的原则，它并不足以解答自己所有的问题。语境和文本之间的冲突共同生成了文本的意义。文本意味着什么，完全要看人们的批评策略及其观念，感受谬误在批评实践中以特殊的方式否定了读者的决定权的同时，也证明了读者的不可或缺的角色。

但修辞性叙事学家一般关心实际读者和作品接受时的社会历史语境，但这一领域的实际进展缓慢，叙事学家不太会像社会学家那样去进行社会调研，而社会学家所采用的实验文本又大多简单，因此要研究真实读者对具体文本的修辞手段的感受还有很多工作要做。叙事理论对真实读者所能产生的实际效果研究还有很长的路要走。虽然所有的读者面对同一叙事文本时，面对的也是同样的叙事策略，但同样的策略不见得产生类似的审美效果，因此后经典叙事学反对把读者看成是同质的群体。因此，我们就需要一种将价值标准和认识论考虑进来的可实施的框架，尤其是先前存在于读者和批评家头脑中的概念信息以及文本和文本外的信息之间的相互作用考虑进来。

感受谬见和隐含读者都是为了避免读者的主观性而提出的中性或中立的一种选择。文学文本的产生离不开创作过程，离不开作者所赋予作品的潜在意义和功能。但文本的任何意义都不能自行实现，只有在读者的阅读过程中才能把潜在功能转化成现实功能，以最后完成文学的功能。因此，作者的意图和读者的领会共同生发出文本意义。接受美学将文学研究从"作家—作品—读者"转变为"读者—作品—作家"的过程，既肯定读者在阅读过程中的积极参与，同时也注重文本自身对读者阅读过程的制约作用，打开了封闭的文学意义决定系统的阀门。

三 文本中心论的瓦解：形式主义、新批评与经典叙事理论

俄国形式主义与英美新批评以及后来的结构主义批评均属于形式主义批评流派，他们专注于对文学形式的研究，在 20 世纪西方文学批评领域中具有重要意义。

形式主义文论把重点转向文本，宣称文本之外无文学。形式主义者把文学看作一种审美体验和感受的过程，因而作家有义务加深和延长这一过程，要体现文学作为艺术的本质特征。形式主义者认为，文学作品的诞生由自身规律所决定，即使没有曹雪芹，《红楼梦》也会出现。形式主义者从语言学的角度，将文学的语言结构研究作为文学批评的中心，确立了文本研究的独立性与至尊地位。然而正是因为过度关注语言运用和文本结构而忽视了其他因素，导致其对社会历史、文化视而不见。形式主义研究摒除了社会历史语境，将文本看作一个封闭自足的独立体系。这些研究方式都注重研究语言，认为文学乃完整自足的语言结构，强调文本细读的重要性，都反对传记批评、历史考据及一切印象主义的价值判断，主张用纯文学的标准审视文本。形式主义文论紧紧抓住审美与艺术的特征，使文学批评更专业化，更具"科学性"。但文学的复杂性恰恰不能用科学来简化和绝对化，它无法脱离社会意识形态而存在。形式主义研究仿佛把印第安人拉到美国纽约、芝加哥，然后观察他

上编　叙事理论与话语

们的衣着、行为习惯，说明他们怎样做的这些事情。如果脱离了生活的环境，这些行为的意义不可能获得有效阐释。

兰瑟姆首次将"本体"这一哲学术语用于文学研究。他认为，文学作品是一个完整的多层次的客体，是一个独立自主的世界，文学作品本身就是文学活动的本源。以作品为本体，从作品本身出发研究文学的特征遂成为新批评的理论核心。在作家—作品—读者的艺术生产过程中，新批评毫不犹豫地斩断了与作品相连的作家和读者的联系，将文本推到了文学研究本体的地位。也许有人会以瑞恰兹提出的语境理论来反驳，但他的语境是指上下文的联系，正是这种上下文确定了该词、句或段的意义。词语在历史语境中形成，蕴含着历史的积淀，一个词甚至可能暗含着一个惊心动魄的事件，或某种强烈的情感——但在瑞恰兹那里，语境仍然是文学内部的语境，他将文学放到形式的孤岛上，隔离了与社会历史语境的天然关联。

文本自我决定意义，文本的构成就成了文学研究的重中之重。英伽登提出了文本意义的"五层说"，即声音层面—意义层面—世界层面—观点层面—形而上层面。韦勒克和沃伦在此基础上提出了"八层说"：

> （1）声音层面，谐音、节奏和格律；（2）意义单元，它决定文学作品形式上的语言结构、风格与文体的规则，并对之做系统的研讨；（3）意象和隐喻，即所有文体风格中可表现诗的最核心的部分，需要特别探讨，因为它们还几乎难以觉察地转换成（4）存在于象征和象征系统中的诗的特殊"世界"，我们称这些象征和象征系统为诗的"神话"。由叙述性的小说投射出的世界所提出的（5）有关形式与技巧的特殊问题……（6）文学类型的性质问题，并讨论有关文学批评中的问题。即（7）文学作品的评价问题。最后，回到文学的进化观念上，讨论（8）文学史的性质以及可否有一个作为艺术史的内在的文学史的可能性。[①]

---

① ［美］勒内·韦勒克、奥斯汀·沃伦：《文学理论》，刘象愚等译，江苏教育出版社2005年版，第174页。

第三章 文本与话语

这一层次结构遵循着声音—意义—隐喻、象征—结构—形式、技巧—批评—评价的顺序，从第六层开始，逐渐把主观的因素纳入研究范围之内。韦勒克和沃伦既强调文学的内部研究也重视文学的外部研究，避免了单纯的形式研究的偏颇之处。

结构主义叙事学家从语言学中获得启发，试图把人类社会的各种文化现象都看作一种语言。在语言学中，存在两个结构，即句子的表层结构和深层结构，表层结构由深层结构支配，并由它衍生和转化而成。经典叙事学认为，语言和文学之间存在着异质同构的关系，只要找出林林总总维系复杂的叙事文本之下的叙事结构，这个或少数一些结构可以囊括所有的叙事文本，这样文学研究也可以像科学那样有章可循了。根据语言学中的表层结构与深层结构之区分，叙事学中有"故事"与"话语"之间的区分。二者之间的相互作用构成了叙事作品的意义来源。故事指按因果关系和实际时间组合成的事件，一个假定独立存在于话语或先于话语的事件，而"话语"指用于叙述故事的口传的或书写下来的文本，对事件的信息进行提炼、筛选，形成错综复杂、引人入胜的叙事效果的表达。第一章中已经对叙述话语进行了详细地说明。叙事学家试图归纳出故事的基本模式，然后在此基础上抽象出一劳永逸的叙事结构，即隐藏在故事表层下面的那个最基本的故事。

早期叙事学家在结构主义的影响下，将文本分解成基本叙事单位，然后将其重新排列组合来发现故事所隐含的深层结构。普罗普把叙事功能当作叙事结构的基本要素，他在考虑叙事功能时，基本是按照时间顺序来对各个功能进行排列组合的，而且这三十一个功能前后次序是不能颠倒的，但在叙事过程中，某些功能之间的逻辑关系要比时间顺序更容易被人接纳。布雷蒙在普罗普研究的基础上，提出了"叙事序列"的概念。布雷蒙用叙事序列来说明功能之间的逻辑关系。他认为故事不可能千篇一律地都按照一条线索发展到底，它在发展过程中可能出现各种插曲，有各种可能性。因此功能之间的时间链条并不可靠，有些序列可能是重叠的。布雷蒙把序列分为"基本序列"和"复合序列"两种。基本序列由三个功能构成，即情况形成、采取行动及达到目的，这与语言学的动词谓语类似。三者之间仅仅是逻辑关系，并不是必然地连续发生，如情况形成时可能采取行动也可能不采取行动，行动可能成功也可能失败。这一逻辑关联很有弹性，每种关联都存在选择的可能性，这样也为人物意志在故事发展过程中所起到的作用提供了理论阐述的空间。他的复合序列包括三种，分别是连接式、镶嵌式和两面式。连接式指两个或两个以上的叙事序列前后连接，第一个序列的最后一个功能是第二个序列的第一个功能。镶嵌式指在某个序列发展过程中插入另外的序列。两面式指由不同的眼光观察同一事件造成的不同结果，这种观察角度的变换可以充分揭示故事的复杂性。格雷马斯（Greimas）以语言学为模式，力求找出故事内部基本的二元对立关系，再由此衍生出整个故事。作为符号学家，格雷马斯力图通过语义研究来找出文本的意义产生系统。他在《结构语义学》中提出了著名的"语义方阵"。在他看来，故事的发展与语义方阵的运动方向相对应。具体说来，故事的发展也要从一个特定的基点转向其相反的方向或矛盾的方向。这个方阵就构成了故事的深层结构，在此基础上，增添许多细节，对它进行扩充、演变，使它跌宕起伏，引人入胜。但这个方阵在实际应用过程中，忽略了各个文明的独特之处，往往不能得出令人信服的结论。

格雷马斯深受结构主义人类学家列维-斯特劳斯的影响，将结构主义的二元对立原则应用到对文本的分析中。法国人类学家兼结构主义者列维-斯特劳斯（L. Strauss）以神话为研究对象，发现浩如烟海的神话底下隐藏着某些永恒的"深层结构"，一些普遍的文化对立（如生/死，天堂/尘世等）和处于这些对立项之间的象征符号，体现了西方基本的思维模式。这些深层结构在不同文化中可以演变出具有不同价值的表层结构。同时，格雷马斯压缩了普罗普提出的功能种类，并将它们归入三种序列结构：契约型（contractual）结构、完成型（performative）结构和离合型（disjunctive）结构。契约型涉及契约的制定和毁弃，如命令与接受命令，禁忌与违禁等。以故事层面为研究对象的叙事学十分关注叙事中的行为结构，同时大量借鉴了语言学中的术语和概念，如行动、功能、序列、结构、语法等等。这一时期几乎所有叙事学家都追求其理论的客观性和普适性。但正如米克·巴尔（Mieke Bal）指出的那样，这种模式下的叙事研究不能作为阐释工具，其实用性因此大打折扣，同时它也难以真正达到宣称的客观性和普适性①。无论是托多罗夫，还是罗兰·巴特，后来都改变了最初的研究方向，从对故事语法的研究分别转向叙事的文化层面和符号层面。

结构主义叙事学割裂了文本与社会历史语境、作者、读者的关联，在20世纪80年代以来的文化转向、伦理学转向中陷入低谷，甚至有人断言，叙事学已经死亡。无疑，文本意义不能由自身来确立。

第二节 文本与话语

一 文本与话语交流

无论是以文本为中心的形式主义、结构主义或以读者为中心的读者反应批评，抑或是作者意图决定论，都试图为文学批评重置一个中心，这无疑忽视了文学本身的差异性与独特性。文学本体论建构了一个又一个宏大叙事，形成一个又一个批评神话。

回到文学叙事的本义，叙事如同语言一样，是为了交流。人渴望历险、新奇与娱乐，有与他人分享经历和交流的愿望，此外，虚构性的叙述也是人的创造性、想象性的和游戏性的行为。这些人类学的倾向由于叙事学的交流性的社会功能和娱乐功能而得以加强。澳大利亚著名系统功能语言学家韩里德（M. A. K. Halliday）在他《作为社会符号的语言》一书中明确提出，语言使用是一种双向的互动过程，在这一过程中，语篇意义如同一种礼物在不同的主体之间交换；俄国批评家巴赫金也提出，所有的语言互动关系都是一种话语交换。

叙事不仅作为叙述人的利益而存在，而且对接受者也有利，如娱乐性的好奇心和愿望。叙事事关交流双方间的力量对比，所以它是一种具有很强意识形态特征的人类交际行为。交际中交际对象的价值（文本的意义）评估要考察作者为文本设定了一个怎样的意义框架，读者又如何在既定的视域中去解读。

---

① Mieke Bal, *On Story-telling*, Sonoma: Polebridge Press, 1991, p. 5.

上编　叙事理论与话语

叙事是运用语言编织故事，故事一定是讲给某个人听的，讲故事的人为得到某种好处给听故事的人叙述一段故事，后者为了获得一种快乐体验而付出时间、金钱和注意力，所以叙事从一开始就包含着一种交换，文学研究也应该逐步朝向一种以读者为导向的认识论的互动的话语交流模式。即文本的意义既非由作者决定，也非由语言结构决定，而应该由读者通过三方共同的话语交流来获得。文本与接受者的话语交换，最明显的例子莫过于《一千零一夜》了，宰相的长女桑鲁卓用故事吸引了暴虐的国王的注意力，将国王的杀人以泄满腔怨恨之情的需求转换为对故事的进展的渴望，古老的叙事给了国王更精彩的精神体验，这种愉悦远不是简单的残害他人所能替代的，于是叙事救了桑鲁卓也救了成千上万无辜年轻女子的性命。

从文本自身来讲，叙事不是一个封闭的意义结构，而是一种表意过程，它自始至终连接着文本的作者与读者，在作者缺场的情况下，文本与读者之间的互动成了意义生成的关键。总而言之，每一种理论的兴起都伴随着对作者、读者和文本三因素之一的极端化，纠其一点而不及其余。而每一种理论的衰落也都是在这理论所没有给予足够重视的其他因素的崛起过程中完成的。这不是一个非此即彼的游戏，更大程度上是亦此亦彼的进程。

实际上，文本是一个对话性的开放的结构，它的意义"只能在情境中和文本链条中（即在该领域的言语交际中）才能揭示出来。这一极不是与语言（符号）体系的成分（可复现的成分）相关联，而是与其他文本（不可重复的文本）通过特殊对话关系（如果排除作者，也就是辩证关系）相关联。"[①] 可见，读者除了要解读文本现象之外，还要面对文本序列，即这个文本在互文本链条中的地位与价值以及历代对文本的批评链条。阐铎在他1925年印行的《红楼梦抉微》中说："咸同以来，红学大盛，近则评语索隐，充塞坊肆，较之有井水处无不知有柳屯田，殆已过之。然青年男女，沉酣陷溺，乃如麒鼠

[①] 钱中文编：《巴赫金全集》（第4卷），白春仁等译，河北教育出版社1998年版，第303页。

食人,恬然至死而不自觉。嘻,何其甚也!《红楼》大体高华贵尚,不至令人望而生厌,而丑秽俗恶,遂随之深入人心。天下之最可畏者莫若伪君子,彼真小人者,人人避之若浼,诚不如伪君子日日周旋于缙绅之间,反得肆其蛊惑之毒。《金瓶梅》者,真小人也。著《红楼梦》者在当日不过病《金瓶》之秽亵,力矫其弊而撰此书。初不料代兴以来,乃青出于蓝,冰寒于水,一至于此。"① 读者不仅仅要面对《红楼梦》本身,此外还要了解与它有可比性的其他文本如《金瓶梅》等,在此基本上评定它的价值。此外,还要面对历代对《红楼梦》及其作者的评价:从评点派到"索隐派"及"题咏派",王国维借《红楼梦》谈人生之苦,汪精卫借《红楼梦》谈"家庭之感化",胡适称之为"自叙传",俞平伯看出"色即是空",1949年后的《红楼梦》被认为是封建大家庭的衰落史等不一而足。不同时期对《红楼梦》的解释形成的"红学史",需要读者的参与和再创造,正是由于伟大作品的"召唤"共同生成《红楼梦》不朽的阅读史。读者要与叙述者的叙述和批评家建构的隐含作者进行话语交流来确立文本的意义。作品本身在与历史的对话中形成,不同时期人们对文本的一系列阐释,也是理解作品的必要条件。

费伦说过:"首先是叙述者向他的读者讲故事,然后是作者向作者的读者讲述的叙述者的讲述。结果,叙述者的讲述成了作者的整个叙述结构的组成部分,在这个意义上,在一个层面上的讲述,在另一个层面上变成了被讲述的内容。"② 这段话听起来很绕,叙述者的读者实际上应为受述者,受述者一般并不明显。但在书信体小说中,受述者可能会出现。这种情况下,叙述接受者亲身参与到小说中来。这个受述者只是理论上的接受者,因为一旦他开始交流过程,他也就成了叙述者,成了具体可感的形象,叙述者和接受者也随着书信往来而发生轮换。比如《帕美拉》中帕美拉与父亲的通信就随着"书信往来"不时地由一位叙

---

① 郭豫适:《红楼研究小史续稿》,上海文艺出版社1981年版,第127页。
② [美]詹姆斯·费伦:《作为修辞的叙事:技巧、读者、伦理、意识形态》,陈永国译,北京大学出版社2002年版,"前言"第14页。

述者转换为一位可交流的接受者,再由接受者转换为叙述者。作者的读者是一位理想读者,理论上能够实现(隐含)作者所预设的文本现象并做出合理的阐释。但读者首先接触的是文本现象,即叙述者所叙述的故事。这样,从读者的阅读过程来看,他首先要从文本现象入手,解读叙述者的叙述,再从文本的叙述中读出文本的意义,即隐含作者所设定的文本意图。这里真实的作者意图是不可读的,如福柯所强调的,作者不是一个历史事实,而是批评家的批评操作的结果。也就是说,作者的主体性并不先于文本而存在,甚至不与文本同时存在,不存在于文本之间,不是阅读的前提,而是批评性阅读的结果。作者只是产生讲述的复杂过程中的一个功能,无法决定读者的理解。

西蒙·查特曼认为叙事文本是隐含作者和与之对应的隐含读者代表参与相关的交流活动。他描述出了交流指向:真实作者→隐含作者→(叙述者)→(叙述对象)→隐含读者→真实读者。① 这个过程表面上看起来是一个信息发送到接收的单向过程,而没有一个反向的交流过程。但实际上只要读者进行解读,这个过程立即就转向了,转向一个读者与文本现象以及隐含作者进行交流的过程。查特曼在《叙事术语评论:小说和电影的叙事修辞学》(*Coming to Terms: The Rhetoric of Narrative in Fiction and Film*)探讨文本所能产生的修辞效果,他在文中注重作者、叙述者与读者之间的关系,探讨如何通过文本的结构、规律等手段来控制读者可能产生的反应,并研究这些手段怎样达到预设的目的。如查特曼自己所说,叙事修辞有两种,一种旨在劝服我接受作品的形式;另一种旨在劝服人们接受对于现实世界里发生的事情的某种看法。而文学与电影研究者的一个重大任务就是探讨这两种修辞和它们之间的相互作用。前者相当于布斯所推崇的美学修辞,关注修辞手法如何让读者做出相应的合理的反应;后者对应于意识形态批评,关注现实世界对读者的制约。而詹姆斯·费伦认为:"实际上,认为叙事的目的是

---

① Seymour Chatman, *Story and Discourse: Narrative Structure in Fiction and Film*, Cornell University Press, 1978, p.151.

传达知识、情感、价值和信仰,就是把叙事看作修辞。"[1] 费伦"所提倡的方法把重点从作为控制者的作者转向了在作者代理、文本现象和读者反应中间循环往复的关系,转向了我们对其中每一个因素的注意是怎样影响了另外两种因素,同时又受这两种因素的影响的"[2]。可以说在费伦那里,阅读是无限循环的活动。他"从实用主义的观点出发,把叙事看作修辞就等于认为叙事不可避免地与阐释紧密联系在一起,而阐释又具有无限的可塑性——据阐释者在特定场合的特定需要、兴趣和价值而定"[3]。三者综合考察才是文学研究的必经之路。读者首先要面对叙述者的叙述,然后要以叙述文本为切口,挖掘出叙述文本所在的互文本链条,结合批评家们操作出来的作者,确立当下的叙述文本的文学史地位和价值。这个过程也可以说是读者与文本的话语交流,具体说来,隐含作者及其文本设定了文本的叙事现象,制约着读者的理解。而读者从文本现象出发,以个人的知识储备和价值标准为依托,与文本、互文本、批评史及社会历史语境结合,进行文本解读。

也许有人会说上述理论从根本上说是读者反应批评的变体,是一种"视界融合"。的确,读者要带着海德格尔的"先在结构"(人对世界和文本的理解总是在主体已有的认知范式下的理解)和伽达默尔的"前理解"来介入文本,"前理解"虽可能含有"偏见",但是理解作品必不可少的前提。阐释学为文本的阅读和意义阐释开辟了广阔的视野,并直接影响了文学接受理论和读者反应批评。但阐释学悬置了文学作品的客观性,强调读者的主观感受,忽视了作品本身的结构作用,使主观的差异性掩盖了客观的差异性,否定了作品的独特意义和价值。而叙事理论注重文本现象对读者反应的制约,强调双向的或三向的交流过程。现代哲学阐释学作为一种方法论,虽然强调理解的历史性和意义的相对性,强调文学作品存在多种解释的可能性,但在高扬主观性和相对性的同时,可能会陷入相对主义的窠臼。伽达默尔也宣称他的解释学是一种

---

[1] [美]詹姆斯·费伦:《作为修辞的叙事:技巧、读者、伦理、意识形态》,陈永国译,北京大学出版社2002年版,"前言"第23页。
[2] 同上书,"前言"第24页。
[3] 同上书,"前言"第17页。

普遍的方法，试图将解释学提升到无所不能的超验地位。

二 经典文本与话语

布鲁姆说："经典形成是艺术家竞争的结果。"[①] 也许有人会持反对意见，认为经典完全是由于经典自身的特质而成为经典的。经典首先是文本，但它同时又是在相当长的时间里由阅读确认的，或由专业阅读与消费阅读指认和评定的文本。优秀的文本也需要伯乐，否则可能根本不被发现或蒙尘许久才遇知音。陶渊明的田园诗直到一百多年后才被萧统发现，宋朝时期为苏轼和朱熹所推崇，最终南宋汤汉的注释帮助确立了其在文学史上的地位和学术史上的价值。

如洪子诚所说："'经典'问题涉及的是对文学作品的价值等级的评定。'经典'是帮助我们形成一个文化序列的那些文本。某个时期哪一种文学'经典'，实际上是提出了思想秩序和艺术秩序确立的范本，从'范例'的角度来参与左右一个时期的文学走向。"[②] 但"价值等级"如何确定，由谁来确定？文学经典的建构是某种权威的阐释话语把符合自己标准的文本推出来，同时也把自己的批评标准和推崇的文本合法化和中心化。传统的宗教和政治势力为了某种目的，可能会控制大量的象征资本，从而在艺术话语领域取得压倒性的优势。经典的建构除了是艺术家的竞争之外，也是批评家主要是权威的批评阐释的结果。但这个权威又由谁来界定呢？

经典的确立涉及官方话语、精英话语和民间话语三个方面，可能某个历史时期其中一个因素占上风，但时间的推移会将一部分文本去经典化而也有一部分文本会被经典化。

官方话语关注文学的社会作用，对文学其他方面的关注也往往以其社会作用前提，从实用的目的出发来要求文学、规范文学。柏拉图可以说是官方话语确立经典的始作俑者。他从建立理想国的要求出发，对诗

[①] 科尔巴斯：《当前的经典论争》，载陶东风编：《文化研究精粹读本》，中国人民大学出版社2006年版，第368页。

[②] 洪子诚：《问题与方法：中国当代文学史研究讲稿》，生活·读书·新知三联书店2002年版，第233页。

第三章 文本与话语

歌、悲剧、喜剧等都进行了规范。他提出诗歌要模仿人性中理性的部分，不能描写容易激动的情感和容易变动的性格，不能描写人性中低劣的部分，摧残理性的部分，和无理性的部分，要监督、强迫诗人只描写善的东西和美的影像，否则就不准他们作诗。他只允许歌唱为法律的守护人所批准的诗歌，神圣的诗，献给神的诗，并且是好人的作品，正确地表达了褒或贬的意思的作品。而悲剧和喜剧因不恰当地培养了人的不正确的情感，应被禁止，清理出理想国。毛泽东的《在延安文艺座谈会上的讲话》提出了文艺为政治服务，为工农兵服务的理想。1954年，毛泽东在《关于红楼梦研究问题的信》中肯定了李希凡、蓝翎对俞平伯的批判，奠定了后来的《红楼梦》研究中的资产阶级思想批判的基调。俞平伯认为《红楼梦》为感叹身世、情场忏悔和十二钗的传记之作。而李、蓝两人则认为，曹雪芹从自己的家庭遭遇和亲身生活体验中，预感到封建地主阶级必然灭亡的历史命运。曹雪芹用生动、典型的现实生活的图画，把封建官僚阶层内部腐朽透顶的生活真实地暴露出来，表现出它必然崩溃的历史命运。这刚好符合了当时国家的主流意识形态：一个新生的政权需要说明自身的合法性。此后，北京、上海和其他地方相继召开学术会议探讨《红楼梦》。此时精英话语登场，批评俞平伯的错误，肯定李、蓝两人的观点。何其芳指出："《红楼梦》就是这样：它以十分罕见的巨大的艺术力量，描绘了像生活本身一样丰富、复杂和浑然天成的封建社会的生活的图画，塑造了可以陈列满一个长长的画廊的性格鲜明的人物和典型的人物；通过这些生活和人物，它深刻地暴露了封建统治阶级的丑恶和腐败，封建主义的残酷和虚伪，封建社会的男女不平等；而在这个黑暗、污秽和罪恶的世界里，它又描写了青年男女的纯洁的美丽的爱情，描写了封建社会的叛逆者们和奴隶们的反抗，描写了他们对于合理的生活的追求；这些描写是这样重要，它们成为全书的突出的内容，并从而使全书闪耀着诗和理想的光辉。《红楼梦》就是这样，准确些说，它的主要内容就是这样，它的总的意义和效果就不能不是对于整个封建社会的批判和否定。"[①] 毛泽东对李、蓝

---

① 朱一玄编：《红楼梦资料汇编》，南开大学出版社2001年版，第830—831页。

两人的观点的认同，使得二人对《红楼梦》的主题思想、社会意义的表述上升为官方话语，又经各种会议灌输到社会的精英阶层，进而成为整个社会的共同认识，《红楼梦》成了文学经典。

相对于官方话语来说，精英话语更注重文本的人文关怀和艺术独创性，有着相对独立的话语权。真正的知识分子是不能为官方话语所左右的，他们作为社会的良心，会坚持独立的学术品格和评价标准。精英主导着文学的出版、批评、文学史等领域，他们以精神探索的深度和表现方式独创性的程度为标准进行文学经典的遴选。相对而言，精英能够判断"陌生化"的艺术产品的价值和意义，而一般欣赏者则不具备这种知识储备和理论素养，因而精英的判断比较有权威性。乔伊斯的《尤利西斯》借用古代神话故事，模仿英雄史诗结构，在传统价值观念消失而新的价值体系尚未树立起来的时代，树起了一座新奇的文学丰碑。其文体风格多变，刻意求新，阅读起来难以获得通常意义的愉悦和乐趣。然而，这些无法阻挡它成为20世纪最伟大的作品之一。在一般读者那里，《尤利西斯》无异于天书，其艺术价值主要由专业的批评家来评判。

读者大众也能够评选经典，尤其在网络信息调整发展的时代，草根的话语权也会发挥越来越大的影响力，甚至左右着文本的创作过程。当下不少网络小说就是在与读者的交流互动中形成的。读者能决定读什么和不读什么，他们也可以对经典文本进行选择性阅读和评价。没有读者的文学作品很少成为文学经典，民间话语也有遴选的权力。金庸的小说就是民间话语评选出来的经典，如果金庸的作品可以被看作经典的话。

当然经典还要时间来检验，但时间本身并不能淘洗和考验文学作品，实际上经典还是要在不同的历史时期经受上述三种话语权力的考验。新的文本层出不穷，审美对象日益丰富，人的审美情趣也会因时而异。总之，审美价值是动态发展变化的。每个时代都要考察它那个时代的经典，因此一个时代有一个时代的经典，没有永恒的经典。文本的意义要经特定的历史情境的激发，才能由特定历史情境中的读者阐释出来。官方话语和有着很大影响力的精英话语可以决定作品的文学史地位和学术史价值,而民间话语则能决定作品的流传价值,有时也能对前两种人做出的价值判断产生某些影响。一方面,随着经济进程的推动和民主意识的增强,政治话语与学术权威的控制与监督权在逐渐削弱,而大众可以运用自己的话语权来干预文学经典的建构,这样传统的文学经典必然遭遇危机。这样,官方话语、精英话语和民间的话语权都对文本地位的确立发挥作用。三种话语在不同历史时期的权威有所不同,文本在不同历史时期的待遇也会有所变化,经典必然要经历重重新被"经典化"或"去经典"的过程。

作者的言语及其生平传记可以成为追溯作者意图的重要材料,但作者意图与文本意义毕竟不可等同。作者的意图制约着文本的行文进程,可以在文中部分地体现出来,但文本的意义完全不是作者意图所能决定的。读者反应批评通过文本理解作者的意图,使文本的潜在意义变为现实,又使得意义发生了增殖。但具体读者的解读又存在感受谬见,而且因叙事而引起的具体反应又难以研究,而隐含读者归根结底是由文本设定的。可见,读者的话语权在衰落。以文本为中心的新批评和叙事理论只求文意,斫断意旨和反应的做法在理论主张和批评实践中实践上是断裂的。如布鲁克斯承认不了解莎士比亚的生平并不妨碍阅读《哈姆雷特》,但是如果不知道在当时的历史语境中,复仇与荣誉是不可分割的,就不太可能深入地理解剧本的意义。即使是新批评的翘楚燕卜逊也被伊格尔顿称为面无惭色的意旨主义者,他也重视作者可能意指的东西并以英国化的方式对之进行释义。保罗·德·曼在《盲视与洞见》中指出新批评在追寻文本意义的"整体理解"的过程中陷入了释义循环,具体说来,每一个因素都是依据整体加以理解,而整体又同时被当作文本整体的结果,因此形成盲视;同时也正是在盲视中产生了对文本的分裂的、多层的洞见,当然只是对不构成整体的各个具体因素的洞见。

文本价值和意义不可能由单一的因素决定,而应该由作者代理、文本现象和读者批评共同来确定,但特定社会历史语境中的话语权力会干预文本地位的确立,但时间会去除过度的话语权力的干预,在不断的重读过程中去伪存真，去粗取精，筛选出经得起时间考验的经典。当然经典不是一成不变的，还会再次进入作者代理、文本现象和读者批评的话语关联中接受检验，这个过程中一部分文本会被去经典化，也有一部分经典会诞生。

第四章
叙述者与话语

罗伯特·施格尔斯和罗伯特·凯洛格在《叙事的本质》中把叙述者看作区分三大文类的重要工具。"抒情诗有叙述人（teller）但没有故事，戏剧有场面（scenes）和故事而无叙述人，只有叙事文学既有故事（tale）又有叙述人（teller）。而在叙事文学中，也有批评家们所谓的展示（show）与讲述（tell）之间的区别，前者没有作者的声音，后者有作者的声音。"① 从中可以看出，叙述者在文学理论研究中的重要性不言而喻，成为区分抒情诗、戏剧和叙事文学的标准。如赵毅衡所说，不仅仅文本是叙述者叙述出来的，而且作者也是由叙述者叙述出来的。这不是常识认为的作者创造叙述者，而是叙述者讲述自身，在叙述中，说者首先要被说，然后才能说。说者/被说者的双重人格，是理解绝大部分叙述学问题的钥匙。

第一节　叙述者与话语权

亚里士多德在《诗学》中称："教诗人以合宜的方式讲述虚假之事的主要是荷马，而使用这个方法要利用如下包含谬误的推断。倘若 p 的存在或出现先于 q 的存在或出现，人们便会这样设想：假如 q 是存在的，那么 p 也是存在或发生过的。然而，这是个错误的推断。因此，假如前一个事物是个虚构，但在它的存在之后又有了其他事物的存在或出现，诗人就应补上这个事物，因为当知道 q 是真的，我们就会在内心里

---

① ［美］浦安迪：《中国叙事学》，陈珏译，北京大学出版社1996年版，第18页。

错误地推断 p 的存在也是真实的。在'盥洗'里便有一个这样的例子。"①"在'盥洗'里，装成乞者的俄底修斯告诉裴奈罗珮，他是个克里特人，曾款待过前往特洛伊的俄底修斯，他接着描述了俄氏当时的衣着和随从的模样，从而使裴奈罗珮相信他前面所说的也是真话。裴氏的 paralogismos 是这样的：（a）假设此人真的款待过俄底修斯，他就应该知道俄氏当时的穿着，（b）他知道俄氏当时的穿着，（c）因此，他是招待过俄底修斯的克里特人。但是，这个推断是不严密的，因为来人亦可通过道听途说了解俄氏当时的穿着。在这个例子里，被骗的当不是听众或读者（他们是知情的），而是俄底修斯的夫人裴奈罗珮。"②把"谎话说得圆"也是后来的作家在具体的社会历史语境中的必然选择。但到了现代社会，即使谎话说得再圆，读者也不见得认同。现当代的读者不再迷信所谓权威的作者的讲述和评判，而情愿根据自己的经历、认识做出判断。可以说叙述者的类型经历从权威的非人格化的叙述者到不可靠的叙述者的转化过程，体现出话语权的衰落。

从全知的叙述者到不可靠叙述者乃至元小说中的叙述者，叙述者的权威大打折扣，显示出他或她的权威逐渐衰落。

一 叙述者话语权的衰落：从权威化的叙述者到不可靠叙述者

18 世纪中叶的小说中，"叙述者最普遍采用的策略就是自我权威化，也就是自我身份的塑造"。③ 当时，写作者的地位并不高，而阅读的主体多是贵族。如果作者本身也是贵族，那么他们多数觉得自己有资本充当全知全能的叙述者，即使身为女性也照行不误。但如果不能跻身贵族行列，则难以具有那种理直气壮地点评一切而又自信满满的语气和态度。例如，克罗丝比就这样评述里柯博尼，她的出版商在达官贵族"'闲极无聊，以阅读为趣'时才推出她的小说，克罗丝比还把里柯博

---

① ［古希腊］亚里士多德：《诗学》，陈中梅译注，商务印书馆 1996 年版，第 169—170 页。
② 同上书，第 175 页。
③ ［美］苏珊·S. 兰瑟：《虚构的权威：女性作家与叙述声音》，黄必康译，北京大学出版社 2001 年版，第 55 页。

第四章 叙述者与话语

尼比作专营时髦奢侈小商品的商贩,储存一些能够'诱惑买主'的商货。而在那个时代,作家推销自己的作品本身就意味着买作品的人在德行方面的优越。"①

19世纪现实主义小说大行其道时,叙述者也要突出其权威性,只有权威的叙述者才能写出令人信服的故事,做出具有说服力的评价,提出具有启发性的意见。叙述者多为男性化的声音,但如果是女性叙述者,又碰巧是第一人称叙述,则采用回顾性的视角来叙事。这样就与人物拉开了距离,可以进行道德训诫,能够站在故事之外,对自己"当年"的行为进行居高临下的指点与评价。

就自我权威化的策略而言,19世纪的福楼拜最先提倡的展示效果——即以非人格化的方式展开叙述——是其中比较有效的一种。福楼拜认为叙述者越富于个人色彩,就会越显得软弱无力。他的理论得到很多作家的赞赏,珀·卢伯克也认为小说家应该"完全避免纯粹的叙述"②,要"把他们(人物)的感情戏剧化,以生动方式体现他们的感情,而不是直截了当把它叙述出来",③这样才能"将作品向戏剧性效果方面提高""向增强画面印象方向推进"。④ 20世纪的文学理论多赞同这一主张。米克·巴尔也反对将叙述者看成一个虚构的人格化的人,她指出:"这样一个'可见的'叙述者是叙述者的一个特殊变种,是几种可能的不同表现形式之一。"⑤ 可见,她强调叙述者不一定是文本中那个标榜自身存在的人,而更应该体现一种功能性,即语言主体的功能性。"叙述者,或叙述人(narrator)指的是语言的主体,一种功能,而不是在构成文本的语言中表达其自身的个人"⑥,他应该是"表达出构

---

① [美]苏珊·S. 兰瑟:《虚构的权威:女性作家与叙述声音》,黄必康译,北京大学出版社2001年版,第64页。
② [英]珀·卢伯克、爱·福斯特、爱·缪尔:《小说美学经典三种》,方土人、罗婉华译,上海文艺出版社1987年版,第46页。
③ 同上书,第48—49页。
④ 同上书,第157页。
⑤ [荷]米克·巴尔:《叙述学·叙事理论导论》,谭君强译,中国社会科学出版社1995年版,第139页。
⑥ 同上书,第138页。

成文本的语言符号的那个行为者"。① 托多罗夫也认为:"作者过分地沉醉于作品人物之中,没有片刻的勇气冷眼旁观。我们觉得仅仅以真实的方法来表现人物的特征还不够,无论如何还应该用自己的艺术观点加以阐明。真正的艺术家绝不应与笔下人物处于同等的地位,满足于人物自身的真实性,如果这样,他就无法达到印象的真实。"② 可见,真实、客观、权威性是作家选择非人格化的叙述者的天然的出发点。

然而实际上,非人格化的客观展示,只希望小说像一面镜子一样照出经过它面前的一切,这种观念仅仅把叙述者作为事实的转录者,在道德观念上并不更高一筹。叙述者一方面好像忠实的仆人一样,忠心耿耿地叙述他要叙述的故事,另一方面又会主观地揣测他人心底的秘密。这种矛盾的叙事形式导致模仿得越"真实"就越会偏离"真实"的本来面目,"真实"的幻象掩盖了主观判断。在新小说派看来,以巴尔扎克为标志的传统小说正是资产阶级价值观得到确立和承认的结果,是私有制和占有欲的具体表现。在巴尔扎克的小说中,小说家可以像上帝那样无所不知、无所不晓,这并非真正的真实。新小说追求一种非人为意义的表象真实,创造出一个更具体、更直观的世界,以代替现有的这种充满心理的、社会的和功能的意义的世界。让物件和姿态首先以它们的存在去发生作用,让它们的存在驾临于企图把它们归入任何体系的理论阐述之上。

现实主义小说的叙述者是单一的、故事外的和公众的叙述,他是虚构的文本世界的最高统治者,道德、知识、见识等等各方面都高高在上,在话语层次上高于人物。他无所不知又明辨是非:"这样的叙述者可以是巴尔扎克笔下那种具有政治家风度的'人类导师',可以是罗伯特·斯科尔斯(Robert Scholes)所说的'既仁慈又专横'的企业家,统治着文本世界就像自由放任主义的资本家管制他们的工厂一样;也可以像J. 希利斯·米勒(J. Hillis Miller)所说的那样,是'笼罩小说人

---

① [荷]米克·巴尔:《叙述学·叙事理论导论》,谭君强译,中国社会科学出版社1995年版,第139页。

② [保]茨维坦·托多罗夫:《批评的批评》,王东亮、王晨阳译,生活·读书·新知三联书店2002年版,第85页。

物心灵，包揽一切的意识'；也可以是伦纳德·戴维斯（Lennard Davis）所谓命令读者绝对服从的专横暴君；还可以是我们今天所理解的那种欧洲的帝国主义精神：信心十足，充满了道德和智性的优越感，执行着殖民教化臣民的使命。总的来说，19世纪中叶现实主义小说的叙述声音正是由这样一位神话式的叙述者传扬。"① 现实主义小说的叙述不仅要将事件前后贯通，而且要协调纷繁复杂的内容在观念上的冲突。这样就"照"出了事物本来的样子，也会照出它所没有的状况。叙述者要全知全能，就必须在知识、道德各个方面都占有优势。泰纳认为巴尔扎克能够完整认识现实世界，在于他"身上有一个考古学家，一个建筑师，一个织毡匠，一个成衣匠，一个化妆品商人，一个评价专员，一个生理学家，和一个司法公证人；这些角色按次先后出台，各人宣读他最详细最精确的报告；艺术家一丝不苟地专心致志地听着，等这一大堆文件垒积如山，形成火源，他的想象才燃烧起来"。② 尽管巴尔扎克身上有这么多"家"，真正认识世界并叙述世界的叙述者也只能依赖于巴尔扎克一个人的感官与知识积累来体验、理顺这个世界。而这个人也是现实世界的一分子，他的感官和理念也只是历史长河中的一瞬，是一个不可能全知全能的个体。

现实主义小说强调观照的现实要真实可靠，但这面照射现实的镜子本身怎样取舍和反射也是应该关注的问题。意识流小说就将心理这面镜子凸显出来，作为另外一种现实。与现实主义相对应，意识流小说创造了心理现实。然而作品毕竟建立在社会历史语境的基础上，小说戏剧化忽略了外部现实，没有外部现实的观照，单纯地在文本内部寻找依据，容易陷入道德上的混乱。意识流小说的叙述者既没有道德高尚的义务也没有知识渊博的职责，他可以根据自己意识的流动而思接千载，神游八荒。

这与20世纪人们对自己的认知能力的看法相关。人类的认知能力

---

① ［美］苏珊·S. 兰瑟：《虚构的权威：女性作家与叙述声音》，黄必康译，北京大学出版社2001年版，第98页。

② ［法］泰纳：《巴尔扎克论》，外国文学研究资料丛刊编辑委员会编《欧美古典作家论现实主义和浪漫主义》（二），中国社会科学出版社1981年版，第187页。

| 上编　叙事理论与话语 |

被现实击得粉碎，意识到自己能力的局限性，不再认为自己可以全知全能地认识一切。语言学转向也抛弃了将语言作为现实的镜子的观念，不再认为语言是透明的可以重现现实。索绪尔认为，语言的意义不在于它的对应的实体或概念，语言实际上是由其系统内部的规则决定的。语言的能指与所指之间的对应是任意的，约定俗成的。符号的意义是由它与其他符号之间的差异构成的。

　　索绪尔的语言学引出了一个全新的文学观念，即现实是无法再现的，罗兰·巴特提出了"似真"的概念来代替"真实"，指出现实主义的真实其实是一种"似真"性，所谓的真实乃是语言创造出来的，而这个符号系统与外部世界之间并不是完全对应的，语言系统不指向现实，而仅仅指向自身。这样文学文本就只是与现实剥离开来的编码式的符号系统。尽管现实主义自称直接深入生活与现实，但那只是语言创造的结果，是文本与读者共同的符号编码和意识形态话语造就的世界。

　　此时的叙述者可以光明正大地承认自己是某个具体的人，类似于戏剧中的人物，具有人格化的特点。布斯区分了"非戏剧化的叙述者"和"戏剧化的叙述者"，前者指叙述者像人物一样生动具体；后者指没有现身于文本中的叙述者，如海明威的《白象似的群山》的叙述者："埃布罗河谷的那一边，白色的山冈起伏连绵。这一边，白地一片，没有树木，车站在阳光下两条铁路线中间。紧靠着车站的一边，是一幢笼罩在闷热的阴影中的房屋，一串串竹珠子编成的门帘挂在酒吧间敞开着的门口挡苍蝇。那个美国人和那个跟他一道的姑娘坐在那幢房屋外面阴凉处的一张桌子旁边。天气非常热，巴塞罗那来的快车还有四十分钟才能到站。列车在这个中转站停靠两分钟，然后继续行驶，开往马德里。"① 他完全不带任何感情地给我们展示一处故事即将发生的场地，叙述者好像一架全方位的摄像机，宏观地尽量全面地展示取景框内的影像。前者如《傲慢与偏见》的叙述者："谁都知道，单身汉有了钱，第一件事儿就是要娶个媳妇。正因为这个道理早已在人们心中根深蒂固，

---

　　① ［美］海明威：《海明威短篇小说集》，陈良廷译，上海译文出版社2004年版，第321页。

第四章 叙述者与话语

每当这种人搬到一个新地方,尽管四邻八舍完全不了解他的性情和见识,但他仍被人们看作是自己的某个女儿应得的一笔财产。"① 这个叙述者像个喋喋不休的妇人,自以为是地说个没完,不断地现身评判人物、情节。

非人格化的叙述显得中立,没有道德导向;而人格化的叙述则显出明显的价值取向。说到底,叙述者是由真实的作者安排的一个讲故事的人,他可以不是人格化的存在,但任何文本都必须要由叙述者叙述出来:如果能够在文本中体现出他或她的存在,那么他是"显性"的存在,如果在叙述文本的过程中,他尽量隐没自己,那么他就是隐性的存在。叙述者的"隐显"问题涉及叙述者的介入问题。叙述者过多地介入文本,会妨碍阅读进程,这一度遭到许多理论家的批评。布斯不反对叙述者介入,他指出:"我们必须明白,我们不是要反对作家的评论,而是要反对观念与戏剧化事物之间的一种不和谐。"即"作家可以闯入作品,直接控制我们的感情,但是,他必须使我们相信,他的'闯入'至少同他展示的场面一样,是经过仔细安排,十分恰当的"。② 可见,他认为只要能够以合适的方式介入小说,就都是合理的,指出片面强调展示效果的偏颇之处。布斯将传统的纯语言学的修辞扩展到叙述技巧和叙述策略上来,他对传统小说中显示作家声音的评论和距离控制技巧的分析都很有意义。其实修辞的目的就在于通过技巧、手段的运用来"说服"读者接受信息发送者的观点,从而达到影响听众、读者的思想、行为的目的。艺术不能直接改变世界,却能够改变那些能够改变世界的人们的意识和倾向。也正是因为看到了艺术的巨大影响力,柏拉图才要把荷马那样伟大的唱诗人逐出他的理想国。如果一味地追求某种不能引发深层对话和沟通的效果,那么文学也就背离了以文本为中介在读者与文本和读者与作者之间进行沟通的重要初衷。

人格化的叙述者往往会引出不可靠的叙述者问题,他不再像全知叙

---

① [英] 简·奥斯丁:《傲慢与偏见》,张小余译,南海出版社 2006 年版,第 1 页。
② [美] 韦恩·布斯:《小说修辞学》,华明等译,北京大学出版社 1987 年版,第 215 页。

述者那样具有权威性。比如我国的"先锋派"小说,在剔除了革命加恋爱或"消灭老地主,故事就结束"的简单逻辑之后,深入探讨了人物复杂的内心真实。真实不必来自现实,而来自叙述,他们以釜底抽薪的叙述方式消解了小说的真实感。如马原的小说中,叙述者不断地提醒读者他仅仅是在讲故事,否定自己所述事件的真实性。

元小说是不可靠叙述的极致,这一概念在现代出现,主要原因在于某种小说模式被不断反复使用,逐渐被人们所注意,才引起人们研究的欲望,从而为某种类型的小说冠以名称加以归纳总结。"光阴一年年过去,我把这个故事讲了那么多次,以致我不再知道我记得的是故事原来的面目,还只是我讲的话。也许拉·卡乌蒂瓦讲的印第安人袭击的事也是如此。现在,是我还是别的什么人看到莫雷拉被杀,已经无关紧要了。"① 也许成其为故事的正是那些不断重复的话语而已,而叙述者也不再确定自己所说的事件的真假与否。元小说对叙述进程提出解构,如赵毅衡所说:"元意识,是对叙述创造一个小说世界来反映现实世界的可能性的根本怀疑,是放弃叙述世界的真理价值,相反,它肯定叙述的人造性和假设性,从而把控制叙述的诸种深层规律——叙述程式、前文本、互文性价值体系与释读体系——拉到表层来,暴露之,利用之,把傀儡戏的全套班子都推到前台,对叙述机制来个彻底的露迹。"这样的小说不再描写经验,叙述本身创造经验。"小说中有意谈小说是如何写出的,就自我点穿了叙述世界的虚构性、伪造性。小说的基本立足点就不可能再是模仿外部世界和内心世界来制造逼真性。好比傀儡戏的牵线班子,本有一道布帘遮盖,现在撕掉布帘,读者就不再可能把演出当作'真实的',读者就赢得了一个批评距离。……在这样的元小说中,小说及其对象就没有本质上的差别了,虚构和'现实'可以任意转换,转换到不知何者在虚构何者。真幻混淆,相反相成。"② 读者不必遵从已形成的经验的释读,读者必须形成自己的阅读体验和观念。当一切元

---

① [阿根廷]豪·路·博尔赫斯:《天赋之夜》,《博尔赫斯短篇小说集》,王央乐译,上海译文出版社1983年版,第356页。
② 赵毅衡:《关于"西方后现代主义小说"》,赵毅衡编选《情欲艺术家·第二层皮》,作家出版社1992年版,"序"第2页。

第四章 叙述者与话语

语言——历史的、伦理的、理性的、意识形态的——都被证伪后,解读无法再依靠现有的方法与理解,误解就不再受文本排斥,甚至不必再由文本制约,误解成为文本的先决条件。

布斯判断不可靠叙述者的评价标准是隐含作者,布斯的"可靠叙述者"与"不可靠叙述者"的区分是按照叙述者的"道德和理智的品质"与"隐含作者"的距离加以区分,当叙述者与作品的整体思想倾向一致时,这个叙述者是可靠的,反之,就是不可靠的。詹姆斯·费伦在布斯的叙述的两大轴(事实/事件轴和价值/判断轴)基础上增加了知识/感知轴。费伦让我们认识到,叙述都有三角结构:人格化的叙述者,隐含作者和能够区分二者的读者。费伦通过将隐含作者界定为真实作者所展示出来的一部分,重新为二者之间建立起更为紧密的关系。根据这种观点,隐含作者并非文本结构的产物,而是负责将文本带入存在的一个代理人。

而隐含作者只能由读者推断出来或由作者设定,可见,不可靠叙述不仅仅单纯地由读者的阅读所决定,而文本及其设计者也为读者设置了诸多限制。文本及其代理人为我们提供了一位创造性的代表,他或她为文本的叙述提供了一系列明确的迹象和推论,以便读者的注意力转移到叙述者无意间泄露的不可靠性。而且,不可靠叙述者不仅仅是叙述者的品质问题,它还是一种读者的阐释,读者会把文本告诉他们的内容与惯常的观念联系起来,与人物的行为和思想联系起来,以此来评判叙述者可靠与否。

我们可能会遇到一位道德或伦理方面有问题的叙述者,他说出了最令人震惊或恐怖的事件,传达出诚实的或实际上几乎不值得认同的观念,这样他只是对事件的理解值得商榷或叙述者的理解能力本身就有缺陷。这样的叙述者不是不可靠,而是不可信任,他的评价和解释标准与传统的大多数人认可的观念有差别。这样不可信任的叙述者的问题就归结到他的知识水平、观念、眼界和价值标准上来了。在布斯看来,小说创作本身就体现着道德取向,比如叙述者的选择是道德问题,而非仅仅是技巧或视角的选择。他认为亨利·詹姆斯、罗布-格里耶、纳博科夫等人的小说都存在"道德和精神问题的混乱"。布斯认为作家有义务明确他的道德立场，文本中能否体现出价值标准的正确方向，是作家的义务，而且不能以艺术的纯洁性为借口而牺牲道德。

纳博科夫的《洛丽塔》一直努力表现洛丽塔不可抗拒的魅力和亨伯特追寻过程的迷人。从隐含作者来看，他似乎认为如何讲故事比讲什么故事更重要，同时叙述者自觉地进行着他那不可靠的叙事。而前言中所谓的编辑，并不认同叙述中的道德观，他告诉我们，书中的主人公亨伯特先生、洛丽塔和她的母亲都已经死去，似乎有意提醒读者，本书已经死无对证了。于是读者跟随亨伯特的叙述，走进小说的情节。主人公兼叙述者曾多次接受过精神治疗，就将他精致文雅的叙述建构在不可靠性之上。说故事发生过也好，没发生过也好，都不重要了，重要的是投入到文本所提供的这方幻想的天空，享受文字所能带来的愉悦。叙述者是否可靠不仅仅在于叙述者的价值标准与整个文本传达出来的价值标准之间的距离，而且在于叙述者与读者的或批评家的世界之间的差异，毫无疑问，后者是复杂多样、不断变化的，因而不可靠叙述者也允许有不同的界定方式。

二 叙述者话语权的博弈：苏珊·兰瑟的"叙述声音"

热奈特注意到，任何叙述者都是一个潜在的发声的我，叙述者作为语言学意义上的主体，他显示自己存在的方式就是叙述声音。

声音是现代小说理论中经常出现的概念，它近似于亚里士多德的"理念"，指作者的意见、思想和态度的流露。但作者的观念在文本中是经过过滤、提炼甚至扭曲才显示出来的，因此现代小说理论对于作者或叙述者的介入和表现持有十分谨慎的态度。叙事学的"声音"具有特定性、符号性和技术性等特征，指不同类型的叙述者讲述故事的声音，要区分叙述者与人物，叙述者与作者等。苏珊·兰瑟将声音作为"意识形态的表达形式"，探讨叙述声音和女性作家写作的关系；詹姆斯·费伦则将声音看成是叙事为达到特殊效果而采取的（修辞）手段，探讨声音在叙事交流中所起的作用。在巴赫金看来，声音是主体在话语、独白叙述、对话中所体现出来的思想观念、意识形态。在巴赫金的影响下，叙事学者将这个概念扩大至叙事文本产生的所有声音，包括文

第四章　叙述者与话语

本内声音（叙述声音及人物声音）和文本外声音（指作者的声音），并进一步探讨各种声音的辨认及产生的复调效果。① 叙述者声音涉及文本与社会历史语境的平衡，叙述者的可靠与否考验着现代读者的知性判断，也可以说叙述者的选择是一种话语权的博弈。

女性主义叙事学家采用叙事学的"声音"概念，对不同类型的叙述声音进行技术区分，将对叙述声音的探讨与女性主义的政治选择结合，研究声音的社会性质和政治意义，并考察作者选择特定叙述声音的历史因素。苏珊·兰瑟讨论了18世纪中叶至20世纪中叶这个"小说一统天下，以及随之而起个人著作权兴盛不衰的时期"② 的女性小说家的作品。她以《埃特金森的匣子》为例，说明女性叙述者的两难境地：既要配合丈夫的审查（暗指公开发表）又要向知心姐妹说明自己的真实心迹（暗指作者要表达的意图）。

例如某位新婚年轻女子由于有责任向丈夫公开她写的所有书信，因此只得向知心朋友寄去这样一封信：

<u>亲爱的朋友，我无法得到满足，</u>
尽管我的婚姻如此幸运，如此富足，
<u>除非我向你友善的胸怀——</u>
那可是一直与我的想法不谋而合的心胸——
<u>倾诉我纷乱但又真切的情感，</u>它
带着无尽的欢乐和幸福情感，
<u>每天积盈快撑破我的心房。亲爱的，</u>
我的丈夫温良宽厚，世上无双，
<u>我已经结婚七个礼拜，但是我</u>
丝毫不觉得有任何的理由去
<u>追悔我和他结合的那一天。我的丈夫</u>

---

① M. John, *Poems, Plays, and Prose: A Guide to the Theory of Literary Genres, Questions and Answers Supplement*, Cologne: University of Cologne, 2002, p. 45.
② ［美］苏珊·兰瑟：《虚构的权威：女性作家与叙述权威》，黄必康译，北京大学出版社2002年版，第5页。

性格和人品都很好，根本不像
丑陋鲁莽、老不中用、固执己见还爱吃醋
的怪物。怪物才想百般限制，稳住老婆；
他的信条是，应该把妻子当成
知心朋友和贴心人，而不应视之为
玩偶或下贱的仆人，他选作妻子的女人
也不完全是生活的伴侣。双方都不该
只能一门心思想着服从；
而只能分分场合，互敬互谅。
有一个快七十岁的处女仆娘，
她是个性格开朗，受人尊敬的老太太，
她就和我们住在一起。她这人讨
人喜爱，老人孩子都是这样。她彬彬有礼，从不
厌烦人，左邻右舍无人不晓；
她也乐于助人，对穷人一副菩萨心肠。
我知道我的丈夫什么都不爱，只爱
我这个人；他对我百般殷勤和宠爱，超过
镜子；他的迷狂——
我必须这样称呼他对我的挚爱——
常让我羞愧难当，恨如此卑微低贱
的我，如何才能更配得上这样
的男人，这个我随他把姓改的男人。
说千道万一句话，亲爱的……，还要
说到顶顶高兴的事：我从前英俊的情人，
现在变成我这位缠绵的丈夫，我的柔情
现在又回来啦，我当初本可能嫁给
王子，但不会获得这般幸福。这全在于
他。再会！愿你好运，但愿我不这样不
奢望我能比现在更
幸福。

第四章 叙述者与话语

这封信初读起来温柔、富于情感与激情，说短道长，话多而不实在，软弱无力，琐碎无聊，客套委婉，滔滔不绝而言之无物。而它的秘密在于"先读第一行，然后隔行往下读"（即只读画线部分），这样文本就完全变成了相反的意思，变成了新娘向知心朋友倾诉对丈夫的不满。这样就形成了表面文本与隐含文本之间的对比，而后者"能动，直接，理智""强健""有力度，有效率，直率粗犷，有权威感，严肃实效，简明威严。"[1] 苏珊·兰瑟列举这封信的目的在于说明女性叙述者有意识或无意识地通过与主宰她们命运的男人进行某种效忠式的交往来保持自己的地位。女性表面上顺从、温柔，实际上她们也可以写出具有男性气质的文本。

苏珊·兰瑟以这封信为例区分了"公开的"叙述声音和"私下的"声音，她的区分意在说明女性小说家在特定的历史时期为了使文本能够获得公开的发表的权力，不得不采取各种方式向特定的社会权威妥协，又要曲折地表达出个人的意愿。而二者之间的矛盾能够在叙述形式中得到表现，她的研究把具体的叙述者的选择当作小说家与社会话语权力斗争的结果。她又以托尼·莫里森为例从种族角度区分了"私下受述者"和"公开受述者"。前者对应的是黑人读者，后者对应的则为白人读者。

苏珊·兰瑟区分了三种类型的叙述声音，即"作者型叙述声音""个人型叙述声音"和"集体型叙述声音"。苏珊·兰瑟要讨论的是在特定时期，女性能够采用什么形式的声音向什么样的女性叙述心声。目的在于通过研究具体的文本形式来探讨社会身份地位与文本形式之间的交叉作用，把叙述声音的一些问题作为意识形态的表达形式来加以解读。[2] 简言之，叙述声音如何既能够表现自身的意愿，又能够进入公共的话语领地，得到公共话语的承认，从而确立自身的地位。女性作家要

---

[1] ［美］苏珊·兰瑟：《虚构的权威：女性作家与叙述权威》，黄必康译，北京大学出版社2002年版，第12页。

[2] 同上书，第17页。

获得作品公开发表的机会,都不得不面对社会权威话语对她们"私下"的真实声音的压制。因而她们必须通过一定的方式——像那位新娘一样采用隔行书写的方式——通过审查,因而能够获得公开发表言论的机会,也能够在一定程度上表达自己的真实意愿。

作者型叙述声音指一种故事外的、集体的并具有潜在自我指称意义的叙事声音,这样的叙述声音产生或再生了作者权威的结构或功能性场景。① 作者型叙述权威,如简·奥斯丁用理性与节制的手段,自由间接话语来克制自己的作者权威,否则就可能像《诺桑觉寺》那样被书商拒绝。因此她后来公开出版的小说都采取《理智与情感》的叙事策略,她像18世纪的其他女性小说家一样:"一方面选择作者型的叙述声音,摒弃个人(私人)型的叙述声音,另一方面却又最大限度地减弱作者型叙述声音所能激发的作者权威。"② 此外,她还采用自由间接话语来模糊叙述者与人物的界线,从而建立叙述者与人物之间的共谋关系。她的叙述权威的建立依赖于"间接性和含混性叙事",用侧面叙述的方式来保证作品有公开发表树立权威的机会。莫里森也采用作者型叙述声音,形式上与全知叙述相同,但实际上她的叙述者拒绝解释事件,也创造了比白种人权威叙述者更为神圣通灵的叙述者。

"个人型叙述声音"表示那些有意讲述自己故事的叙述者。这一术语并不指代所有的第一人称叙述,而仅仅指叙述者讲述自己的故事的小说,即叙述者是文本的主人公。鲁迅的《祝福》中的"我"只是鲁镇的过客,他并不是其中的主人公,而只是祥林嫂的境遇的旁观者,而《简·爱》中的"我"则自己讲述了自己过去的经历,属"个人型叙述声音"。这类叙述者在当时易被看作作者的自传,因而少有女性小说家采纳这种叙述形式。苏珊·兰瑟认为,女性作家的个人型声音在18世纪很容易被误认为是个人真实经历,女性在公共领域发出自己声音受到制约。当时多数女性作家的叙述者最终不得不放弃个人型声音,逐渐保

---

① [美]苏珊·兰瑟:《虚构的权威:女性作家与叙述权威》,黄必康译,北京大学出版社2002年版,第18页。

② 同上书,第73页。

持缄默，同时也只有放弃自己的声音才能获得在公共领域发言的机会。

"集体型叙述声音指这样一种叙述行为，在其叙述过程中某个有一定规模的群体被赋予叙事权威；这种权威通过多方位、交互赋权的叙述声音，也通过某个获得群体明显授权的个人的声音在文本中以文字的形式固定下来。"[①] 而且这种叙述声音基本上是边缘群体或受压制的群体的叙述现象。边缘群体特定的社会地位使他们不得不在话语权威和自身现实的夹缝中找到这种适合自己的叙述声音。

申丹对兰瑟的区分提出质疑，她指出，兰瑟的受述者的"公开"与"私下"区分标准并不明确：就这封信而言，新娘与丈夫都处于故事之内，而托尼·莫里森的黑人与白人读者又都处于故事之外，这样造成了区分标准的混淆：一是"结构位置上的意义，涉及受述者空间是处于故事之内（私下型）还是处于故事之外（公开型）"。二是"常识上的意义，涉及文本本身究竟是否是秘密的，与受述者的结构位置无关"。[②] 公开型受述者与私下型受述者的标准不一致，容易造成混乱，难以推而广之。从受述者的角度而言，申丹的批评切中了要害。但兰瑟在原文中强调的是公开型声音与私下型声音，主要从叙述者的角度所透视出来的文本的姿态来说的，而非受述者。

具体说来，新娘的信从叙述者角度而言，体现了丈夫表面的顺从的姿态和私下里的不满与拒斥，因而可以分为公开与私下两种类型。同样，所有的女性作者在特定的历史时期都面临这个问题，如何既能公开自己的言论以符合社会权威的观念框架，又能把内心隐秘的感受抒发出来，在可能的情况下引起境遇类似的读者的共鸣；如果不能的话就当作一封中规中矩的能通过"丈夫"审查的合格的信罢了。这个例子中的丈夫就是专制的话语和思想教条："要求我们接受并且学习，它强加给我们，而且不管对我们有多大的内在说服力。它在我们之前就同权威的力量结合起来。专制的话语在很久以前与等级制有机地联系着，可以称

---

① ［美］苏珊·兰瑟：《虚构的权威：女性作家与叙述权威》，黄必康译，北京大学出版社2002年版，第23页。

② 申丹、韩加明、王丽亚：《英美小说叙事理论研究》，北京大学出版社2005年版，第295页。

作父辈的话语。它早在过去就已得到承认,它是先我而在的话语。"①这话语无处不在,无处可逃,女性作家只能在它的框架之内写作。在写作过程中,叙述者的选择就是一个话语斗争与妥协的结果,选择得当,就可能如奥斯丁、勃朗特或乔治·艾略特一样,进入文学史上的经典作家行列,如果不当,则可能连作品面世的机会都没有,或者即使有机会也行之不远,逐渐被历史的烟尘所埋没。

第二节 《简·爱》与《藻海无边》中的叙述者

夏洛蒂·勃朗特的《简·爱》早已为人所知,人们对一位灰姑娘般的家庭教师凭借知识、智慧与品德而过上幸福的生活而欣慰,而对那个罗伯特口中的放荡、下流、言语粗俗的疯女人则嗤之以鼻。罗切斯特也因为救她而双目失明,而他本可以不管她的死活,正因为她的存在阻碍了一对情投意合的恋人的长相厮守,她葬身火海也似乎罪有应得。她的死亡也象征性地为简·爱的幸福扫清了道路。而另一位英国作家简·里斯偏偏从这位邪恶、淫荡无耻的疯女人的视角出发,构造出另一个故事即《藻海无边》,其中的伯莎美丽无辜,惹人同情。此书于1966年出版,被喻为《简·爱》的姐妹篇,被列入20世纪最好的一百部英文小说之一。小说同年获英国皇家学会奖,里斯本人也被接纳为皇家文学学会会员。

一 简·爱:树立话语权威的叙述者

《简·爱》采用第一人称回顾性视角进行叙述,"但在第一人称回顾性叙述中(无论'我'是主人公还是旁观者),通常有两种眼光在交替作用:一为叙述者'我'追忆往事的眼光,另一为被追忆的'我'正在经历事件时的眼光。这两种眼光可体现出'我'在不同时期对事件的不同看法或对事件的不同认识程度,它们之间的对比常常是成熟与

---

① 钱中文编:《巴赫金全集》(第3卷),白春仁等译,河北教育出版社1998年版,第129页。

第四章 叙述者与话语

幼稚、了解事情的真相与被蒙在鼓里之间的对比"。① 前者称为"叙述自我",后者称为"经验自我"。从《简·爱》中我们可以明显地看出这两种叙述声音。如简在反抗里德蛮横无理的行为时,完全是八九岁小孩子的口吻,属"经验自我";但她向劳埃德先生讲述自己的被关进红屋子的经历时,用了一种成熟的分析性的口吻:"我总是抱着娃娃上床,人总得爱样什么,既然没有更值得爱的东西,我只好设法疼爱一个小叫化子似的褪色木偶,从中获得一些乐趣。现在想来可想不明白,当初我是怀着多么可笑的真情来溺爱这个小玩意儿,甚至还有点儿相信它有生命、有知觉。"② 这里的我相当于"叙述者"(讲故事的人,由词语的节奏、措辞和语气创造的一个人),称为"叙述自我"。在小说的后半部分,两个"自我"合而为一。简·爱这个人物的声音在小说的叙述中是逐步发展的,然而成人叙述声音的简·爱从开头到结尾是始终如一的,差别在于童年时期的作为人物的简·爱与作为叙述者的成年时期的简·爱之间的不同。

小说开始,简就被排除在其乐融融的里德一家之外,她没有权力与里德一家享受聚会的快乐。这个灰姑娘式的主人公,具有三重的弱者身份:没有钱财和地位、孤儿、女孩。而且,在里德一家人的心目中,她是"人家扶养过的最邪恶、最任性的孩子"③。在盖茨海德,简被剥夺了合法的叙述的权利,——"我那个小天地里的人都有着相反的意见;我沉默着。里德太太代我回答了",④ "红屋子"事件之后,她决心自己讲述她的故事,发出她童年时代的宣言"我必须说话:我一直受到残酷的践踏,如今非反抗不可啦;可是怎么反抗呢?我有什么力量向我的仇人报复呢?我鼓足勇气,说出这些没头没脑的话作为报复"。⑤ 她要自己捍卫自己的名誉,为自己的生活辩护。

---

① 申丹:《叙述学与小说文体学研究》,北京大学出版社2001年版,第223页。
② [英]夏洛蒂·勃朗特:《简·爱》,祝庆英译,上海译文出版社1981年版,第31页。
③ 同上书,第30—31页。
④ 同上书,第35页。
⑤ 同上书,第41页。

上编　叙事理论与话语

然而，即使她有机会自我陈述也不见得就能获得预期的效果。简抓住机会告诉药剂师劳埃德先生她被扔进红屋子还生病的遭遇，她希望这位非桑菲尔德的贵人能安慰她以减轻她的痛苦。而劳埃德先生认为她的舅妈、表兄、表姐都很仁慈，白茜也坚持与里德一家一致的"官方意见"，即简是"摔倒了"。简顽强地坚守自己的阵地，"可是约翰·里德把我打到，我舅妈把我关在红屋子里"，① 而她的盟友只说"你不觉得盖茨海德府是一所非常美丽的房子吗？""你有这么好的房子住，还不很高兴吗？"② 而且劳埃德认为"这孩子该换换环境，换换空气，"原因是"神经不很好。"③ 然而简的决心反抗以保护自己的神经是最健康不过的，她的问题是还不具备叙述自己经历并让人信服的能力。

简在盖茨海德部分的话语都是情绪化的、不成熟的，因而无效。她的声音完全被愤怒的激情所控制，她专注于发泄情绪而非交流。简·爱经常把夸张等修辞性因素融入叙述中去，好像所有的叙述都是用来发泄情绪的。当简对里德夫人宣布她将向任何人揭发她的真面目时，她的言辞完全被愤怒所控制："你以为我没有感情，所以我没有一点爱、没有一点仁慈也能行；可是我不能这样过日子；你没有一点怜悯心。我到死也不会忘记你怎么推我——粗暴地凶狠地推我——把我推进红屋子，把我锁在里边，虽然我当时那么痛苦，虽然我难过的要死，大声叫喊，'可怜可怜我！可怜可怜我，里德舅妈！'你要我受这个惩罚，只不过因为你的坏儿子无缘无故地打了我，把我打倒。不管谁问我，我都要把这个千真万确的故事告诉她。别人以为你是个好女人，可是你坏，你狠心。你才会骗人呢！"④ 这里她都是用经验自我的眼光在叙述，没有成年之后的理智与克制。

在谭波尔小姐和海伦·彭斯的引导下，简自己也意识到话"压缩

---

① ［英］夏洛蒂·勃朗特：《简·爱》，祝庆英译，上海译文出版社1981年版，第25页。
② 同上。
③ 同上书，第26页。
④ 同上书，第41—42页。

第四章 叙述者与话语

和简化了一下,听起来更真实可靠"。① 这也是简性格发展的必经阶段。波登海莫(Bodenheimer)认为这"标志着简的叙述风格社会化了;她意识到对条理,措辞和语调要进行有意识的控制的力量"。② 从盖茨海德到离开劳渥德阶段,简曾经的过于情绪化的感觉变得逐渐清晰。过分激动的叙述无法被认可,渐渐地,她学会了交流。不仅仅是跟人交流,在劳渥德结尾的阶段,作为成年人,感到被召唤采取行动,她就听任一个外界声音的指导。这种情况第一次发生在谭波尔小姐出嫁后,她决定必须离开劳渥德,她"把窗子打开,朝外面眺望",③ 向外面的世界征求意见和灵感。她也懂得了不仅要相信自我表述的力量,也要征求他人的意见。

简与罗切斯特最初的关系就是从愉快的交流开始的。在罗切斯特看来,"引你说话,更多地了解了解你,这将会使我高兴"。④ 用对话来交流思想,最后界定了简与罗切斯特之间的理想关系。正如小说的结尾处所强调的:"我相信,我们是整天谈着话。互相交谈只不过是一种比较活跃的,一种可以听见的思考罢了。"⑤ 简·爱向罗切斯特讲述伯莎撕毁面纱事件时,展现了她卓越的讲故事的能力。此时第一人称叙述中经验自我的优势非常明显,简·爱不仅仅能够分析事件,也能把故事同时传达给了"读者",立刻消除了叙述话语和小说之间的距离。当简·爱成长为叙述者,能够与人愉快地交流,她的双重角色——主人公和叙述者——自然合而为一。

简·爱通过话语交流使自己的言辞获得承认,得以确立自己的身份。"自我身份的确立并不意味着能够独自完成,而在于通过与他人对

---

① [英] 夏洛蒂·勃朗特:《简·爱》,祝庆英译,上海译文出版社 1981 年版,第 88 页。

② Rosemarie Bodenheimer, "Jane Eyre in Search of her Story", in *Papers on Language and Literature* 16, 1980, p. 391.

③ [英] 夏洛蒂·勃朗特:《简·爱》,祝庆英译,上海译文出版社 1981 年版,第 106 页。

④ 同上书,第 171 页。

⑤ 同上书,第 593—594 页。

上编　叙事理论与话语

话进行商榷。……自己的身份关键在于与他人进行对话。"[①]　此时，我们看到叙述自我与经验自我逐渐合而为一，用叙述自我的眼光进行叙述。她的经验自我逐渐成长为叙述自我，学会与人建立可信的交流，并充分享受交流的愉悦。交流正是确立自我身份的关键。小说的结尾处，简激情消散，显得很平静。"他们结婚了，不同于第一次那样的激烈的痛苦，而是更平静更高贵。无论肉体还是精神都再也不能使她苦恼不安，她所走过的双重苦难历程都无所损伤，她既非荡妇也非修女，而是一位找到了解决古老问题的方式的妇女，这个问题强烈地困扰着包括维多利亚人在内的许多其他人。"[②] 简·爱超越了魔鬼（伯莎）和家庭天使的两个极端，成了具有独立人格的简·爱自己。

伯莎作为夹杂在"角色"中的疯女人[③]，很大程度上是因为她无法获得与人交流的机会，从而无法为自己辩护。桑德拉·M.吉尔伯特和苏珊·格巴的著作《阁楼上的疯女人》中提出，伯莎这个午夜幽灵是简最为可怕的化身。她做了一切简想做又不能做的事情：撕掉面纱，推迟婚礼，甚至在力气、高矮上与罗切斯特相仿，以抵制他的专制。因此，伯莎是简最真实的自我。伯莎的每次出现都与简的愤怒紧密相连，某种意义上，伯莎是简的另一个侧面，为简提供了反面榜样。伯莎不仅为简行动，其行动也像简。伯莎是简最真实的阴暗的自我，当她从桑菲尔德府的断壁上摔落之时，简分裂的人格得到了统一。相比之下，简·爱的声音有所节制，而伯莎拒绝采用传统的象征女人声音的话语。简·爱的坦率无忌的声音显得对社会秩序无甚威胁，因而能在维多利亚时期获得认可。

---

　　① Charles Taylor, *Multiculturalism and "The Politics of Recognition"*, Princeton: Princeton Univ. Press, 1992, p. 332.
　　② Charlotte Bronte, *Jane Eyre and Vellette*, (ed.) Mirianm Allott, the Macmillan Press Ltd, 1973, p. 179.
　　③ 朱虹：《禁闭在"角色"里的疯女人》，《外国文学评论》，1988年第1期。文章为伯莎正名，认为罗切斯特为了证明自己想与简结婚是正确的，有意掩盖了他为了金钱而与伯莎结合的真正用意，同时也"抹黑"了伯莎的形象。而英国现代女作家简·里斯创作的《藻海无边》中的伯莎真正反映了伯莎的悲剧的一生。伯莎不仅禁闭在桑菲尔德的阁楼里，而且也禁闭在《简·爱》情节剧公式化的角色里。

二 伯莎：消失在他者镜像中的叙述者

《简·爱》中除了叙述者理性、清晰，充满自尊、自爱、自强的主流语言之外，还创造出一个另类的女性声音。这个声音桀骜不驯，阴森恐怖，莫名其妙。《简·爱》中，伯莎作为配角，反衬了简的高尚品德，也成为美好爱情所经受的一道考验。伯莎的作用是使人、兽之间的界限模糊不清，从而简即使不能获得法律意义上的婚姻，也可以在精神的名义下秉有婚姻的权力。

《藻海无边》给了伯莎叙述自我故事的机会，这部小说中的安托瓦内特就是《简·爱》中的伯莎，伯莎是罗切斯特强加给她的名字。《简·爱》中，几乎很少有人注意到，到底她是如何发疯的，我们听到的仅仅是罗切斯特的一面之词。从故事中可以看出，罗切斯特始乱终弃，他从来没有爱过她，娶她是为了得到她的财产，最终还是将她当成疯女人关了起来。他自己承认："我并不爱她。我渴望得到她，可那不是爱。我对她没几分温情，她在我心目中是个陌生人。是个思想感情方式跟我那套方式不同的陌生人。"① 可怜的安托瓦内特并非生来就是疯子，她的母亲也不是，而是"人家把她（指母亲）逼疯的。她儿子死了以后，有一阵子她就稀里胡涂，人家就把她关起来。人家跟她说她疯了，把她当成疯子看待。问啊问啊。就是没句体贴话，也没有朋友，她丈夫也走了。……到末了——我不知道她疯不疯——她干脆死了心，什么都不在乎了。"② 罗切斯特一向自负，但为了财产与安托瓦内特结婚让他的自尊心使他变得异常敏感，受挫的骄傲一直让他感到不自在："她那副求告的神情叫我看了就恼火。不是我买下她，是她买下我，或者她心里这么想着"③。他总以为自己被人嘲笑。而安托瓦内特曾拒绝嫁给他——"我总不由想起她力图摆脱我"④ ——他遭拒绝的事实总让他觉得自己

---

① ［英］简·里斯：《藻海无边》，陈良廷、刘文澜译，上海译文出版社1996年版，第53页。
② 同上书，第99页。
③ 同上书，第36页。
④ 同上书，第51页。

是个乞怜者。可以说他冷落她既是为了报仇，也是为了稍微满足一下骄傲的心。《藻海无边》中的罗切斯特实际上并没有名字，或者说故意没有给男主角任何名字，但知道《简·爱》的读者都知道他是谁，或者文本指向的是任何一位英国绅士。

小说第一部分由安托瓦内特讲述自己童年时代充满歧视与恐惧的殖民地生活。第二部分由无名男子讲述他为三万英镑陪嫁娶了安托瓦内特为妻，当然疯妻也给他带来诸多不幸。无名男子的讲述，让读者想到此人就是勃朗特笔下的罗切斯特。安托瓦内特在无名男子讲完之后，自己走向前台，讲述自己被逼精神失常的痛苦过程。第三部分仍由安托瓦内特自述她被带到英国后，被当作疯子关在阁楼上过着暗无天日的生活。其间穿插着格莱思·普尔的叙述，叙述她被当作疯子关押起来后所受到的折磨和以生命为代价的反抗。安托瓦内特与罗切斯特的叙述话语并存，体现了两者之间平行而又冲突的事实。这部小说有两个主要的第一人称叙事者：安托瓦内特和她的丈夫。二人的叙事时常构成冲突与对比。

《藻海无边》中安托瓦内特的成长过程经历了镜像阶段的认知过程，她逐渐将罗切斯特这面镜子所照出的自己的形象内化到自己身上，最终成了罗切斯特眼中的疯子。"镜像"理论是拉康精神分析学的出发点，是主体心理发展的最初心理阶段，也是孩子从无语言到语言习得的过程。前镜像阶段的婴儿（6个月大之前）只能被动地接受外界的刺激，如视觉影像和声音等，此时他对外界的印象是碎片式的，断裂性的，无法形成统一和整体的印象。"镜像阶段"指6到18个月大的婴儿能够逐渐辨认出自己的身体，比如镜子中的形象，从而逐步建立起自己身份的基本同一性的经验过程。镜像阶段处于拉康的想象界、象征界和现实界三种秩序中的想象界。他认为自我形成于"镜像阶段"。这一阶段是一种认同的过程，即主体在认定一个影像之后自身的变化。如果一只猴子看见了镜子中的自己，它起初会把它当作另一个同类的生命，会试图与它决斗以争夺胜负或保卫地盘。但当它认识到那只不过是它自己的形象时，它此后就会对那个形象不屑一顾。可如果一个孩子看见了镜子中的自己，他会对着镜子中的形象发笑，这一行为标志着他能够从

第四章 叙述者与话语

被动接受转向主动行为。另外，当婴儿看到镜子中的形象能够随着自己的行动而做出相应的动作时，就会误认为自己已经能够自如地控制镜像了。他要证明镜子中的形象的动作与环境及现实的关系，即自我与他人及周围事物的关系。这里孩子从把镜中的形象看作另外一个孩子的形象，到能够指认出是他自己的过程包含着双重误认：将自我指认为另一个孩子时，是将自我指认成他者；将镜中像指认为自己时，却将幻影当时了真实，混淆了真实与幻象之间的界线。镜像已经暗含了一种他人的形式，一旦他人参与了进来，就出现了主体与他人的想象关系，而不再是对自身的迷恋。镜像阶段之后，人就逐渐进入了社会语言文化之网。"这个时期将人的所有知识决定性地转向到通过他者的欲望的中介中去；还将它的对象物建成在通过他者竞争造成的抽象同值中；并使我成为这样一个机构，对它来说所有的本能冲动都是种危险，即使这冲动满足了自然的成熟。对于人，这种成熟的正常化从此决定于文化的帮助。就像俄狄浦斯情结对于性欲对象那样。"①

伯莎有了讲述自己的故事的机会，但她没能把握自己作为叙述者的主体地位。她不像那个简·爱那么有主见，组织一个清晰而有条理的故事，并把他人都纳入在自己的叙述中。她在叙述过程中逐渐把叙述的主体地位出让了。安托瓦内特的叙述中充满了想象、回忆、联想和梦境，时间不明确，事件之间缺乏关联。小说以人物的心理时空为叙述的基础，以自然的意识流展开叙述，作品中罗切斯特与安托瓦内特叙述话语的并存，在形式上体现了两者的并行和冲突。可以说里斯没有给予任何人审视权和说话权，事实在两者视角的切换中得以展现。

生活在西印度群岛的安托瓦内特（伯莎）是在殖民地长大的混血儿，她的整个童年孤苦坎坷，只有一个蒂亚是她要好的伙伴。蒂亚是她想象出来的本真的自我："她曾是我生活中的一部分，现在只剩下她了。我们曾经同吃，同睡，同在一条河里洗澡。我边跑边想，今后要同蒂亚一起住，我要像她那样。决不离开库利布里。决不走。决不。我跑近一看，只见她手里有块带尖棱的石头，可我没看见她扔。我也没感觉

---

① [法]雅克·拉康：《拉康选集》，褚孝泉译，上海三联书店2001年版，第94—95页。

到，只觉得有什么湿漉漉的东西从脸上淌下。我瞧着她，只见她放声大哭时一张哭丧脸。我们互相瞪着，我脸上有血，她脸上有泪。就像看到了自己。像镜子里一样。"① 这里她把蒂亚指认为自我，是她的主体建构的初期阶段。她还没有形成自我的观念，她对自我的认识是不完整的、零散的。

可是蒂亚也抛弃了她。作为奴隶制庄园主的后裔，伯莎在白人眼里是"白皮黑鬼"，是不可理喻的异类；在当地黑人眼里，她是"白蟑螂"，是享有特权的异类。她既无法被白人殖民者接受，也无法被殖民地黑人文化接纳，她没有话语权。她有一段剖析对身份不确定的痛苦的表白："他们把我们这些早在他们给人从非洲卖给奴隶贩子之前就在这里的人统统叫做白蟑螂。可我又听到英国女人把我们叫做白皮黑鬼。所以在你们中间，我常常弄不清自己是什么人，自己的国家在哪儿，归属在哪儿，我究竟为什么要生下来。"②

如果说与罗切斯特成婚之前的她知道自己是安托瓦内特，成婚之后的她虽然知道名字的重要性，但没有勇气和力量为自己抗争，任由罗切斯特改了名字。她知道："名字可大有关系，正如过去他不肯叫我安托瓦内特时，我就看到安托瓦内特和一身香味，漂亮衣服，连同镜子，都从窗口飘出去了。"③ 当她被人称为安托瓦内特时，她就觉得自己是安，可如果罗切斯特称她为伯莎时，她也没有抗争。

安托瓦内特讲完自己母亲的遭遇后，罗切斯特就把她称为伯莎了：

"别那样笑，伯莎。"
"我的名字不叫伯莎；你干嘛叫我伯莎？"
"因为这名字我特别喜欢。我把你当作伯莎。"
"没关系，"她说。④

---

① ［英］简·里斯：《藻海无边》，陈良廷、刘文澜译，上海译文出版社1996年版，第20页。
② 同上书，第60页。
③ 同上书，第113页。
④ 同上书，第83页。

第四章　叙述者与话语

安托瓦内特想做回自己,请求罗切斯特不要叫自己伯莎,但他没有答应。

"今晚别叫伯莎,"她说。
"当然要叫,偏偏就是今晚,你一定得叫伯莎。"
"那请便,"她说。①

罗切斯特故意和女仆搞在一起,刺激安托瓦内特,她怒气冲冲但也无能为力。她明白:"伯莎不是我名字。你用别的名字叫我是想法把我变成另一个人。我知道,这也是奥比巫术。"② 罗切斯特故意用她母亲的名字称呼她,想用名字告诫她,他认为她是个疯子。但是她没有进行卓有成效的沟通,来使自己的声音被承认;或者说即使她在努力,但或者因为没有合格的引导者,或者因为无论她的话语如何成熟,都不具备为白人所认可的资格。

　　罗切斯特眼里或者说《简·爱》中形成了关于西印度殖民地表述的"形象"或"幻象",这里的表述是指霍尔的表述观念,即同一文化内部成员生产与交换意义的基本方式,将观念与语言联系起来,既可指向现实世界,也可指向想象世界。西方的殖民地形象一旦形成,就具有结构性的力量,可以进行自我复制而不必观照现实。"鬣狗""野兽""吸血鬼"可以概括伯莎·梅森所代表的殖民地人民在殖民者眼中的卑劣、野蛮的形象。在"殖民者的凝视"中,被凝视者成了赤裸裸的被审视评判的对象,两者是单向的主体与客体的关系,从而处于不平等的位置。凝视者明显带有了居高临下的优越感和控制权。"随着一个国家的殖民渗透的深入,这一类的凝目注视在一系列的调查、检查、审查、

---

① [英]简·里斯:《藻海无边》,陈良廷、刘文澜译,上海译文出版社1996年版,第84—85页。
② 同上书,第92页。

窥探、细察等活动中显化了。"① 伯莎·梅森的"邪恶""卑鄙""粗俗"在殖民话语中成为其统治者博取女主人公同情和谅解的最冠冕堂皇的理由，而后者对这一话语的毫无质疑再次肯定了中心话语对帝国主义权威的维护。

那喀索斯将自己与虚幻的水中的他者认同分不清真实与虚幻，安托瓦内特也将自己认同为桑菲尔德庄园里的幽灵。她无法通过言说来为自己的合法地位辩护，进入白人男性的象征界，只能继续面向镜中的自我。她虽然有自我意识，但这个自我始终被排斥在西方的主体世界之外。

> 这里没有镜子，我不知道现在自己成了什么模样。我想起过去对镜看着自己刷头发，自己的眼睛也迎面看着自己的情景。我看见的那女人是我本人，可又不大像本人。好久以前我还小的时候，非常孤独，我还想去亲亲她呢。可是镜子挡在我们中间——冰硬的，我呵出的气把镜面蒙住了。现在他们把一切都拿走了。我在这地方干什么，我是谁啊？②

> 我手里拿着那支长蜡烛，又走进门厅了。就在这时刻，我看见了她——那个鬼。这个披头散发的女人。四周围着一个镀金画框，可我认识她。③

> 我整个一生都在这里面了。……
> 现在我终于明白自己为什么给带到这里来，也明白自己该怎么做了。一定是刮了一阵穿堂风，因为火苗一闪，我原以为给吹灭

---

① [英] 艾勒克·博埃默：《殖民与后殖民文学》，盛宁、韩敏中译，辽宁教育出版社1998年版，第81页。
② [英] 简·里斯：《藻海无边》，陈良廷、刘文澜译，上海译文出版社1995年版，第114页。
③ 同上书，第119页。

第四章　叙述者与话语

了。可我用手挡住火苗，它又旺了，照亮我一路沿着黑暗的过道走去。①

她要走进《简·爱》的文本世界，扮演一个野兽一样的角色，去成全另一位大英帝国的女人自尊、自爱、自强的形象，她完成了从自我向虚构的他者转换的过程。

文本中伯莎的经历说明走向他者镜像中的自我是一条不归路。安托瓦内特的母亲两次结婚都嫁给英国人，但她从未觉得自己归属于英国。她渴求从英国得到归属感，以摆脱自己的边缘状态。然而在追寻归属感的过程中，她对英国的认同一直犹豫不定，肯定与怀疑一直在她内心交战。她一方面经常询问关于英国的情况，试图了解更多；另一方面又固执地坚持自己对英国已形成的观念。在她眼里英国"像个梦"，她必须醒来。母亲的悲剧婚姻并未给安带来安宁和归属感，相反却让她心灵分裂和崩溃。大英帝国的法律并不爱护殖民地的女人。

在《藻海无边》中，《简·爱》中的另一个原型格莱思·普尔（伯莎的守护者）向伯莎描述这样一个插曲："原来你不记得自己拿刀子捅这位先生了？我说过你会安安静静的。他说，'我一定得同她谈谈。'啊，警告过他，他就是不愿听。我在房里，可他说的话我全没听见，只听到一句'根据法律我无法干涉你们夫妇之间的事'。就是在他说到'根据法律'时你向他扑上去的，他夺过你手里那把刀时，你就咬了他。你意思是说你对这事一点都不记得了吗？"②伯莎从"合法地"一词中体会出帝国主义法律和逻辑的虚伪与掩饰，惹她大怒，而并非是兽性所致，在这个动作中发泄了她对英国权利象征的否定和痛恨，她最后只能扑向火海以肉体的消亡来换取心灵的安宁。

在梦中她向儿时唯一的玩伴蒂亚义无反顾地奔去，她清醒地认识并承认了对返回西印度群岛、与当地人在一起的渴望。与本土文化的相

---

① ［英］简·里斯：《藻海无边》，陈良廷、刘文澜译，上海译文出版社1995年版，第120页。
② 同上书，第116页。

融、与本土人的交流才能建构她完整的自我；而她寻求的"英国归属"只是一个虚假的破裂的梦。她向蒂亚奔去，用火烧了阻碍她回归的象征殖民统治和中心文化的曼切菲尔庄园时，帝国的骄傲和权威在文本中轰然坍塌了。安托瓦内特在与罗切斯特的交往、婚姻中，完成了从安托瓦内特向罗切斯特心中的伯莎形象转换的过程。罗切斯特就是伯莎所照的镜子，这个镜子照出并不是她自己，而是罗眼中的她。可怕的是，她逐渐认同了那个镜中的她，把那个她当作自我，混淆了自我与他者的界线，也模糊了幻象与真实的差异。

疯女人并不是自己疯掉的，而只是帝国对异国形象的构造。法国著名比较文学学者巴柔说："'我'注视他者，而他者形象也传递了'我'这个注视者、言说者、书写者的某种形象。在个人（一个作家）、集体（一个社会、国家、民族）、半集体（一种思想流派、意见、文学）的层面上，他者形象都无可避免地表现为对他者的否定，对'我'及其空间的补充和延长。这个'我'想说他者（最常见到的是出于诸多迫切、复杂的原因），但在言说他者的同时，这个'我'却趋向于否定他者，从而言说了自我。"① 罗切斯特从伯莎身上看到的是自己的无与伦比的优越。简·里斯正是要打破中心话语的垄断及对殖民地的扭曲，补写被刻意抹去的历史，争取边缘人自己的声音。小说之内的凝视掩饰着小说之外的主控的凝视。但后殖民作家的努力"毕竟使因袭的视点眼光有了松动"，"代表了对西方文化霸权的干扰，哪怕当时只是一点温和的小心翼翼的干扰"②。里斯的策略让我们看到了一个逐渐消失了自我的叙述者，是西方主体对他者主体性的瓦解。安托瓦内特转变为伯莎的过程也是殖民地逐渐被他者化的过程的隐喻。形象的话语生产机制在特定历史时期形成的固定的形象揭示了西方的话语霸权，我们可以从西方的殖民地形象了解其投射在殖民地他者身上的意识形态，从而解构"西方"的文化霸权所具有的令人生畏的支配性结构。殖民话语之镜所

---

① ［法］达尼埃尔·亨利·巴柔:《形象》，孟华主编《比较文学形象学》，北京大学出版社2001年版，第157页。

② ［英］艾勒克·博埃默:《殖民与后殖民文学》，盛宁、韩敏中译，辽宁教育出版社1998年版，第147页。

第四章　叙述者与话语

映照出的只是西方的主体，而此镜如何"照"出他者与西方主体，如此照出的影像又如何发挥其功用都值得我们深思。

　　从非人格化的叙述者到人格化的叙述者再到不可靠的叙述者的转变过程，说明叙述者的话语权威在文学史演变过程中逐渐衰落。苏珊·兰瑟归纳的三种不同类型的叙述声音，说明叙述者的选择是一个话语权争夺的阵地。《简·爱》和《藻海无边》的叙述者在阐述同一个故事时要面对不同的话语约束和言语暴力，《简·爱》的叙述者能够讲述自己的故事并能在维多利亚时期获得认可，是因为她的叙述逐渐理性和符合社会的约束，而书中的伯莎则几乎没有讲述自己故事的机会，因而她只能是阁楼上的疯女人。《藻海无边》中的伯莎可以有机会讲述自己的故事，证明自己的言语和行为的正当性和合理性，但在叙述进程中她逐渐丧失了自身的主体性，出让了阐释故事的权力，逐渐把自己叙述为西方白人（罗切斯特）眼中的疯子，也就是说，她把别人对她的看法内化到自己身上了。西方关于殖民地的话语发明创造了殖民地女人的形象，而殖民地的女人失去了表述自己的功能与话语权，只能用西方话语表述自己，沦为只能被表述的境地。同一个故事可以由不同的叙述者来叙述，而由谁来叙述如何叙述正是叙述者的话语权的体现，从这个意义上说，叙述者也是话语权争夺的场域。

第五章
视角与话语

第一节 谁说与谁看：叙述者与人物

视角即观察和讲述的角度，多数情况下与叙事者重合，但也有叙述者借用他人视角观察的情况。叙事角度虽然在文本中可以转换，但与影视叙事相比则相对稳定，因而我们将影视作品中的叙事角度称为视点。视点更具体、更灵活，体现了在一定的叙事角度模式内的注视源点转换，代表了故事的叙事逻辑。

一 文学叙事中的视角

热奈特指出，"谁说"解决的是叙述者的问题，"谁看"指的是人物的视角。但他认为："大部分理论著述（基本上停留在分类阶段）令人遗憾地混淆了我所说的语式和语态，即混淆了视点决定投影方向的人物是谁和叙述者是谁这两个不同问题，简捷些说就是混淆了谁看和谁说的问题。二者的区别，看上去清晰可辨，实际上几乎普遍不为人知"。[①]简言之，叙述者研究的是"谁说"的问题，视点讨论的是"谁看"的问题。

小说是语言艺术而非视觉艺术，为何我们讨论小说的艺术手段和效果的词汇——如叙事距离、聚焦等概念——要依赖于视觉隐喻？文学叙

---

① ［法］热拉尔·热奈特：《叙事话语·新叙事话语》，王文融译，中国社会科学出版社1990年版，第126页。

第五章 视角与话语

事中的视觉比电影中的视觉更明显地是一种幻觉。在阅读中，印刷出来的词语引起的唯一的真实就是意象，在这个意义上，文学也是视觉隐喻。可以说，小说阅读中需要读者在想象中完成对叙事角度和叙事效果的理解。视觉隐喻始于亨利·詹姆斯，他第一次对小说形式问题予以重视，他的戏剧性展示也许是最清晰的视觉表述。在詹姆斯看来，视角人物充当着展示人物意识和构建小说整体的任务。他的《专使》虽然采用第三人称全知叙述，但叙述过程中拒绝解释斯特雷泽不了解的内容，只能通过他的感知来了解事物。一个视角人物意味着小说的切入点、主题、风格及视野的广度和深度，斯特雷泽的观点和倾向决定着文本意义的指向。对同一事物的两种不同的视角会产生两个不同的事实表达。如果荷马在《奥德赛》中从求婚者的角度展开叙述，那么读者可能就会对求婚者表示同情，而对英雄感到厌恶。叙述视点不同产生的效果也大不相同。如杨义在《中国叙事学》中所说，视角问题"实在是叙事理论中牵一发而动全身的问题，难怪西方叙事学在近20年对之讨论最勤，而且众说纷纭，莫衷一是了"[1]，"有时一个视角的精心安排会起到波诡云谲，甚至石破天惊的审美效应"[2]，因此"实在不应该把视角看成细枝末节，它的功能在于可以展开一种独特的视境，包括展示新的人生层面，新的对世界的感觉，以及新的审美趣味、描写色彩和文体色彩"[3]，独特的视角甚至"可以产生哲理性的功能，可以进行比较深刻的社会人生反省，换言之，视角中也可以蕴涵着人生哲学和历史哲学。"[4] 可以说，视角问题在叙事理论中举足轻重。

与视角密切相关的是叙述者与人物对事件知晓程度的区分，巴赫金、托多罗夫、热奈特、米克·巴尔和斯坦泽尔等人都有具体论述。我们首先看下表：

---

[1] 杨义：《中国叙事学》，人民出版社1997年版，第191—192页。
[2] 同上书，第193—194页。
[3] 同上书，第195页。
[4] 同上书，第197页。

上编　叙事理论与话语

理论家	原术语	公式	作者态度的人称标志
巴赫金	1. 主人公掌握作者	作者＜人物	你（他人之我）
	2. 作者掌握主人公	作者＞人物	他
	3. 主人公即作者	作者＝人物	我
托多罗夫[①]	1. 从后面观察	叙述者＞人物	他
	2. 同时观察	叙述者＝人物	他，我
	3. 从外部观察	叙述者＜人物	他
热奈特	1. 无聚焦或零聚焦	叙述者＞人物	他
	2. 内聚焦	叙述者＝人物	我，他
	3. 外聚焦	叙述者＜人物	他

关于叙述者与主人公的关系，巴赫金把人物与叙述者的关系用"掌握"来概括，并分出了三种情况。巴赫金曾经写道："对作者来说，主人公不是'他'，也不是'我'，而是不折不扣的'你'，也就是他人另一个货真价实的'我'（自在之你）。"[②] 这里巴赫金把叙述者等同于作者，出现了叙事概念上的偏差。撇开这一点不谈，他在《审美活动中的作者和主人公》和后来的《陀思妥耶夫斯基诗学问题》中，对于作者和主人公之间对话的问题看法有矛盾的地方，前者认为作者优于主人公，后者认为作者的权威性被消解掉了，强调作者和主人公之间平起平坐的对话性。巴赫金认为人物能够如此神奇地与叙述者（巴赫金所说的作者）对话，原因在于他认识到，世界对我们每个人而言都是未知的，如苏格拉底，正是自知其无知才使其成为智慧的人。而对话让每个人都可以发出自己的声音，来共同探索未知。这是一条不断求索又不断否定自己的路，虽然艰辛，荆棘丛生，但令人神往。

巴赫金虽然认为叙述者与人物是对话关系，但他认为陀思妥耶夫斯基"要寻求的，首先是具有充分价值、似乎不受作者控制的主人公语言。这种主人公语言所要表现的，不是主人公的性格（或其典型性），

[①] 张寅德编选：《叙事学研究》，中国社会科学出版社1989年版，第298—300页。
[②] 钱中文编：《巴赫金全集》（第5卷），白春仁等译，河北教育出版社1998年版，第84页。

也不是某些具体生活环境中的立场,而是主人公在世界中采取的最终的思想立场,是主人公对世界的看法。陀思妥耶夫斯基为了作者和作为作者,寻求那种刺激的、挑逗性的、盘查式的、促成对话关系的语言和情节。"① 如他所说:"陀思妥耶夫斯基笔下的主要人物,在艺术家的创作构思中,便的确不仅仅是作者议论所表现的客体,而且也是直抒己见的主体。"② 巴赫金在《诗学问题》中也申明了这一点:"作者的视野在任何地方,都不会同主人公们的视野和侧面发生对话式的交错和冲突。作者的语言在任何地方都不会感到主人公出来说话反驳,也就是说主人公不会按自己不同的见解,即根据自己的真理,来说明同一个对象。作者的观点不可能与主人公的观点在同一层次上、同一水平上相遇。主人公的观点(如果它被作者揭示出来的话),对作者的观点来说,总是带有客体的性质。"③ 叙述者(作者)在这里可以说是个对话的组织者和参加者,他并不保留做出最后结论的权利,也即是说,他会在自己的作品中反映出人类生活和人类思想本身的对话本质。但正是他才能提示出人物的观点,所以人物无论有何种观点,也都是在作者的组织、安排之下才展示出其个人立场的。如他本人所说:"复调小说中作者新的立场具有正面的积极意义。如果认为陀思妥耶夫斯基的小说中,作者意识没有得到表现,那是荒谬的。复调小说作者的意识,随时随地都存在于这一小说中,并且具有高度的积极性。"④ 陀思妥耶夫斯基小说中的主人公能够获得相对独立的地位,在于叙述者允许主人公有自己的意识,因而作品中形成众多独立而不相融的声音和意识。可以看出,在巴赫金那里,叙述者要比人物知道得更多更有统摄能力,他主要探讨的是前两种情况,即使人物知道得比叙述者多,也意味着叙述者"故意"让位,叙述者的统摄能力依然不容怀疑。

巴赫金用"掌握"来强调叙述者与人物对事件的知晓程度,而托

---

① 钱中文编:《巴赫金全集》(第5卷),白春仁等译,河北教育出版社1998年版,第54页。
② 同上书,第5页。
③ 同上书,第94—95页。
④ 同上书,第90页。

上编　叙事理论与话语

多罗夫用从哪个方向观察来体现观察事件的角度，向叙述视角更近了一步。与"掌握"相比，从外部观察、同时观察或是从内部观察预设了一位在场的叙述者，而实际上不在场的叙述在小说中并不少见。而热奈特用"聚焦"来概括描述事件的角度。聚焦的实质是一种对对象（素材）的过滤和选择（知觉），其实具有双重的性质，首先是主动的选择，即聚焦对素材层面的过滤，可以表现也可以不表现，"熟视无睹"则是聚焦的主动性的体现。另外聚焦还包括被动的选择，即由于聚焦者个体（实体）属性的局限，使一些素材层的要素被自动过滤掉了（但如是假定的全知聚焦则不存在这一问题），受知觉本身的局限。而选择这种知觉的对象则为叙述提供对象与可能。而这种知觉活动是话语层面而不是故事层面的现象。此外，热奈特还明确区分了"叙述声音"和"叙述眼光"，前者指叙述者的声音，它既可以指叙述者的眼光也可以指充当叙述视角的人物的眼光。叙述眼光不仅仅包括视觉，听觉等感官范畴，还包括对事件的特定看法、立场和情感态度。[①] 热奈特的区分主要是针对另一位颇有影响的叙事学家斯坦泽尔的"叙事情景"概念。1955 年奥地利文学理论家斯坦泽尔在《长篇小说的叙事情境》中提出三种叙述情境，即"无所不知"的叙述者（第三人称全知叙述）、叙述者作为书中人物的情境（第一人称叙述）和根据某个人物的观察点的"第三人称"引导的叙述情境（人物叙述）。斯坦泽尔没有区分语态和语式，但具体描述了每一叙述情景中的典型特征，包括叙述者的参与程度、距离、知晓范围、目的、可靠性、声音和聚焦情况等[②]。热奈特指出第二种和第三种均为故事中人物的眼光，它们之间的差别仅仅在于叙述声音，第二种类型中的叙述声音来自聚焦人物本人，而第三种类型中的叙述声音则来自故事之外的叙述者。

　　荷兰学者米克·巴尔起初反对热奈特的聚焦理论，后来又扩展了这一理论。巴尔认为，聚焦需要一位聚焦者也需要一位被聚焦的客体。她

[①] 申丹：《叙述学与小说文体学研究》，北京大学出版社 2001 年版，第 188—189 页。

[②] Franz K. Stanzel, *A Theory of Narrative*, trans. Charlotte Goedsche. Cambridge：Cambridge University Press, 1984. p. 22.

第五章 视角与话语

区分了谁在聚焦（一位外在的叙述者，一个人物）和聚焦什么（人物的外部行为和内心思想）——这与热奈特的外聚焦与内聚焦相呼应。巴尔对热奈特的改造从视角的限制——零聚焦或无限制与有限的外聚焦与内聚焦——转向二元的聚焦者与被聚焦者。这样就产生了一位叙述聚焦者，一位"看"的叙述者。巴尔的贡献还在于他把叙事学扩展到电影、芭蕾和戏剧中。普林斯的《叙事学辞典》中的聚焦的定义：描绘叙事情境和事件的特定角度，反映这些情境和事件的感性和观念立场。可见，普林斯的概念本身就已经蕴含了视点的感性和观念立场。查特曼提出了"倾向"与"过滤"，表明视角的局限性，有效地区分了意识形态与以视点为基础的观点，但这种区分本身也意味着视点确实与意识形态问题密不可分。但"过滤"一词涵盖所有人物的视觉、心理，不区分聚焦人物和非聚焦人物，影响着对叙述者可靠性和叙事意识的判断，也影响着读者对叙事文本的解读。

米克·巴尔的区分更为具体，她提出了"X 证明 Y 看见 Z 做什么"这样一个公式。公式中的 X 是叙述者，Y 是聚焦者，Z 是一个或几个行动者。比如美国叙述学家普林斯举的这样的例子：

汤姆看到玛丽看着吉姆，吉姆正在目送米切尔远去。

如果叙述者是聚焦者也是行动者之一，那么叙述就等同于（第一人称）的虚构自传。但如果叙述者不参与行动，叙述行为就属于"异故事"叙述。但从这个例子中可以看出，叙述者的眼光一直在起作用，是叙述者看到"汤姆看到玛丽看着吉姆"，"吉姆正在目送米切尔远去"也是从叙述者的角度出来的，并非从吉姆的视角来写的。但下面的这一段情况就不同了，它是詹姆斯《专使》第一章中的一段，小说中谈到斯特雷泽跟玛丽亚一起去逛街，他要先回房间梳洗一下：

一刻钟之后，当他从楼上下来时，他的女主人所看到的，如果她友好地调整了她的目光就可能看到的，是一个消瘦、肌肉有点松弛的中等个头的男人，也许刚过了中年——五十五岁的样子。脸上

上编　叙事理论与话语

　　让人一眼就注意到的是缺乏血色的深深的肤色，茂盛浓黑的胡子被修剪成典型的美国式样，往下垂得较深，头发依然浓密，但不少已经灰白……从鼻孔到下巴，沿着胡子弯曲的弧线，悠长的岁月刻下了陷得很深、绷得很紧的皱纹，这就是这张脸的基本特征。一位留心的旁观者一定会注意到这些特征当时就被等着斯特雷泽的女士收入了眼帘。①

这里玛丽亚既是视角人物又是被观察的对象，"一位留心的旁观者"指的就应该是斯特雷泽，他在揣测自己在玛丽亚眼中的形象。这一段中的叙述者 X 处于故事之外，但他并不专权，而是把聚焦的权力先给了玛丽亚再给了斯特雷泽这两位"Y"，同时这两位聚焦者又互相证明对方做了什么。当她（Y）"友好地调整了她的目光就可能看到的"对象是斯特雷泽（Z）的外貌，而"留心的旁观者（Y）"句中斯特雷泽又充当了被聚焦的对象。这里的叙述者明显现身了，但其观点又让位给两个聚焦人物，创造悬念、产生模糊效应。对话中的断句和视角转换反映叙述者有迟疑拖延的倾向，抽象且详尽地修饰和限制了知觉过程。

　　曼弗莱德·约翰将斯坦泽尔的叙述状况与巴尔的公式结合起来，并对后者进行调整。② 他将接受者 R 纳入进来，用 R 代表受述者，这样可用公式表示为"X 告诉 R，Y 看见 Z 做什么"。这样，巴尔的聚焦者就被理解为斯坦泽尔意义上的反射者，即意识的中转站。就这种情况而言，叙述者多不参与行动，多为匿名且无性别，无所不知，无所不在，可靠，并且决定展示、叙述模式、修辞和风格。权威的叙述者还经常向读者发表意见（用第一人称）和评论。而且，这个公式也可以分为：无反射者和有反射者的情况，前者为 X 告诉 R，Z 做什么，后者为（X 告诉 R）Y 看见 Z 做什么，两种情况分别对应于斯坦泽尔的作者性叙述和人物性叙述。在有反射者的模式中，反射者的内心世界被表现出来，

---

① 转引自申丹《叙述学与小说文体学研究》，北京大学出版社 2001 年版，第 236 页。
② Manfred Jahn, "Frames, Preferences, and the Reading of Third-Person Narratives: Towards a Cognitive Narratology", in *Poetics Today*, Vol. 18, No. 4, Winter 1997, p. 443.

第五章 视角与话语

文本以反射者的意识活动为前景，读者处于见证人的地位。

视角往往意味着作者的主观态度和评价，读者的阅读往往受到视角的影响，为视角所影响甚至同化。如托多罗夫所说："组成虚构世界的事件永远不可能靠'自身'，而总是通过某种角度，凭借某种观点呈现在我们面前。"[①] 可以说，确定从何种视点叙述故事是小说家创作过程中最重要的抉择了，因为它直接影响到读者对小说人物及其行为的反应，无论这反应是情感方面还是道德方面的。

视角在小说叙述过程中非常重要，因此作家对人物的视角选择非常慎重。比如《孔乙己》对视角人物的选择。小说的主要人物是孔乙己，如果依他的视点来写，可能就会流露出怀才不遇、壮志未酬的感伤，而实际上小说暗示了科举制度造成了科举不中对知识分子的戕害。孔乙己显然不具备这样的高度，因此不能选他当视角人物。鲁迅选择了一个店里的小伙计为视角人物，又让他采用第一人称回顾性的视角来看这个人物，他对孔乙己有一定的了解，可又不能完全理解他，甚至还带着嘲讽的态度看他，这样"鲁迅达到了三重的批评：主人公，嘲笑他的那帮旁观者，以及麻木的叙述者，这个叙述者缺乏真正的关于意识的衡量标准，他与那帮旁观者的腔调一样，因此，他看起来同样的可怜。"[②] 鲁迅选择店伙计为叙述者，给他的小说结构增加了一个反讽的层面，并为他从主观视角形成一种反向透视或反向陈述提供了基础，从而达到既同情这个善良而又无能的弱者，又批判其迂腐麻木性格的目的。

一般来说，视角人物总是处于被肯定的地位，他或她的评判标准具有权威性。读者越了解一个人物，就越容易同情他或她。我们对他的动机了解越多，越同情他；我们发现一些人由于不能像我们一样进入某些人物的内心世界而对他们做出严厉的或错误的判断时，我们就会对这些被误解的人物产生同情。小说中视角的各个层次都受叙述者支配、为其观点服务；而这一观点又是通过对信息的控制而表现出来的。视角控制着读者对事件的反应，反映了隐含作者的价值取向和话语立场。

---

① 王泰来编：《叙事美学》，重庆出版社1987年版，第27页。
② 乐黛云主编：《当代英语世界鲁迅研究》，江西人民出版社1993年版，第46页。

二　影像叙事中的视点

与视角相对应的概念是视点。华莱士·马丁认为视点这个术语泛指叙述者与故事的关系的所有方面，包括距离（细节和意识描写的详略，密切还是疏远），视角或焦点（我们透过谁的眼睛来看——视觉角度），以及法国人所谓的声音（叙述者的身份与位置）。马丁将视点与视角分开来谈，对我们的研究是一个提示。但是他把叙述声音也包含在"视点"的范围内，并与叙述者混在一起，有待商榷。就声音问题，前面第四章中已经以苏珊·兰瑟为例，有过详细论述。"视点（point of view）一词有一种潜在的误导作用，暗示着有关某一话题所持的观点或立场。将该词的叙事学上的意义理解成某种视觉隐喻会更准确，也就是说，在叙事中有一个点，叙述者似乎真的从视觉上像摄影机一样，叙事中的视角总是处于某个地方，或于事件之上，或于事件之中，或于所涉及的一人或多人之后。"[1] 因此文学叙事中，视角这个概念适用，而影像叙事中，视点这个概念比较适用。

视点和视角是叙事学研究中具有修辞意义的概念，电影的视觉特征则使这两个概念变得具体化，不能混为一谈。影视中的叙事者不可能像小说中的叙事者那样，时时现身。影视离不开摄影机的目光，而摄影机化身为叙事者的目光时，叙述者本人就如同全知叙事一样，躲在了摄影机的背后，画面又让位给了摄影机，由它取舍。摄影机的位置相当于视点，是指注视的发源点和发源方位，因而也指与被注视的物体相关的摄影机的位置。电影很早就学会了通过变换镜头方位和把若干个镜头组接在一起来使视点多样化，并通过摄影机的运动使视点有所变化。虚构性影片的第一个特征就是提供多样与可变的视点。视点是指从某一特定位置捕捉到的影像，电影就是通过有中心点的透视作用组成画面。然而叙事性电影中的画框总是或多或少地再现某一方的注视，即叙事角度。

---

[1] [英]马克·柯里：《后现代叙事理论》，宁一中译，北京大学出版社2003年版，第22页。

第五章 视角与话语

视角倾向于人对问题的看法，有选择的主动性和意识形态性。人们无法把所叙之事从表述中抽离出来，以便得到纯粹的叙事。对被表现物的态度是通过如何表现它而体现出来的。这里立刻产生一个方法和手段的问题，即用什么方法和手段来处理这一表现，使得在表现出它是什么的同时还能表现出作者对它持怎样的态度，以及作者希望观众对它所表现的事物有怎样的感受、感觉和感情。视角在一部电影中应该属于比较稳定的层面，由隐含作者、叙述者的价值取向、阶级立场、情感倾向等决定。有的影视叙事中出现了人物化的叙事者，故事以叙事者的价值评判为权威标准。这种情况以第一人称叙事居多，而且叙事者可以不是主要人物，而作为旁观者讲述其他主要人物的故事，见证事件的进程。如果叙事者自己没有见证故事的进程，便无法以视觉形象转述他不曾见过的场景。叙事角度不仅表现为形式上人称的区别，它涉及更深层的作者/叙事者的价值取向、立场观点、情感态度等意识形态范畴，这也是所有对叙事角度这一形式研究的落脚点。

视点更像固定在某个点上的摄像机，只能像镜子一样照出现实世界。视点是影片结构运作的具体切入角度，不同的视点构造出不同的叙述层次，形成多种多样的叙述焦点。视点更为灵活，因为叙事需要而运用正反镜头、推进、拉伸等手段来完成视角所决定的结构。视点镜头不会均等地分配给每个人物，甚至不会均等地分配给主要人物。比如在人物对视的镜头中，画面上会交替出现人物 A 和人物 B，此时并非 A 和 B 互为对方的能指与所指，而是有所侧重和偏向。一般多为一个人物占有视点镜头，而另一人物充当被看的对象，从而形成看与被看的关系。而且，充当视点镜头的人物多为主流意识形态所肯定的人物（A），而 B 则处于 A 的判断与审视的目光中，A 的目光控制着摄像机所要再现的画面，摄像机则顺从地把 A 所观察到的影像展示出来。说到底，A 的阶级、地位确认着他对话语权的占有，其实也是叙事者的一种介入，叙事者指派 A 来左右叙事方式。呈现人物 A 的画面将人物 B 排除在画面之外，B 这一画外人的位置象征他在叙事话语中的局外人的地位。比如2005 年版的电影《傲慢与偏见》，忠实原著的视角，以伊丽莎白的判断为标准。班纳特一家听说宾利先生来到这个村镇时，一家人都兴奋不已，因为宾利先生可能会娶走家中的一位小姐。此时众姐妹听到这个消息时都倍感振奋。另外两个小妹妹情不自禁地手舞足蹈，但看到这一影像的却是坐在沙发上的伊丽莎白，镜头以她的笑脸为背景，两个妹妹飘动的衣裙为前景，音响也以她的笑声为主要效果，两个妹妹的笑声次之。她的笑脸可以说是对一位年轻绅士到来的发自内心的愉悦之情，也可看作对妹妹们的过分期待的一种嘲弄。又比如姐姐与宾利先生会面后，伊丽莎白知道她一定有事要说。镜头给了伊丽莎白一个特写，她面带疑惑地看着姐姐，此时镜头里只有伊丽莎白的面孔，之后镜头转向姐姐，但是从伊丽莎白的背后肩头以上指向姐姐的面孔，伊丽莎白在画面中，充当一个观看者的角色。这里我们从伊丽莎白的角度去看，分享她的心理体验，而姐姐则暴露在这审视、问询的中视点之下，镜头传达的是伊丽莎白的价值判断。这种叙述方式体现出原著的价值倾向——以伊丽莎白的视点为权威的话语标准。

影像有强化主导意识形态的功能。穆尔维在《视觉快感与叙事性电影》[①] 中从女性主义角度，提出了影视叙事中两个重要的话语问题。第一，女性作为男性观众欲望的对象，在一种不平等关系中被置于被动的被人看和被展示的位置上，而男性则是主动的、看的载体。第二，为了最大限度地提供满足观看癖（窥淫癖）和自恋的要求的被看对象——女性身体，电影（也包括其他媒介形式）必然会选择以视觉快感为轴心的方式来安排。电影把男性视野中的妇女形象简化为温柔、体贴、美丽、善良的刻板印象，引导观者对这种女性形象的认同，从而将父权意识形态或男性幻想通过女明星的形象来具体实现。简言之，影像可以通过特定的叙述视点把这种父权意识形态的建构自然化。通过将男人和男性气质设定得优于女性，父权制在影像叙事中得到复制。影像特有的吸引力，把叙事结构、形式包装得极有吸引力，从而使女性观众入迷和投入，满足了她们在生活中不能满足的愿望。一般来说，银幕上处于被观看位置的形象，多是女性化的。影像叙事中的性别差异体现了男

[①] [英] 劳拉·穆尔维：《视觉快感与叙事性电影》，周传基译，张红军编《电影与新方法》，中国广播电视出版社1992年版。

性社会话语对女性身份和地位的压制。影像叙事中的视点连接着叙事者与人物、观众与人物、叙事角度与观看方式、场面调度等关键问题，从而控制了观者的感受与体验，认知与理解，是话语争夺的重要阵地。影像叙事中的视觉快感是由观看癖（窥淫癖）和自恋构成的，前者通过观看他人获得快感，后者是通过观看来达到自我建构。穆尔维认为，好莱坞电影的风格吸引力来自于能够娴熟地掌握叙事技巧，控制叙事节奏和进程，创造一个虚幻的理想世界。揭开影视中的摄影机的面纱，也就打开了镜头后面所埋藏的秘密的阀门。

从技术分析来说，在电影中尤其符合缝合体系理论[①]的正反打镜头、主客观镜头这种视点的不断转换推动叙事的发展，体现出权威话语的导向作用。雅·奥蒙从电影具有叙事性和再现性的双重性出发，认为电影中的视点起码涉及两方面的内容：一方面要区分视点的直接表现（在影像中）与间接表现（在叙事中）；另一方面要在注视的下列三个来源之间重新分配这些视点：人物、作者与看着前两者并看着自己观看的观者。各种镜头组合所组成的整体又最终受某种思想态度（理智、道德、政治等方面的态度）的支配，它表达了叙事者对于事件的判断。显然视觉最能反映出虚构性本身，也即隐含作者对于人物和事件的看法，也是通常电影评论的任务，但是，视点分析的重点在于再现过程和再现的形态可能产生的影响。[②] 从叙述功能来说，电影中的视点和文本中的聚焦功能类似，也具有挖掘性别等级差异和提示话语权力关系的潜能。

[①] "缝合体系"由法国理论家让-皮埃尔·欧达尔提出，详见［法］让-皮埃尔·欧达尔《电影与缝合》，张红军编《电影与新方法》，鲁显生译，中国广播电视出版社1992年版，第259—273页。一般来讲，记录者、目击者与摄影机与被拍摄的场景及演员构成了看与被看的关系，是电影话语陈述与接受的基本方式。但在理论上，电影叙事的秘密在于它以叙事过程中人物间的目光/对视来遮蔽摄影机/叙事者的存在。当人物的目光与其所见成为摄影机选择与取舍依据时，电影叙事就成为一种故事/"历史故事"的呈现方式。因此，依次呈现影片中叙境人物的所见与此人物的180度的切换镜头（又称正反打镜头、匹配镜头或配切），就成为电影叙事研究的主要对象。欧达尔称之为"缝合体系"。

[②] ［法］雅·奥蒙：《视点》，肖模译，《世界电影》1992年第3期。

| 上编　叙事理论与话语 |

第二节　视角的话语颠覆性力量：简·奥斯丁

我们可以在热奈特的谁说和谁看之后加一个问题："为什么看？"叙述话语的视角可以改变故事层面的对象的位置，颠覆故事层面的权利关系，从而挑战传统的意识形态观念。如默尔所说："如果凝视存在的话，它会不仅仅重复一种单一的男性化的注视，相反却包括各种各样的观看和瞥视——各种可能性的相互影响。"① 奥斯丁小说中的女性的"看"就冲出了单一的男性化的注视，而且通过女性的"看"树立了女主人公的话语权威。

《劝导》中"看"的主体为安妮。她是奥斯丁笔下年龄最大的女主人公，她感受敏锐、细腻，有很高的鉴别能力。小说开始时，她已经27岁，而且经历了8年的感情空档期。她在朋友的"劝导"下与贫穷的年轻人温特沃思分手了，但在过去的8年中，她对他的爱恋并未因时间的流逝而减弱。温特沃思经历海上冒险回来后，她还要充当他与其他女人逢场作戏的旁观者。尽管她内心痛苦，但她并未一味地沉溺于个人的痛苦中，而是扮演着一个理性的观察者的角色，她因善于体察、疏导和处理感情以及对人性有最透彻的理解，而成为一个处受欢迎的不可或缺的角色。尤其在莱姆·路易丝摔跤的事件中，她扮演了一位精神领袖的角色，当其他人甚至男人们都惊慌失措时，她克服了慌乱和恐惧，成为恢复秩序的能人。

这样一位感情丰富、感受敏锐的人物，无疑具备成为可靠的叙述者的能力，因而整个小说都围绕安妮所观察到的场景及她的心理活动展开。她的眼光具有穿透力，能够阐释出事件的内在含义，解读人物的心理动机和欲望。相反男性则不具有这种力量，他们不得不借助语言表达自己的想法，从而获得他人对事件的感受和认识。如在巴思先生的音乐会上，安妮细心地体察到温沃思特的心理：起初，"他的脸色变得和悦

---

① Lorraine Gamman and Margaret Marshment eds, *The Female Gaze*: *Women as Viewers of Popular Culture*, Seattle: The Real Comet Press, 1989, p. 59.

第五章 视角与话语

了,回话时几乎露出了笑容。……他的脸色依然是和悦的,他甚至低头朝凳子望去,仿佛发现有个空位,很想坐下去。"可当埃利奥特先生对安妮大献殷勤后,安妮发现温特沃斯"拘谨而匆忙地向她告别",置安妮的一再挽留于不顾而走了出去。安妮对此心知肚明:他"嫉妒埃利奥特先生!这是可以理解的唯一动机。温特沃斯嫉妒她的感情!这在一周之前,甚至三个钟头以前,简直叫她无法相信!一时之间,她心里感到大为得意。可是,她后来的想法可就复杂了。如何打消他的嫉妒心呢?如何让他明白事实真相呢?他们两人都处于特别不利的境地,他如何能了解到她的真实情感呢?"① 于是她决定以表情和言行举止鼓励他,来为自己争取爱情。

简·奥斯丁的小说的女主人公都很迷恋"看"的行为,这是奥斯丁之前的女性小说家中的女主人公基本没有尝试过的行为。这位女主人公经常"看",因为小说的全部叙述进程都依赖于安妮的"看"的行为来决定什么应该被叙述。安妮的视觉领悟力对叙述进程而言至关重要,小说中的语言多含蓄、委婉,当然反讽的语调也经常出现,这样如果读者的领悟能力不高往往会误解叙述者的意图。因此安妮的看的行为就成为一种替代性的语言,一种不必依赖词句的交流手段。

安妮绝不同于女性主义的人物,她们能够通过"看"这种眼睛的观能行为将男性客体化。女性主义者们将"看"的行为提高到文化的层次:"男人看女人,女人看自己被看。"如拉康认为:"'凝视'不仅是主体对物或他者的看,而且也是作为欲望对象的他者对主体的注视,是主体的看与他者的注视的一种相互作用,是主体在'异形'之他者的凝视中的一种定位。因此,凝视与其说是主体对自身的一种认知和确证,不如说是主体向他者的欲望之网的一种沉陷。凝视是一种统治力量和控制力量,是看与被看的交织,是他者的视线对主体欲望的捕捉。"② 传统的小说中的女性多数处于客体的被观看的地位,仿佛被男性的领悟

---

① [英]简·奥斯丁:《劝导》,孙致礼、唐慧心译,译林出版社1998年版,第134—135页。

② 吴琼:《视觉性与视觉文化——视觉文化研究的谱系》,见吴琼编《视觉文化的奇观》,中国人民大学出版社2005年版,第8页。

· 121 ·

力给抹杀了。她们或者太羞愧,以致不敢回应一位男性的眼神;或者太糊涂,以致不能还以清晰的凝视;或者太不理性,以致无法关注事物和场景。安妮的父亲根本不受人尊敬,他注重的只是长相、衣着,将品评他人的外貌作为自己的终身事业,而克罗福德将军则根本不在意人的外貌。而安妮的"看"则在于她能够左右读者对事件的看法,引向文本的价值取向。她的"看"是处于社交场景中的看,也经常作为男性人物的观察对象,但每当这种情况发生时她或者能够领会其真实想法或者予以回应。安妮总是能够敏锐地觉察到他人的内心变化:

> 听了这番话,温特沃思海军上校的脸上掠过了一种神情,只见他那炯炯有神的眼睛一瞥,漂亮的嘴巴一抿,安妮当即意识到:他并不想跟着默斯格罗夫太太对她的儿子表示良好祝愿,相反,倒可能是他想方设法把他搞走的。但是这种自得其乐的神情瞬息即逝,不象安妮那样了解他的人根本察觉不到。①

相反,温特沃斯将军却无法运用这种"看"的语言,他不得不通过言辞明确地向安妮表达自己的感情。女性可以看出男性的欲望,而男性则必须通过言辞才能探知女性的内心。小说中的"看"意味着一种权力,但在小说中性别不如阶级那样更有力量。在某些情况下,非精英阶层的人物只能看上层人物,而他们自己在文本中是不可见的。如安妮去看望老朋友斯密思夫人时,甚至不曾注意给她开门的是仆人、管家还是护士,在她眼里,工人阶层是不存在的。文本中的看与其说是女性的特权,不如说是阶级思想在主导女主人公的思绪,如《劝导》中的人物的主体性不在于他或她能够凝视他人,而在于能否被人"看"。只有精英阶层的主体位置的人物才能被看。

《傲慢与偏见》的前十章都为全知叙述视角,叙述者全方位地叙述事件,阐释人物心理,让读者逐渐认识到班纳特夫妇的平庸与世俗,吉

---

① [英]简·奥斯丁:《劝导》,孙致礼、唐慧心译,江苏人民出版社1984年版,第66页。

英的温柔理智，伊丽莎白的活泼与机警，达西的傲慢等。之后，叙述者逐渐频繁地侵入伊丽莎白的内心世界，以她的理解与评判为标准进行价值判断。可以说，叙述者将评判的权力交给了伊丽莎白，女性人物被赋予了话语特权，男性人物成了被观察、被阐释的对象。读者也追随伊丽莎白的内心世界，了解她的动机、忧虑与喜好，从而也将同情之心投向她。伊丽莎白的视角显得客观、中肯，具有叙述权威。也难怪叙述者会把对人物和事件评判的权力交给她。小说世界的判断标尺掌握在女性手中，统摄小说的话语权被倒过来了。读者跟随叙述者进入伊丽莎白的内心活动时，以她为聚焦点，观察和思考，从而使读者与伊丽莎白处于近距离交流中，她的视点和判断左右着读者观察小说中的人物、事件的立场。当她因受到韦翰的诱惑而加剧了对男主人公达西的偏见时，读者非但不会嘲笑她是非不分，反而要去责备达西的傲慢，谴责韦翰的伪善。当她拒绝达西的求婚后，读者会钦佩她追求自由平等和人格尊严的勇气，另外也为她痛失良缘而惋惜。

在奥斯丁的小说中，女主人公的成长过程往往需要一位男性来引导，她们最终在故事层面也多以婚姻为归宿，成了某某太太。但在话语层面，她们的视角更具洞察力和判断力，在话语层面颠覆了男性的话语权威。奥斯丁小说中的叙述者逐渐出让自己的话语权，转换为以女性人物为聚焦点，利用反讽和自由间接话语，颠覆了男性权威，建构了女性声音，成就了女性气质的权威叙事，树立了最具女性气质的叙述榜样。

第三节 新闻叙述中的视角

一 新闻叙述也要考虑视角

索绪尔提出，语言作为符号，由能指和所指两部分组成，能指是符号的物质层面，包括音响和书写形式，所指是与符号相对应的概念，能指与所指最初的关系是任意的，但一旦形成就固定下来，成为约定俗成的符号，具有强制性。比如汉字"花"，是个符号，它的发音和书写外形是它的能指，而花所对应的概念是所指。如果汉字形成之初，称自然界那些绚丽的花朵为树，那么我们今天也会固定下来这样发音。索绪尔的语言学主要针对印欧语系，因为拼音语言系统是靠声音来言说意义的，而汉字还有一部分字形能够显示一定含义。"花"字一旦形成之后，就与现实世界中美丽的植物生殖器官没有任何关联了，在汉字符号系统内它还有支出金钱、利用时间间隔的动词义和杂色、模糊不清和虚伪等形容词义。因此语言不是透明的符号与现实世界对应。他的语言学被后来的解构主义利用，引出了一个全新的观念，即现实是无法再现的，真实其实是一种"似真"性，所谓的真实乃是语言创造出来的话语幻象，而这个符号系统与外部世界之间并不是完全对应的，语言系统不指向现实，而仅仅指向自身。构成新闻叙述的语言也不是透明的符号系统，不能够营造出一个与现实直接对应的真实。这样新闻叙述也只是由语言符号"编织"出来的世界。尽管新闻以如实、深入报道现实生活事件为使命，但所有的新闻事实只是叙事，是语言"创造"出来的。

新闻是人们及时、准确的获得信息的重要途径，新闻要求客观、公正，但新闻也是由具体的人来撰写的，其写作也涉及视角的选择问题。叙述视角是作者对事件进行观察和讲述的角度，一定程度上影响人们对事件的判断和认知。新闻叙述中的视角往往隐含着作者的主观态度和评价，读者的阅读往往受到视角的影响甚至同化。

在新闻叙事中，新闻报道一般采用第三人称全知叙述者来布局谋篇，但在就具体问题进行深入报道时，一般要以当事人或旁观者的所见、所闻、所感作为依据，以显示新闻的客观、中立、准确性。这样，选择谁来说出某些方面的见闻，就会显示出新闻报道的倾向性了。虽然新闻作者不一定主观故意，但不同视角产生的话语立场会相差很大，新闻工作者也会尽量全方位多角度报道。视角是叙事的重要层面，视角不同，对事件的认识和理解都会有所不同，视角可以展现出认识世界的新角度，呈现出不同的事实。如杨义在《中国叙事学》中所说，独特的视角甚至"可以产生哲理的功能，可以进行比较深刻的社会人生反省，换言之，视角中也可以蕴涵着人生哲学和历史哲学。"[1] 可以说，视角

---

[1] 杨义：《中国叙事学》，人民出版社1997年版，第197页。

问题在叙述中举足轻重，新闻叙述中同样如此。

二 叙述视角不同，结果迥异

新闻叙述中，记者一般都是"后知后觉"的，不可能在事发时刚好在现场，因此在叙述事件时会出让对事件全程叙述的权力，引用旁观者、当事人的视角，最大限度地避免因一个人阐述整个事件可能会引来的报道偏颇的后果。这种貌似非个人化的客观展示，希望叙述像一面镜子一样照出经过它面前的一切，显得客观公正。但实际上这种貌似真实的叙述方式同样也会以"真实"的假象掩盖真相。被采访的当事人或旁观者可能对事件了解得不够充分，也可能会出于自身的利益对事件做出有利于自己的评价，或因思想观念的倾向而做出相应的评述。新闻叙述中"角心人物"充当着读者了解事件的窗口的作用，一个视角人物意味着事件的切入点、评价及认知的深度和广度。

2014年4月闹得沸沸扬扬的大陆3岁小孩在香港当街小便事件，中国网的题目是"内地孩童香港当街便溺 父母与港人激烈冲突"，报道援引最初引爆此事的香港著名记者、主持人闾丘露薇的个人认证微博声称，大陆小女孩当街小便，被一路人当场拍下，孩子父亲不满其行为夺走了相机和内存卡，孩子母亲还打了路人。后有另一青年报了警并阻止这对夫妇离开，争执中青年被孩子母亲用婴儿车推撞。警方将孩子父亲释放，母亲因涉嫌袭击路人被拘捕，准予保释，但需再到警察局报到。[①] 通过这个题目以及事件的叙述，读者的判断是大陆夫妻让孩子当街小便，缺乏公共道德，社会文明礼仪、修养差，态度粗暴、蛮横，理应受到治安处理。

这篇报道没有提及孩子的母亲在孩子有内急后去排队，但队伍太长而且排在前面的人没有一个肯让一个3岁的小女孩先解决问题，才不得不用纸尿布接着孩子的小便，然后把纸尿布随身带走。闾丘露薇的微博和这篇报道也没提大陆夫妻是因为香港青年当街拍摄小女孩私处才被夺

[①]《内地孩童香港当街便溺 父母与港人激烈冲突》，中国网2014年4月22日，http://www.njdaily.cn/2014/0422/816304.shtml。

走相机和记忆卡,而香港青年还拉住内地夫妇不让他们走,拽住婴儿车不放手,孩子母亲不得已打了青年的手迫使他放开婴儿车。这些细节和缘由被补充出来后,人们表示了理解与同情。同一事件,《解放军日报》4月23日的标题是《"小题大做"背后问题更需重视》,并引用新浪微博的社会调查的具体数据说明读者对事件的判断,调查显示绝大多数人都对事件中的内地父母表示理解和同情并支持他们,"超过2.8万人认为'洗手间要排队,但孩子尿急当街小便可以理解,香港人对内地人还是有偏见'"。① 报纸援引了全国政协委员、民建联副主席彭长纬的话,即一小部分不文明的内地游客不代表所有内地人,同样拿手机拍摄小女孩私处的个别香港人也不代表700万香港市民。同时这篇报道还援引了香港明爱屯门马登基金中学校长袁国明的评价,指出这一事件背后的深层原因,即香港配套的公共设施相对大量涌入的内地游客而言显得滞后,发生冲突后仅仅指责内地游客并不公平。袁校长的评价将事件引向背后深层次的公共设施不足的问题。同日的《南方都市报》的标题《"小孩当街小便"折射香港配套的滞后》也传达了类似的看法。一般来说,视角人物总是处于被肯定的地位,他或她的评判主导着读者的看法。当读者越了解一个人物的动机、内心和恐惧时,就越容易同情或理解他。同时,当某些人因不被了解和理解而被批评或误解时,读者基本会对那些被批评和被误解的人心生同情。但"光是了解心理情况还不一定能引起同情反应。有时是对信息流量、信息来源以及信息表达方式的精心控制掌握着读者的判断。"② 新闻叙述通过对信息的控制来影响读者对事件的反应,同时也会反映新闻作者的价值取向和话语立场。叙述视角影响人们对问题的看法,有选择的主动性和意识形态性。人们无法得到纯粹的叙事,因此对被表现事件的态度是通过如何表现它而体现出来的。新闻叙述也可以通过技巧、手段的运用来"说服"读者接受信息发送者的观点,从而达到影响听众、读者的思想、行为的目的。

---

① 刘欢、姜婷婷:《"小题大做"背后问题更需重视》,《解放日报》2014年4月23日。
② [英]马克·柯里:《后现代叙事理论》,宁一中译,北京大学出版社2003年版,第23页。

三 视角背后的话语权之争

一个小女孩在内急又无法如厕的情况下当街小便,也没有弄脏街道,何以让香港青年如此执着地拍下视频,留下证据,还坚决不让人家离开?小小的一件事又为何会引起如此大的反响,吸引众多国人的目光?这个事件,很多外国网友都表示理解,但事件中的这位香港青年人不仅不理解、不同情,还不依不饶地要"公之于众",等警察来处理。说到底这件事背后的深层原因是港人的身份优越感以及对大陆居民的歧视在作祟。香港曾经是英国殖民地,在回归祖国后部分香港人还继承着大英帝国的身份优越感,成为黄皮肤白心的"香蕉人"。他们的身份虽然是中国人,但骨子里对中国却充满着偏见。这个事件只是一个触发点,而他心中根深蒂固的中国人的国民劣根性思想才是根本。而西优东劣不过是殖民话语的遗留而已。

鸦片战争后积贫积弱的中国不断地割地赔款,备受欺凌,于是一代又一代仁人志士要寻找中国的富强之路。洋务派引进西方先进的器械和建立工厂,革新力量要改变政治体制问题,最后深入中国深层的社会文化因素,进而归结为中国人本身有各种各样的劣根性,劣根不除,民族难以强盛。因而鲁迅要"弃医从文"疗救国人的灵魂。鲁迅留学日本时深受1890年出版的美国传教士斯密思(Arthur Smith, 1845—1932)的通俗读物《中国人的气质》的影响,这本书如今在中国有九个译本,可见其受关注程度。"虽然斯密思的书只是国民性理论在中国人中传播的众多渠道之一,这恰巧是鲁迅国民性思想的主要来源。1896年,日人涩江保将1894年版的英文《中国人气质》日译出版。根据张梦阳的推测,鲁迅是在留日期间(1902—1909)看到这个译本的,当时日本的民族国家主义者正热烈地讨论国民性。鲁迅曾不只一次地在信函、日记和杂文中提到原著及这个日译本。"[①] 鲁迅称这本书是世界上研究中国民族性最早、最详尽的著作,是关于中国人性的系统、深刻、独到的

---

① 刘禾:《跨语际实践》,宋伟杰等译,生活·读书·新知三联书店2002年版,第81页。

上编　叙事理论与话语

研究著作。而这本书的作者斯密思是带着西方中心主义和白人的优越感来到中国的，他在叙述中国人时已经戴上的"有色眼镜"，或者说他在叙述时不是从实际经历出发，其大部分叙述不过是重复早期传教士、来中国的西方商人、士兵的见闻而已，并无新意，是西方叙述中国的刻板印象的具体体现而已。

西方心目中的中国形象的转变始于1750年前后，此后的中国形象不断地被丑化。主要原因在于西方的政治、经济发展引起了东西方力量对比的变化，他们要为自己的殖民扩张寻找合理合法的依据。于是他们不断地诉说西方是民主的，中国是封建专制的；西方是科学的理性的，中国是愚昧迷信的；西方是进步的，中国是停滞、落后的。这种情况下中国人的形象也会被丑化，形成刻板的中国人形象：留辫子、抽鸦片、谎话连篇、身体羸弱、精神萎靡等，这类中国人是世界上的二等公民，自然需要西方来拯救和启蒙。

伴随着地理大发现构建起来的中西方政治格局，也在观念中建立起来了人种的等级秩序，即西方高贵东方（中国）卑劣，也可称为"国民性神话"的另一版本。可以说因为殖民者的不断诉说，曾经的被殖民者虽然政治上独立了，但在思想上与殖民者形成了精神上认同，在精神上"被殖民"了，站不起来了。当时的中国精英知识分子也曾用这一套话语来表述中国。"斯密思传递的意义被意想不到的读者（先是日文读者，然后是中文读者）中途拦截，在译体语言中被重新诠释和利用。鲁迅即属于第一代这样的读者，而且是一个很不平常的读者。他根据斯密思著作的日译本，将传教士的中国国民性理论'翻译'成自己的文学创作，成为现代中国文学最重要的设计师。"[①] 而香港曾一度成为大英帝国的殖民地，一小部分香港居民可能会在文化上不认同中国，心理上更愿意接受西方文化价值观。刘禾在《跨语际实践》中考证，"幻灯片事件"可能是虚构的。"向来，批评家们总想在鲁迅的生平和小说之间建立起直接联系。学者们努力地寻找那张关键的幻灯片，可是

[①] 刘禾：《跨语际实践》，宋伟杰等译，生活·读书·新知三联书店2002年版，第88页。

徒劳无获。于是有学者猜测整件事可能只是鲁迅根据目睹或听说的事编出来的。"而且,"即使找到了该幻灯片,确定了此事的真实性,也不见得就能说明鲁迅这段文字描述的震撼力(作者注:指《呐喊》自序弃医从文经过)。我们仍然可能只不过将鲁迅的启蒙思想以学术论文的语气转述一遍。"[1] 如果没有明恩溥的《中国人的气质》这本书的影响,鲁迅所述的"幻灯片事件"也不会对他产生如此大的影响。如今,这种思想观念依然存在于部分港人心中,因此在遇到这类现象时,不奇怪他们为何会如此愤怒,也不奇怪这件小事为何会引来如此广泛的关注。

可见,新闻叙述中采用何人的视角如何来叙述,都意味着不同的倾向性,会对事件的"真相"产生不同的影响。因而由谁来叙述,怎样叙述,说到底也是话语权之争。因此无论读新闻还是阅读各种叙事作品,"视角"都得我们重视和深思。

托多罗夫、热奈特、米克·巴尔和斯坦泽尔等人有关视角的论述,提供了视角与话语的嫁接的契合点。视角本身就意味着特定立场、方位和角度,因为构成故事的各种事实从来就不是它们自我呈现的,而总是根据某种眼光或某个观察点而显现出来的。影像叙事的视点也涉及话语权威的约束作用。视点影响着影像叙事中的介入程度、位置立场及距离的远近变化,从而控制叙事效果。影像叙事中,视点不是简单的载体,而找出统摄作品的视点也有助于找到作品内在意义的切入点。简·奥斯丁的小说说明,视角可以颠覆故事层面的制约,在话语层面树立主人公的权威地位。无论是文本中的视角还是影像叙事中的视点,都不仅仅是形式上的和美学上的概念,它从根本上反映出创作者的话语立场。新闻也是叙述出来的,背后也可能有话语权之争。

---

[1] 刘禾:《跨语际实践》,宋伟杰等译,生活·读书·新知三联书店2002年版,第90页。

下编　叙事文本与话语实践

叙事理论提供了分析叙事文本的工具，叙事理论与话语分析相结合，可以很好地解读作品，可以看出先前不曾意识到的问题。下面两章分别探讨了影像叙事与现代主义小说叙事的话语实践内涵。

第六章
好莱坞电影与中国形象话语

　　历代西方心目中的中国形象,多是在中西力量对比中,西方出于自己的利益诉求而建构起来的中国幻象。因经济停滞、科技落后,近代中国在中西对比中处于劣势地位,多处于"被表述"的地位,因而中国形象也从令西方人艳羡的"契丹传奇"转而成为"人间地狱"。无论中国形象是光鲜亮丽的还是晦暗不明的,都是西方建构出来的话语秩序,我们不能以西方的眼光看待自己,要警惕"中国形象"话语背后所隐含的意识形态霸权。

　　影像叙事的影响更为深远、受众更为广泛,作为一种工业化与商业动作紧密结合的叙事艺术,电影叙述出来的中国形象集中地反映了意识形态凝聚的特征,好莱坞电影也更为集中地反映了西方言说中国的话语特性,形成了固定的"套话"。好莱坞银幕上的中国形象延续着一种固定的模式,用比较文学术语来说,即"套话"。"套话"原指印刷用的铅版,因其反复使用而逐渐有了"条条框框"或"陈规旧俗",即人们头脑中固定的先入之见。我们这里的套话指对异国形象持有某种先入之见,保持一种稳定的固定看法。

第一节　他者镜像中的中国主体

　　周宁教授在《西方的中国形象史:问题与领域》[①] 论述了从13世纪到20世纪西方不同时代的中国形象。这篇论文的背后有他著作/编注

[①] 周宁:《西方的中国形象史》,《东南学术》2005年第1期。

| 下编　叙事文本与话语实践 |

的八卷九本的《中国形象：西方的学说与传说》系列丛书支撑，很有分量。这套丛书按年代将中国形象归纳为《契丹传奇》《大中华帝国》《世纪中国潮》和《"龙"的幻象》；按不同时代的主题分为《鸦片帝国》《历史的沉船》《孔教乌托邦》和《第二人类》。

就形象而言，《契丹传奇》指早期资本主义世俗背景下东方世俗乐园的传奇。《马可·波罗游记》和《曼德维尔游记》创造出大汗统治下天堂般的契丹形象，相对中世纪贫穷落后的欧洲来说，物产丰富、地域广阔、城市繁荣、交通便利的契丹不啻是财富与秩序的天堂。元朝历史虽然不长，但蒙元的天堂形象却在西方社会各个阶层广泛流传。《大中华帝国》讨论地理大发现时代（1450—1650）西方的中国形象，富庶传奇的契丹时代终结了，一个社会公正、制度优越的中华帝国形象开始呈现，为文艺复兴塑造了一个反对神权的自我超越的楷模。《世纪中国潮》记述了17—18世纪流行于西方社会文化生活中的一种广泛的中国崇拜思潮，始于1650年前后，结束于1750年前后。商人们给西方贩进了丝绸、茶叶、瓷器，传教士们带去了孔夫子的道德哲学，中华帝国的悠久历史，中国的装饰艺术、园林建筑风格等都成了西方人谈论的话题。《龙的幻象》指涉20世纪的西方形象在两级之间摇摆，或是贫穷、肮脏、混乱、残暴统治的人间地狱（二十世纪初），饥饿、专治统治下的人间地狱（四十年代末至五十年代），或是宁静安逸的乐园（二三十年代），反法西斯战争中崛起的英雄（三四十年代的新闻报道），社会改造的乌托邦（五十年代末到七十年代），明朗与黑暗并存（八十年代）。20世纪的中国形象中历史与现实的成分远远不如千年历史积淀下来的观念在西方更有说服力和影响力。

就主题而言，《鸦片帝国》是浪漫主义时代的一种典型的东方形象，是与西方相对的抽鸦片的疆域辽阔的帝国。启蒙运动完成了西方的文化大发现，在观念中建构了世界秩序。《历史的沉船》指出中国印证了中国是西方进步秩序的他者——停滞，自由秩序的他者——专制。专制与停滞是西方民主与进步的宏大叙事的优胜姿态。《孔教乌托邦》提出西方在文艺复兴与地理大发现的文化背景中，发现了理想化的伦理政治秩序，即哲人当政。启蒙思想家希望利用中国的"孔教乌托邦"塑

· 134 ·

第六章　好莱坞电影与中国形象话语

造开明的欧洲君主,是他们批判与改造现实的思想武器。新中国成立后,在社会主义大墙内天下为公的政治纲领中,他们又找出了中国的哲人王——毛泽东,当年停滞、沉静的乌托邦又成了激昂奋进的乌托邦回到了道德政治现实理想中。《第二人类》提到中国人的形象被丑化、漫画化,固定为集体想象中的某种"原型",如留辫子、打伞、猪眼、大肚子、笑容狡猾、动作呆板机械、吃老鼠、撒谎的中国人等。异类化、漫画化是西方人表现殖民扩张的"合理性"的策略。

把中国形象与西方的背景与需求联系起来,意在突出西方从中国形象之镜中照出来的实质是西方自己,中国在各个历史时期的形象都是西方以现实为基础想象出来的"中国"。他在论述过程中将中国形象与中国人的形象等同,虽说中国形象离不开中国人的形象,但二者之间的界限还是很清晰的。中国形象更侧重于对国家整体印象的把握,如"契丹传奇""大中华帝国""鸦片帝国"和"孔教乌托邦"都可以说是对中国形象的经典概括,而中国人的形象则侧重于对国人的品性的概括与描绘,如"第二人类"野蛮的"中国佬"和"傅满洲博士"[①]等。中国形象与中国人的形象的区分还有待于继续深化和拓展,从而为我们的研究提供新思路。

周宁的研究强调把西方的中国观当作西方关于中国表述的"形象"或"幻象",强调形象一词所具有的解构意义,因为如果说是西方的中国观,则会赋予它某种真理意义上的话语霸权。这里的表述指同一文化内部成员生产与交换意义的基本方式,将观念与语言联系起来,既可指向现实世界,也可指向想象世界。周宁强调西方的中国形象的虚构与想象层面,具有解构西方的"思想殖民"的意义。

西方的中国形象不仅在西方人心目中扎根,也在中西的政治、经济、军事、文化交流过程中注入了中国精英知识分子的潜意识中,导致他们形成了与西方的中国形象或其背后的权力知识专权形成合谋。"梁

---

① 英国通俗小说家萨克斯·洛莫尔(Sax Rohmer)创作了"傅满洲博士"系列小说,小说中傅满洲的主要活动就是谋杀与施酷刑。傅满洲因而成了阴险狡诈、凶狠恶毒的二十世纪西方"黄祸"的代名词。

下编 叙事文本与话语实践

启超明确地把中国的悲剧归结为国民性问题，批评国人缺乏民主、缺乏独立自由意志以及公共精神，认为这些缺点是中国向现代国家过渡的一大障碍。1889—1903年之间，梁氏写了大量文章，从各个不同的角度阐述这一点。仅举其中一小部分就有：《中国积弱溯源论》《十种德性相反相成议》《论中国人之将来》《国民十大元气论》等。《新民说》是其中最主要的一篇。孙中山在讨论中国问题时，也使用了相似的语言。他认为中国是一个爱好和平的民族，但他们的奴性、无知、自私和缺乏自由理想是国民性的一大缺陷。值得玩味的是，梁启超和孙中山两人都曾是抨击西方帝国主义的先驱，然而，他们的话语却不得不屈从于欧洲人本来用来维系自己种族优势的话语——国民性的理论。这是他们当时的困境，也是后来许多思考民族国家问题的中国知识分子所共有的困境。"[1] 自鸦片战争以来，中国打开国门也敞开了思想意识的大门，而这扇门的过滤功能尚显欠缺，导致近代中国似乎只有在西方的凝视中才能认识自己，没有西方的"观照之镜"中国几乎无法言说自己，比如中国的专制、停滞、国民性等，都是西方的中国话语，精英知识分子也是在这套话语系统中表述中国的。

刘禾认为传教士斯密思的《中国人的气质》对于"中国人的特性之神话的发明"及此书对国民性的分析，是"鲁迅国民性观念的首要来源"。[2] 鲁迅的国民性批判是否与西方的论述形成合谋，即西方的中国形象的套话是否支配了鲁迅的思想与写作？刘禾提出国民性概念把"种族和民族国家的范畴作为理解人类差异的首要准则（其影响一直持续到冷战后的今天），以帮助欧洲建立其种族和文化优势，为西方征服东方提供了进化论的理论依据，这种做法在一定条件下剥夺了那些被征服者的发言权，使其他的与之不同的世界观丧失存在的合法性，或根本得不到阐说的机会。"[3] 刘禾重新叙述了鲁迅弃医从文的经过，认为斯密思的《中国人气质》（以下简称《气质》）才是鲁迅试图改造国民性

---

[1] 刘禾：《跨语际实践》，生活·读书·新知三联书店2002年版，第76—77页。
[2] 同上书，第81页。
[3] 同上书，第76页。

第六章 好莱坞电影与中国形象话语

的真正根源,幻灯片事件只是一个契机,如果鲁迅没有接触到《气质》也就不会产生那么强烈的震撼。刘禾继续将鲁迅的震撼深化到对鲁迅创作的分析中,认为《阿Q正传》就是《气质》的中文小说翻版,并以其叙述者的"高高在上的作者和知识地位"[①]为据证明此叙述者"在中国现代文学中大幅改写了传教士话语。"刘禾分析了套话如何影响了半个世纪的中国精英知识分子的中国观,同时也指出了鲁迅"深刻地超越了斯密思的支那人气质理论",在小说中创造了"一个有能力分析批判阿Q的中国叙事人。"[②]

如刘禾所说:"有趣的是,国民性之孰优孰劣在上文(作者注:指署名光升的《中国国民性及其弱点》的文章,概括了欧洲和中国对异国及宗教的态度上有文化差异:欧洲民族排外,憎恶异类;中国人则多含容留精神……正是这种容忍性使中国人丧失了个性和独立自由精神,造成法制、民主观念薄弱。因而中国国民性不适应现代世界生存方式。)是一个相对的概念。在光升的眼里,欧洲民族的国民性未必在本质上比中国人优越,所谓改造国民性,不过是为了适应'现代化'的生存条件所必需的一种社会达尔文主义的手段。然而,到了陈独秀倡导的新文化运动,特别是后来的五四运动时期,这一切都发生了根本的转变。国民性的话语开始向我们所熟悉的那种'本质论'过渡。"[③]可见,鲁迅深受国民性神话影响,但能够保持一份警惕。

当时这种忧国忧民、"爱之深、恨之切"的现象比较普遍。林语堂的《吾国吾民》试图向西方人解释中国的"神秘";宋美龄也曾用英文著书指出中国人的弱点,认为认识到这些弱点就可以再次强大;赛珍珠的小说暗示了中国混乱、不洁的形象;梁启超在《论小说与群治之关系》中说"今我国民轻弃信义,权谋诡诈,云翻雨覆,苛刻凉薄驯至尽人皆机心"。他欲以文学为"新民"的手段,前提是中国人的人格、人心、道德都有问题。应该说刘禾的分析不无道理,但当时的那些知识

---

① 刘禾:《跨语际实践》,生活·读书·新知三联书店2002年版,第102页。
② 同上书,第103页。
③ 同上书,第78页。

下编　叙事文本与话语实践

分子急于改变现状的拳拳赤子心是今天所不能切身体会的，国民性批判在特定的历史时期其意义重于影响。或者更确切地说，当时的知识分子真正关心的不是国民性到底是否恶劣，他们的真正落脚点是使国民适应现代化进程需要的社会达尔文思想，是现代性视野中的价值取向。"不难看出，知识与权力、西方与传统、精英与民众等关系在这个时期的国民性话语中得到了生动和具体的显现。与此同时，文学，随着'改造国民性'的这一主题的凸现，也开始受到中国'现代性'理论的青睐，被当作实现国民性改造之宏图的最佳手段。"① 现在的问题已经不是中国的国民性本质如何，而是这种所谓的本质是如何被证明表现在个体的性格特征上。我们今天面对国民性批判的论述，并不在于中国的国民性是否有缺陷，而在于揭示西方文化在中国的现代化进程中所表现出来的霸权，从而反思中国知识分子所扮演的文化批判的角色及其思想独立性。

西方的套话系统仍然盘桓在一部分华人知识分子的脑海中。费正清在《中国：传统与变迁》中的某些观点与斯密思异曲同工，如"中国对外界的刺激异常麻木"，"中国人几乎完全生活在以往历史的阴影之中"，"这个民族的宗教崇拜其实也就是他们对以往历史的崇拜"② 等。张隆溪的《他者的神话：西方眼中的中国》试图用西方理论为西方人解析中国之神秘，从而将中国推向与西方并列的地位。他首先认定中国是西方想象性的创造的结果，而这种创造是合法的，因为中国作为他者一直以来都是为西方而存在。可以说在他看来，西方眼中的中国就是萨义德式的想象性的地理存在："东方代表着与西方的自我身份认同相异的他者，实际上只是西方自我理解过程中的概念性存在"。③ 他接着在历史进程中分析中国形象的变迁，由正面到静止僵化进而形成"遥远""异国"的殖民形象，只为西方的自我认同而存在。他试图在分析中国形象的变迁过程中澄清西方的误解，从而呈现"真正"的中国："这

---

① 刘禾：《跨语际实践》，生活·读书·新知三联书店2002年版，第78—79页。
② 费正清：《中国：传统与变迁》，世界知识出版社2002年版，第446页。
③ Zhang Longxi, "The Myth of the Other: China in the Eyes of the West", *Critical Inquiry* 15 (Autumn 1988), p. 114.

第六章 好莱坞电影与中国形象话语

样，解除中国作为他者的神话之后，神话消失而其美尚感可留存，因为中国与西方之间的差异将得到清醒的认识。中国的真正的他者性将会被看作是对世界的多样性和我们骄傲地称之为人类文化遗产的整体性的贡献。"[1] 这里解神秘化的目的还是要代表与西方不同的价值，既要"异"又要接受和欣赏，不太出西方审美价值之格，留存若隐若现的"美"。张隆溪认为西方眼中的中国代表着与西方相异的"他者"，需要对之解神秘化，纠正西方欣赏者的错误印象，但他的论述过程体现的正是他所批判的"与西方不同的价值"。在"东方主义"的话语系统中更正东方主义的后果（僵化的中国形象），显得力不从心，最后有落入这一话语系统之嫌。他者争取说话的权利往往会落入将他者"他者化"的论述主体的话语等级中。其实张隆溪对自己的身份很自信，他出生于中国大陆又受美国教育当然最有权在西方世界言说中国。然而问题是，要以边缘的身份为边缘人说话，那么边缘人就不再是边缘人了，庶民不再是庶民了。其实能够在国际上发声的华人一般都要自我放逐为边缘的身份，以确保自己在中心的西方学院中的一个席位，从而保证发声的空间，但在此空间中发出的声难免会与西方主导话语合流，其现实指向已经不那么明晰了，更多的是在话语圈内生产、复制。

斯密思所总结的中国人的性格，早期传教士有关中国的报道也多有提及，随葡萄牙船队以及后来前往中国的荷兰和英国商人的中国闻见录，或者杜赫德的《中华帝国通志》与卫三畏的《中国总论》等影响深远的作品也都持类似的观点。其实，用来批判《特性》的独创性的论据也可以用来证明异国形象所具有的符号性的支配功能，即西方中国形象话语本身就具有生产与复制功能，其传播和影响已经无关中国人性格本身，而只是从一本书到另一本书的不断引用与重复了。如刘禾所说："斯密思的书属于一个特定文类，它改变了西方的自我概念和对中国的想法，也改变了中国人对自己的看法。在它之前已有各国传教士的类似著作，如美国人威廉姆斯（S. W. Williams）的《中国》（*Middle*

---

[1] Zhang Longxi, "The Myth of the Other: China in the Eyes of the West", *Critical Inquiry* 15 (Autumn 1988), p. 131.

下编　叙事文本与话语实践

Kingdom,1848),英国人亨利·查尔斯·萨(Henry Charles Sirr)的《中国与中国人》(*China and the Chinese*,1849),法国人埃法利思特－莱基·虞克(Evariste-Regis Huc)的《中华帝国》(*The Chinese Empire*,1854),托马斯·泰勒·麦多士(Thomas Taylor Meadows)的《中国人及其叛乱》(*The Chinese and Their Rebellions*,1856)。麦多士曾为斯密思在《中国人气质》中引用。此外,还有以《在遥远中国的外国人》(*The Foreigner in Far Cathay*,1872)著名的华尔特·亨利·麦华陀(Walter Henry Medhurst),以及伦敦时报1857年至1858年间驻华记者乔治·温格鲁夫·库克(George Wingrove Cooke)。斯密思曾引用库克的《中国通信集》序作为《中国人气质》的前言。他的引文特别能帮助我们看清19世纪的国民性神话的本质。这种互文关系显示,西方有关中国国民性的知识受当时的理论决定,而与现实少有关联。"①

　　北京大学的孟华是最早在提倡形象学研究的学者,她提出比较文学中形象学中的异域形象指特定社会对文化他者的集体想象,具有意识形态与乌托邦特征。她在论文《试论汉学建构形象之功能——以19世纪法国文学中的文化中国形象为例》②提供了一个形象话语如何支配中国形象的生产,使个别表述受制于某个原形或套话绝佳案例。她在文中指出,19世纪上半叶,特别是前30年,中法文化关系实际上处于一个相对沉寂的阶段,而自第一次鸦片战争起,伴随着侵略者的步伐陆续来华的法国人对中国的态度从仰视一变而为俯视,法国报刊中随之充斥着对中国完全负面的报道。然而,在这样恶劣的外部环境下,法国一些著名作家笔下的中国形象仍充满"诗情画意"。雨果的《中国瓷瓶》《碎罐》,戈蒂耶的《中国之恋》《咏雏菊》等均为此类作品的代表作。她强调汉学学科的诞生为此一形象的延续、发展提供了资料上、氛围上的必要条件。早期来华的传教士汉学家对中国的描写使一个历史悠久、文明深厚的"文化中国"形象深入人心,进入到法国人对中国的社会总

---

①　刘禾:《跨语际实践》,生活·读书·新知三联书店2002年版,第86页。
②　孟华:《试论汉学建构形象之功能——以19世纪法国文学中的文化中国形象为例》,《北京大学学报》2007年第4期,第94—101页。

第六章　好莱坞电影与中国形象话语

体想象之中,因而具有了强大的生命力。19世纪的法国汉学家们译介的大量中国文学作品,都以"虚构"所特有的力量作用于想象,终于使"文化中国"在诗人们的作品中演变成了一个瑰丽无比、美妙奇异的"诗国",此外,法国作家们的美学追求也促使他们延续传统的中国形象并赋予其新意。这个精神世界可以独立于外部世界,不受外部现实制约,独立创造与生产中国形象。一百年前的北欧传教士所描述的中国形象在当今社会仍有深刻影响。萨义德（Edward W. Said）在抨击东方学的时候,引用了马克思的一句话:"他们无法表述自己;他们必须被别人表述"①,他们指东方人,别人指西方人,这句话用在目前国内学界评价中西方文化关系时也不失妥当。在提倡文明对话的当今世界,警惕"权威"的西方话语对中国表述的支配是值得深思的学术问题也是紧迫的现实问题。

　　学者如此,就更不用说此类形象的大众基础了,张艺谋的《菊豆》《大红灯笼高高挂》,陈凯歌的《黄土地》等,在强调自身独特、差异的旗帜下满足西方的猎奇心理,进而"走向世界"。中国形象已经被商品化、时尚化了,少林寺来了洋徒弟,或外国人唱京剧、说相声都成了我们为自己的民族文化自豪的理由,可是其中有多少人是出于真正热爱中国文化而学而唱的呢,恐怕赶时髦、追时尚的倾向要远远多于真正的了解与理解的意愿。只有将中国置于遥远的神秘东方的地位才能显出亲身体验中国文化的前卫与时尚。今天的中国如果出现在西方影像中也只是平面化的背景,少有中国人成为主角,即使成为主角之一也更多的是为影片增加异国情调,显得更为时尚更适应求异、追求神秘的时代潮流而已;或成为主角而不被承认,贝托鲁奇的《末代皇帝》包揽了九项1988年的奥斯卡大奖,而主演尊龙却不是最佳男主角。也许被西方展示出来的中国才值得关注而中国人的演技并不值得欣赏。

　　也有人认为,在交通、通讯不发达的年代,传教士构筑的中国形象几乎是西方普罗民众了解中国的唯一窗口;20世纪以来,交通、通讯、

---

① [美]爱德华·W. 萨义德:《东方学》,王宇根译,生活·读书·新知三联书店1999年版,第28页。

下编　叙事文本与话语实践

传媒技术日新月异，人们能在比过去少得多的时间内到达目的地，也能够通过媒体即时了解世界动态，此类幻象会逐渐消解，但媒体从业人员也是社会生活中的一个一个的人，他们所见所闻也有限，也有潜理解，他们选择什么样事件怎样报道，都不能忽视他们和总体的社会想象是一种什么样的互动关系。或者说传媒可以引起轰动，但无法代替汉学家们的工作，汉学家们可以"客观"地表述中国。"宇文所安般的汉学家变成中国批评家观看中国时所必须透过的一双眼睛。姑且勿论我们是否同意，讨论他们变成使我们的论述合法化的条件之一。（比如，如上文所述，余英时也得指出中国通，如费正清对中国的估计没有一次不是错的，但费氏仍是汉学的中心，仍然是甚至中国人在谈论中国时也不能不提及的'没有一次不错'的人。）'中国'的指涉能力在'无能为力'的空间中兜转，要通过西方汉学论述的过滤才能变得可以掌握，却又要不失其神秘性以保持其魅力。正如时装设计家的'非洲'系列，'非洲'只是完全'解现实化'的平面图像，只是商品化的产物。周蕾所言的汉学家的焦虑更加使汉学论述将与汉学凝视中的固有中国形象不符的素质排除，使'中国'更为刻板化和典型化。"① 然而问题是，汉学在西方处于学术论述机制的边缘，是中国在西方的最权威的发言人，无论是否意识到，他们都可能会通过将中国置于神秘不可解的地位来维护作为汉学家的权威性，正是这样的权威才能在主导学术体制中占有一席之地。"身处西方论述机制边缘的汉学研究当然不以质疑使他合法化（比'中国'更'中国'）的主导批评为原则，'无能为力'（作者注：指解读中国作品无能为力）自为最佳应付方法。宇文所安也就借此'无能为力'的典型'中国'论述重新肯定了西方论述中的中国图像，当然也巩固了自己的阅读位置，以及在由自己划定界限的'畛畦'当中的合法性。"② 尽管无能为力，"我们始终要通过宇文所安才'不会被骗'。他那独特而尊贵的汉学家身份使他变成通向中国神秘传统的途

---

① 朱耀伟：《当代西方批评论述中的中国图像》，中国人民大学出版社2006年版，第158页。
② 同上书，第156页。

第六章　好莱坞电影与中国形象话语

径。这种做法一方面肯定了中国传统的'神秘性',另一方面又为宇文所安自己占据了将神秘性过滤为'阅读成规'的专有位置。西方人,甚至中国人也得阅读他,因为他们同样可能被骗,只有通过他才不会被骗(他甚至肯牺牲自己,甘心变成被骗的人!)。"① 如"宇文所安将北岛之诗批评为西方论述凝视之下的'中国'诗,失去了传统中国文化历史的价值和魅力,变得完全可以翻译。周蕾认为他不外是为了本身的汉学家身份(对'中国'有某种特定的看法,而此种看法一直以来被西方用做迷惑西方读者)受到质疑而感到焦虑。"② 如果中国不再神秘,理解不需要中介,那汉学家的话语权也会削弱。

因此在研究中国形象时,我们不仅仅要关注形象本身,更要关注形象形成的话语生产机制,即形象如何形成,特定历史时期形成的固定的形象又如何影响了具体论述是我们要警惕的问题。形象研究当然离不开形象产生的具体社会历史语境,必须把西方想象中的中西关系与世界秩序纳入关注的视野中来。在揭示了西方的中国形象话语霸权之后,可以更有效地思考中国文化自身。西方的中国形象可以了解西方投射在中国他者身上的意识形态,解构中国意识历史中"西方"之镜,解构自我意识的外来话语霸权,显示文化霸权所具有的令人生畏的支配性结构。

在西方的中国形象之镜中,中国他者必须认清自己在此镜中的"象"绝非现实的"真实"映象,此镜更倾向于中国传统文论中的"镜",它所映照出的只是镜中月,水中花,是幻象。而此镜如何"照"出中国他者与西方主体,如此照出的像又如何发挥其功用都值得我们重视。

第二节　好莱坞动画片中的中国形象与中国电影

好莱坞动画片用美国观念改造中国题材和元素赚得盆满钵满的现象

---

① 朱耀伟:《当代西方批评论述中的中国图像》,中国人民大学出版社2006年版,第155—156页。
② 同上书,第157页。

引起了部分国人的警惕和抵制，他们认为这是文化误读甚至文化侵略。然而本书认为，这些动画片能够用普世的价值观念将中国题材推向世界，未尝不是中国电影应该学习的对象，从而为更好地树立中国形象服务。

一 好莱坞动画片中想象的中国

先前的美国电影一般只将中国作为背景，而1998年的好莱坞动画片《木兰》(Mulan)彻底地将中国形象推向前台。这是一部完全以中国题材和元素为主的中国电影。然而，这样一部很"中国"的电影，却被很多中国人所诟病，认为它拿走了中国的历史和想象，却用美国观念来统摄中国题材和元素，其核心价值观也并非当时中国的花木兰所能够承载的：即女性的价值。影片中，木兰被发现是女儿身后，异常沮丧，木须龙劝她，毕竟是为救父才遭此磨难的，应该忍受。而她的回答是："或许我并不是为了我的父亲来的，或许我只是想证明我能行。所以当我拿起镜子的时候，我看到的是一个'有用的人'，一个'值得尊敬的人'"。通过木兰的这几句话可以看出，木兰替父出征的另一层原因也许是她觉得相亲失败辱没了家族荣耀，但可以通过在疆场上建功立业来证明自己的价值，而不必像其他女性那样只能通过婚姻来找到自己合法的社会地位。他们认为这种不守"妇道"的思想并非中国传统语境下木兰的本意。

然而，这些人忽略了最初的诗歌版本以著名的双兔形象为结尾："雄兔脚扑朔，雌兔脚迷离。双兔傍地走，安能辨我是雌雄。"这个结尾通过暗示男女在自然界中并不明显的外部差异，传达了性别平等的意图。也许，从这个意义上说，美国版的动画片与木兰诗的本原意图并无悖论。倒是大部分中国人忽略了原诗中的双兔意象，更多地被儒家伦理思想所左右，认为木兰应该是儒家伦理观念的承载者。当然，她为家族荣耀着想替父从军，也体现和强化了家庭伦理观念。儒家思想把家庭看作所有社会结构的锚地，"孝"除了强调子女对父母的服从，还强调了子女延续家族荣誉的责任，那么木兰在战场上的功勋当之无愧地维护了家族的荣耀。从原诗的结尾和木兰的主要经历而言，动画片《木兰》

第六章　好莱坞电影与中国形象话语

并未违背其诗的社会历史语境。

实际上，替父从军这样的女性形象并不符合中国传统女性形象的标准，它只能出现在少数民族统治的特殊历史时期，即正统的儒家意识形态日渐衰微，社会动荡不安，民族大融合的条件下，旧的观念日益松动与新的价值观念逐渐整合的过程中形成的。也就是说，木兰诗的精髓在于儒家影响的缺席，而非体现。如果说文化误读是一种文化按照自身的传统和思维方式来解读另外一种文化，它其实也包含了文化解读者以自己的理解来阐释非同时代的文化。国人自己对木兰的解读也不见得是当时的木兰，一定也烙上了时代的印记和个人的固有观念，因此不能因为动画片中木兰与我们心目中的木兰有差距就冠以侵略之名。

应该说，木兰是各民族文化融合的产物，她成为爱国的女圣人，也经历了一系列的历史进程，正统的儒家伦理观念话语逐步融入木兰的传说中，从而将民间传说变成为皇权等级服务的工具。

没错，"孝"与"忠"是中国传统的价值观的核心内容，但今天强调个人价值不也被国人普遍接受了吗？这是一个杂糅的世界，价值观只要合理公正，为什么不可以是中国的呢？而且，木兰的经历本身也揭示了中国女性在个人追求与社会责任之间挣扎的困境。为了恪守妇道，可能会丧失展示自我才华的机会，更可能招致非议；可对于有能力有雄心的女性来说，如果只能囚禁于家庭的环境中而抱负不得施展，则可能会终生不得释怀。

时隔十年，2008年的好莱坞动画片《功夫熊猫》又一次拿中国元素和题材吸引了全世界影迷的眼球，随后的两部也融合了中国的两大国粹，中国功夫和熊猫，片中的"中国龙"、孔雀、中国山水、建筑、服饰、饮食等无一不是中国底片。影片是中国热在全球升温的条件下，为迎合西方观众的普遍口味应运而生的。《功夫熊猫》的叫好又叫座引起了部分国人的警惕，艺术家赵半狄还发起了抵制活动。固然，熊猫阿波身上体现出来的小人物实现自己梦想的经历完全是美国梦的翻版，然而这种梦难道只有美国人才做吗？哪一个小人物没有自己的白日梦呢？《功夫熊猫》的导演斯蒂文森说："我们每个人的童年都有过支持弱者和战胜恶魔的情结，而我又是一个中国功夫和中国文化的爱好者，所以

《功能熊猫》的主意就是这样出来的。可以说，这部动画片是一封写给中国的情书。"① 虽然是中国题材，其中的观念虽然不是土生土长的，但难道不可以是中国人的追求吗？其实现个人理想的愿望难道不是每个人的理想吗？抱着不是中国的观念就加以抵制的想法，只能让中国电影越来越难以冲出国门，产生更广泛的影响。在处理中国题材时越来越抱守自己的本土观念，有时还容易被这种观念所禁锢，而难以获得广泛的认同和满意的票房。我们一直处于被表述的地位，在表述自己时也要树立中国形象的话语权威，但任重道远。

二 中国电影的"套子"

很多人认为，中国电影缺乏想象是由于监管过严所致，同时对中国以何种面目呈现在世界面前又过于敏感，因而在表现自己时总显得过分地小心翼翼，难以深入。也有人认为，中国正在放弃祖先留给我们的传统文化，因此没人关心我们拥有什么。事实并非如此。国产的《花木兰》《孔子》等影片不可谓不够国际化，不可谓不够"大片"，但其影响力和被认同程度却差强人意，主要原因在于影片中无意识地流露出的价值观念缺乏影响力。

由赵薇、陈坤主演的电影《花木兰》中流露出的某些无意识观念让人心存忧虑。从军过程中，木兰与副营长文泰的恋情表现出的男女之情以及兄弟之爱也许并非《木兰辞》的应有之义。影片为了突出木兰的英勇与坚韧，设置了一个非常重要的情节：因本国将军背信弃义，花木兰被北方柔然大军围困谷中多日，弹尽粮绝，这个情节更多地显示出中国人的内耗与不守信义。刚刚参军时，木兰与其兄弟也多次受到军中"恶势力"的欺压，也可看作国人内耗的一个体现。此外，木兰可以替年老体衰的父亲披挂出征，但当文泰受伤"身亡"后支撑她继续战斗的并非父亲的影响或忠孝观念，而是"兄弟之情"，父亲、家庭和忠孝观念在她人生的低谷中并未起到应有扭转乾坤的作用。从这个意义上说，《花木兰》也并非本来的花木兰。整部影片没有突出支撑一个女性

---

① 阎云飞：《功夫熊猫是写给中国的情书》，《新闻晨报》2008年5月26日。

如何挺过那些艰难时刻的核心价值观,略显支离破碎。

同样走国际化路线的《孔子》要表现一代宗师为实现人生追求而经历的磨难,但因党同伐异而颠沛流离,如丧家之犬,最终以传道、授业、解惑为业淡然度过余生。影片虽然时时说出仁爱等核心理念,但在政治斗争和小人陷害面前不堪一击,而且这些观念时时占上风,有淹没影片的核心价值观之嫌。虽然在礼乐崩坏、世风日下的社会中坚守理想很难,但影片突出的并非坚守的悲壮与可贵,而是无力与无奈。总体而言,影片情节在内部争斗中表现孔子的坚持与仁爱观,但给观众的感觉却是钩心斗角占上风,其核心价值观时时流露出注定要失败的悲凉。

也有人指出,《孔子》因为命运不济撞上了《阿凡达》,所以认同程度不高、票房不佳。《阿凡达》取景地是中国的张家界,中国元素又一次成全了好莱坞大片。但《阿凡达》除去完美的视觉效果和强大的宣传攻势之外,不能说没有其他的价值观念方面的合理之处:反思西方工业文明自身的局限性。纳维人与自然的和谐相处甚至交流,都是自然而然的事,自然在纳维人的眼里都是有灵性的,更是神圣的。而西方的机器文明、工业文明以砍伐、开采等过度索取的态度和方式来对待自然,显得野蛮而不可理喻。影片对工业文明所带来的破坏性和掠夺性的反思无疑具有警示性意义。从这个角度说,《阿凡达》能够被广泛接受不足为奇。同时,影片中显示出的另一种套话也部分地迎合了世人对美国人的想象。即使他们开始反思甚至心存歉意和悔意,他们依然被塑造成救世主。影片中透露出来的西方大国的沙文主义和殖民心态不能不令人心存警惕并与之保持距离。美国海军上尉杰克最后化身为唤醒纳维人保卫家园意识、组织纳维人进行反抗的核心,他最终能够征服纳维人的图腾神龙,以此产生组织和领导全部纳维人的号召力,最终战胜了地球人。即使纳维人要进行反抗,也只能由西方人杰克,甚至是一个身体有残缺的杰克成为纳维文明或其他文明的救世主,这不啻是西方殖民话语的一个乌托邦式的版本,是由好莱坞制造的西方文明的"套话"。这一情节暗示被殖民地区人的无能,他们的未来只能为外来殖民者征服、利用甚至拯救。就像导演卡梅隆不能放弃高科技的特效一样,地球人也不

下编　叙事文本与话语实践

可能放弃这种索取的文明。孟华指出:"套话的产生和消亡,在绝大多数情况下,都取决于经济、军事、政治力量的关系对比以及人民心态的变化。因此,我们不能否认,套话虽是一种带有套话生产国强烈主观性的语言,但它与外在的物质条件并非无关。对话要想有效,对话双方必须真正处于平等的地位,这种平等的建立是需要'长时段'的,它不仅要靠有识之士的宣传和倡导,也要靠一种平等力量关系的确立。"①影片的最后,虽然纳维人赢得了这场战争,但以后呢?仅凭弓箭,他们能打赢几次战争?也许这也告诫所有不能纳入西方文明体系的部落和种族,现代化吧,重新审视与自然的关系吧,如果不能实现现代化几乎只有死路一条。这些既是美国人根深蒂固的观念,也是全人类的困境,你能排除在这个工业化体系之外吗?这不正是人类普遍面临的问题吗?应该说,《阿凡达》的风靡与这种深层的反思也不无关系。

可以说,好莱坞正是传播西方价值观的有力武器。一个平淡的故事加上超级特效,成功地宣扬了一个战争的胜利者痛哭流涕地为战败者疗伤的形象,这也许是地球上一切战争双方的规律性暗喻。他们满怀好意流着眼泪为纳维人争取权利,即使拿起武器背叛自己的集团,依然改变不了外来入侵者的本质。但我们并不是说一定要学习这种西方人优越从而有权改造和掠夺他族的观念,但不妨碍我们学习他们如何把一个简单的故事赋予多方面的合理的内涵的技术。中国电影若过分执着于"中国观念"的正统性或正当性,则容易陷入自我挖掘的陷阱中而难以冲出本土。

我们要警惕自己是否也被某些特定的"套话"或观念"套"住了思维而僵化不前。外来的观念扑面而来时,我们不必忙于辩护和区分是否中国,不妨以外来的眼光来认真地审视自己。"一个民族文化相对于另一个民族文化来说,就是一面镜子,这也就是我们所说的'文化之镜'。因为民族文化与民族文化之间的语言、审美形态与道德伦理在本质上有着共通性与差异性,文化与文化之间相互为镜,当一个

---

①　孟华:《试论他者"套话"的时间性》,载孟华:《比较文学形象学》,北京大学出版社2001年版。

民族文化的形象投射在另一个民族文化之镜上，正是由于异质文化之间的差异性所在，一方投射在另一方文化之镜上的形象立刻在反差中呈现得更为本真、通透与明澈，这个本真的文化形象往往在自己的文化场域内被遮蔽于自我傲慢的自足中，而无法被看视得如此清澈。"①文化之间的相互参照也是文化自明的一个必要基础，但并不意味着只能囚禁在对方固有的观念中而不能自拔。面对中国元素的外国影片，我们不妨学习盛唐时开放的胸襟，包容天下方能影响四方，否则只能是故步自封。

第三节 想象中的中国 西方的"蝴蝶夫人"
——谈电影《蝴蝶君》

华裔作家黄哲伦（David Henry Hwang）1986年偶然在《纽约时报》上看到了一则报道：一位法国外交官与一个中国京剧演员保持了近二十年的情人关系，他最后发现其女伴竟然是间谍，而且是男人！黄哲伦借普契尼（Giacomo Puccini）的歌剧《蝴蝶夫人》②的框架进行改编，由此形成了《蝴蝶君》（M. Butterfly，1986）。大致情节是，法国外交官雷内·伽利默（Rene Gallimard）来到中国，爱上了一位中国伶人宋丽玲，二人保持多年的情人关系，他为宋窃取情报最后被法国当局逮捕入狱，才发现宋原来是中国间谍，而且是个男的！他在狱中自杀身亡。1993年，美国导演大卫·柯南伯格拍摄《蝴蝶君》，引起强烈反响。20世纪40年代后期到60年代初期，中美两国处在冷战状态，类似的情绪在好莱坞电影中有所反映。中国间谍虽然是顺应美国主流意识形态的产物，但其中隐含着根深蒂固的关于中国的刻板印象，这种刻板印象能够强化帝国的优越心态，将整个中国异化为西

---

① 杨乃乔：《论比较诗学及其他者视域的异质文化与非我因素》，《北京大学学报》2007年第1期，第108页。

② 美国海军军官皮克顿（Benjamin Franklin Pinkertorn）娶了日本艺妓秋秋桑（Cio-Cio-San），秋秋桑苦等皮克顿来接自己去美国，在此期间她多次拒绝富家子弟的求婚，然而她等来的只是皮克顿另娶的消息，最终殉情。

方强国的"蝴蝶君"。

一 想象中的"中国女性":白人绅士的"蝴蝶夫人"

影片《蝴蝶君》中的伽利默是西方思想僵化、轻视中国的外交官的缩影,同时在某种程度上欠缺文化常识——他承认从未看过"蝴蝶夫人"。然而,当他第一次在瑞典使馆看到了宋的演出后,他喜出望外地赞赏宋:"真是美妙的演出……我从未看过如此感人的演出",这个评价不仅与另一位客人的评价(她的嗓音不好)形成对比,而且充满了反讽。但宋却给他上了一课:"试着想想,假如某个金发碧眼的女子爱上了一个矮小猥琐的日本商人,这日本人粗暴地对待她,然后弃她而去三年,三年中她对着他的照片朝思暮想,还曾拒绝了年轻的肯尼迪的求婚,最后,当她知道这个日本男人已经再婚,她就痛苦地自刎身亡,我相信,你会认为这个女孩是个精神错乱的白痴,对吗?但因为是一个东方人为了一个西方人而自杀,你就会觉得它很美。"确如宋所说,伽利默欣赏蝴蝶夫人的牺牲,并打心底里希望有这样一个蝴蝶夫人为自己殉情。当伽利默因与宋的交往而越来越自信并被任命为副领使时,他昂首阔步地"闯"进了宋的家,而之前他只能敲门后由门人带领进门,然后小心翼翼地行事。但这次不同。见面后,他兴冲冲地说:"我被任命为副领使。"

"那与我有什么关系?"宋反问。

他直接问:"你是我的蝴蝶夫人吗?"

他想象的蝴蝶夫人成就了他的副领使身份,他越来越需要这个蝴蝶夫人继续为他提升男人的自信和阳刚之气。因为与宋的交往,他变得过分自信,如大使所说:"过去几个月,我不知为何这样,你变成了激进、过分自信的人……我想任命你为副领使……"西方人的心目中,中国女性是低垂着眼睛,用象牙色的小手掩口娇笑,始终在自己男人十步之后轻移碎步。最主要的,她们全身心地服侍男人。这样的女性是他们理想的"蝴蝶夫人"。具有异国情调的东方女性满足了西方男性的性幻想:"被钉在一块木板上,一根针穿过心脏;如今好比在博物馆的实

第六章　好莱坞电影与中国形象话语

物模型展示中供观察的蝴蝶标本。"[1] 我的力量强大与否并不在我自己，而在于我与其他人之间较量之中。正是在这种从一开始就力量悬殊的较量中，伽利默可以想当然地构造自己的拯救者和强者的形象，并且可以自大地忽略眼前的现实。在与大使女儿的婚姻中，伽利默显得软弱无力，即使在婚外情中，他也没有多少值得骄傲的地方。但在与宋的关系中，他平生第一次感受到了自己的强大。法国外交官伽利默的朋友马克说："他们（东方）害怕我们。他们的女人害怕我们，他们的男人恨我们。"然而伽利默智力平庸、能力稀松、性能力低下。法国大使图龙问伽利默关于越战的看法时，他自以为是地回答："东方人习惯屈从于更加强大的力量。"与其说他爱宋丽玲，不如说他从宋的身上找到了遗失的男性力量，从而对自己的男性身份更为自信。因失职而被派回巴黎，在巴黎的剧院听歌剧蝴蝶夫人时，他泪流满面。此时的他失意又失落，在酒吧里喝闷酒时，他向陌生人袒露心扉："在中国时，情况大为不同，我和现在不可等同。"陌生人回应他："当然，你是白人。"伽利默则认为："不，是因为她。"

他的力量源泉是顺从的东方女性。宋也深知这个男人的优越感来自何方，他不断地强化这种意识："中国人是古老的民族，依附着古老的生活方式，以及爱的方式。虽然没有经验，但我并非一无所知。她们教我们东西，我们的母亲，教我们如何取悦男人。"他和伽利默有属于他二人的性交方式：口交和肛交。伽利默也从心底里接受了东方的性爱方式，他以为中国的性爱方式都如此，因为中国与西方如此不同，所以任何怪异的事在他的思维系统中，都是合理的，正常的。只有这样才能突显西方的优越和文明，所以他也非常享受并沉浸在在这种爱的情境中。在他的心目中，中国女子都应该是平胸的。宋问他："你本可选择一个西方女子，为何会选一个胸部像男孩子的中国女子呢？"他回答："你的胸……像个少女，像一个年轻无知的少女，等着上课。"年轻无知的女子如一张白纸，他这个强大的西方男子才可以随意书写，也是白人世

---

[1] James S. Moy, "The Death of Asia on the American Field of Representation", in Amy Ling ed, *Reading the Literatures of Asian America*, Philadelphia: Temple UP, 1992, p.353.

下编　叙事文本与话语实践

界阉割中国男性的隐喻。在与所谓的"蝴蝶"的交往中，伽利默始终保持着强大的自信并掌控着关系的进展。

然而，他是如此迷恋自己幻想出来的蝴蝶夫人而不愿意睁开眼睛看看眼前的真实的恋人，所以只能像那喀索斯（Narcissis）一样，因投奔水中的镜像而死去。伽俐默最后也死于他心目中的蝴蝶夫人之手。即使当局揭穿了宋的间谍身份，而且是个男人时，伽利默依然抱有幻想。囚车里，伽利默还在问："你是我的蝴蝶夫人吗？"

> 宋冷笑着问："你还爱我，是吧！你还想要我，是吧！即使我穿西装，打领带？"
> 伽利默："你不是，完全不像，完全不像我的蝴蝶夫人。"
> 宋挑衅地问："你这么肯定？过来，我的小宝贝……不我是你的小宝贝，对吗？"
> 伽利默闭上眼睛，再次跟随宋的声音和触摸回到从前，伽利默再次感受到了他的蝴蝶夫人。伽利默："你告诉了我真相，但我喜欢的是谎言，一个完美的谎言，已经给捣毁了。"
> 宋："你从未真正地爱过我"，是的，他爱的只是那个他所扮演的角色。
> 伽利默："我是个男人，爱上了一个男人伪装的女人，怎么都缺点什么。"

伽利默以为"她"是完美的恋人，然而实际上他连个"夫人"都不是。监狱的高墙中，伽利默说出了心底的秘密："作为男人，你们应该向我学习，因为我受到完美的女人的爱护和相知，这是我对东方的幻想，一个窈窕的女子，穿上旗袍和宽大的晨衣，因爱上卑鄙的洋鬼子而死，她生下来就被教养成完美的女人，她们对我们逆来顺受，而且不懂反抗，无条件的爱令她坚强，这幻象变成我的生命，我的错误很简单，绝对的，我爱的男人不值得我去爱，他甚至不值得我多瞅一眼，可是，我把我的爱都给了他，我全部的爱，爱歪曲了我的判断，使我瞎了眼，所以到现在，当我看着镜子时，我除了看，什么也看不见。""我有一

· 152 ·

个东方幻象,在她杏眼深处,仍是女人,一个愿意为爱一个男人而牺牲自己的女人。即使幻象中,那男人的爱是完全没有价值的,轰轰烈烈地死去总胜过庸庸碌碌地活。因此,最后,在狱中,远离中国,我已经找到了她,我的名字是高仁尼,又称蝴蝶夫人。"

伽利默自杀,是为了替心目中完美的女人完成她的使命,即使那个女人本身不想也不能完成这个任务,他还是要化身为那个女人并完成这一仪式。这是多么根深蒂固的执念!即使以自己的生命为代价也在所不惜!黄哲伦认为:"这个法国人的设想与视亚洲人为羞答答的玫瑰的传统观念是如出一辙的。因而我的结论是,这位外交官爱上的并不是一个人,而是一个幻想出来的刻板形象(a fantasy stereotype)……他也许以为自己找到了蝴蝶夫人。"① 他并非为了那个现实中的中国"女人"而死,而是为了他心目中理想的"蝴蝶夫人"而完成这个仪式。

二 女性化的东方 西方的"蝴蝶君"

影片中国家形象与宋的形象形成一种同构关系:"东方主义是一种与宗主国社会中的男性统治或父权制相同的实践:东方在实践上被描述为女性的,东方的财富则是丰富的,而它的主要象征是性感的女性、妻妾和专横的——又极为动人的——统治者。而且,像维多利亚家庭主妇一样,东方人受限于沉默和正在无限丰富的产出。"② 如宋在法庭上所说:"西方认为自己是男性的大枪、大工业、大钱:于是东方是女性的柔弱、纤细、贫穷……只是擅长艺术,充满了不可思议的智慧那种女性的神秘。你希望东方国家屈从于你们的枪炮下,东方女人屈从于你们的男人。我是一个东方人,而作为东方人,我永远不可能是完全的男人。"③ 这种"女性化"的东方,恰恰构成了西方的"蝴蝶夫人",强化了西方的优越感。

中国是一个异国的样本。影片《蝴蝶君》中多方面地展示了中国

---

① David Henry Hwang, *M. Butterfly*, New York: Penguin, 1988, p. 96.
② [美]爱德华·赛义德:《东方主义再思考》,罗钢、刘象愚主编《后殖民主义文化理论》,中国社会科学出版社1999年版,第17页。
③ David Henry Hwang, *M. Butterfly*. Boston, New York: Houghten Mifflin, 1998, p. 83.

下编　叙事文本与话语实践

场景，多用俯视或平视的视点来完成的，很少提示内心情感，以所谓的"客观"的角度展示社会场景：狭窄的街道，熙熙攘攘的自行车流，修自行车的人一直在街角修理着自行车，谈生意的直接站在街道边议价，骚乱无理的红卫兵野蛮地焚烧戏剧服装，全国人看统一的样板戏，跳呆板僵硬的忠字舞……几十年前美国人歧视华人的时候，美国家长经常会用"把你放到唐人街"（Put You in Chinatown）这句话吓唬孩子，意思是把你放到世界上最脏乱、阴谋诡计最多、最没有章法的地方，让你求生不得求死不能。影片中关于中国场景的叙述无异于唐人街再现。这些景象强化了帝国心态，展示了东方的破败，从而将整个中国异化为西方的蝴蝶夫人。但这种想象偏离了中国实际，也警示世人：不可以刻板的印象来面对现实多变的中国和中国形象，否则只能自吞苦果。西方对中国的认识总是混杂着各种偏见，因而他们认识到的只是含混多变的"蝴蝶君"，而非一厢情愿的蝴蝶夫人。

从20世纪80年代中期到2001年美国的9·11事件期间，中国是"开放但被妖魔化的形象"。影片恰好出现在这个时期，从视觉角度和大众文化领域更强化了妖魔化的中国形象。

学者马凯蒂（Gina Marchetti）指出："好莱坞利用亚洲人、美籍华人及南太平洋人作为种族的他者，其目的是避免美国黑人和白人之间更直接的种族冲突，或逃避白人对美国本土印第安人和西班牙裔人所持悔恨交加的复杂心情。"[①]"远东"的中国形象不过是西方可以利用的缓解国内矛盾和冲突的工具，任何关于中国的印象都不过是出于自身的目的而加以想象性地创造的对象。而固定的刻板印象一旦形成，就会产生颠覆性的力量，而使得人们不再相信具体生动的现实而宁愿用头脑中的固定印象来衡量现实。如王沛所言："刻板印象（定型）……是人们在社会知觉与社会交往中必然出现或存在的认知现象，……这种不可避免性源自于人们认知资源相对于外在刺激的严重匮乏以及认知的高度概括性，……刻板印象使得人们面对纷繁的外部环境不用每时每刻都让大脑

---

① 张英进：《审视中国：从学科史用度观察中国电影与文学研究》，南京大学出版社2006年版，第66页。

高速运转做出分析,可以凭借刻板印象直觉地洞见其间的本质特征,而以最有性价比的方式有效地认识和改造外部世界;另一方面,由于刻板印象的不可避免性以及由此招致的可能的'以偏概全'的认知简约性,使得人们在根本上无法摆脱由于自身的态度、观念或经验等主观因素方面的缺陷或不足造成的'顽冥不化'的认知偏差,从而导致在行为过程中被不良或带有缺陷的刻板印象所蒙蔽乃至束缚。"[1]

在研究文艺作品中的中国形象时,我们不仅仅要关注形象本身,更要关注形象形成的话语生产机制,即形象如何形成,特定历史时期形成的固定的形象又如何影响了具体论述,都是我们要警惕的问题。西方的中国形象可以了解西方投射在中国他者身上的意识形态,从而解构中国形象历史中"西方"之镜,解构自我意识的外来话语霸权,显示出文化霸权所具有的令人生畏的支配性结构。

第四节 超越文化霸权:好莱坞电影与中国形象

好莱坞银幕上的中国形象、中国人形象都有近百年的历史,这些银幕形象一方面建构着中国形象,反映了西方印象中的中国,影响着世人对中国的看法,但这种影响不是绝对压倒性的力量,这些形象也并非一成不变,一代又一代华裔也在通过自己的努力改变着好莱坞银幕上的中国形象。

一 华裔演员在好莱坞

2013年初,好莱坞大片《钢铁侠3》上映时分中国版和全球版,区别在于中国演员范冰冰只在中国版出现,制片方解释说这是送给中国观众的礼物。这样的解释让部分中国影迷为范冰冰叫屈,难道中国的一线影星连在好莱坞打酱油的资格都不够吗。范冰冰在回应时相当大气,称"电影圈有个好传统,朋友的片子有需要帮忙时,只要时间上许可,

---

[1] 王沛:《刻板印象的理论与实践研究》,博士学位论文,华东师范大学,2000年,第1页。

下编　叙事文本与话语实践

伸援手是义不容辞的。别说剪成两个版本，就是把故事片剪成卡通片、剪成纪录片我也还会去。打酱油、买陈醋又有什么，做人做朋友要做出有味道就好。"① 回答本身倒是凸显了演员的公关能力，影片在中国的首映礼上她并没有出席，似乎也以此表达了自己的态度。这种现象一定程度上可以反映出好莱坞对华裔演员的态度，背后存在着一定的意识形态倾向。应该说范冰冰的经历在中国演员"闯荡"好莱坞的过程中，不算稀奇。意大利导演贝托鲁奇的《末代皇帝》获得第60届奥斯卡最佳影片等9项大奖，主演尊龙却没斩获任何奖项。影片获得巨大成功却没给中国主演任何奖项，同样不能不让人为之叫屈。

　　当然我们同时也可以举出很多华裔演员在好莱坞打下一片天地，如出演《迈阿密风云》《艺妓回忆录》的巩俐，《007系列之明日帝国》的杨紫琼，出演《功夫之王》《龙之吻》的李连杰，主演《尖峰时刻》的成龙，等等。虽然这些华裔演员能够成为影片主角，但也有不尽如人意之处。这些女演员多数只能以打星或反面角色出现，多为妓女、黑帮成员等；即使是改变了中国人羸弱形象的李小龙、李连杰、成龙等中国硬汉，与西方男性相比他们功夫出众毫不逊色，但"性魅力"不足，不像007那样的西方男性能够迅速地靠自身的性别魅力吸引女性。即使成龙在《邻家特工》中最终抱得美人归，但靠的不是性别魅力，而是责任感、耐心、友善等品质。一代又一代中国演员通过自己的努力，改变着银幕上的中国人形象。

　　应该说范冰冰、尊龙的经历并非个案，不排除华裔演员身上仍会发生类似现象。他们二人的经历同时也说明中国的崛起让好莱坞不得不重视中国这块巨大的蛋糕。中国的崛起已经让好莱坞不得不重视中国电影市场，整合利用中国资源。而且好莱坞本身也有了解各国本土文化的动力，如普特男所指出的："如果说附属于好莱坞的价值体系在全球取得了显著效果的话，部分原因在于美国电影常常是有意为多元文化的观众量体裁衣的。早先，他们这样做的原因仅仅出于美国高比例的多种移民

---

① 《钢铁侠3范冰冰戏份被删 中国特色"特供版"》，东方网2013年4月12日，http://men.sohu.com/20130412/n372370803.shtml。

第六章 好莱坞电影与中国形象话语

人口的现实,因此从民族角度定义,美国国内工业存在着国际化的自然趋向。"① 在这样的条件下,好莱坞为了迎合中国观众,起用了也许他们并不需要的中国大腕,这也是中国电影发展的良好契机。同时中国电影也可借力好莱坞电影,以自己的视角更好地阐释自己,从而形成与好莱坞的互动,进而推动在文化层面的对话,以维护、提升自身形象。

二 中国人形象

好莱坞对中国形象的展示虽然不断地重复一些固定的"套话",如傅满洲、唐人街黑帮、中国瓷娃娃、龙女、蓝蚂蚁等,但也有一些影片如《残花泪》(Broken Blossoms,又译《落花》)和《苏丝黄的世界》(The World of Suzie Wong,1960)分别展示了中国男人和女人美好但柔弱的形象。

《残花泪》是美国导演 D. W. 格里菲斯于 1919 年根据托马斯·伯克的通俗小说《中国佬和孩子》改编的作品。主要内容是一个中国人程环来到英国传播佛教,但多年后他放弃了最初的理想,成了唐人街的一个小店主,还吸起了鸦片。黄种人程环闲来无事向窗外望时看见了一个白人女孩露西,此后便迷上了这个西方女孩,并想方设法地保护她。女孩的父亲巴罗是个拳击手,性格暴躁粗鲁,经常对露西非打即骂来发泄他比赛失败后的愤懑。露西在他面前只能挤出生硬的微笑,在程环那里却可以露出会心的微笑。一次拳击手发现露西在黄种人的阁楼上养伤而怒不可遏,强行把她带回家并打得奄奄一息,随后赶来的程环见此情景开枪打死了拳师并自尽。影片画面优美,色彩运用独具匠心,完全契合情绪的变化。

这部影片中的华人性情和顺、优雅精致,是西方影视作品中女性化的中国男人形象代表。程环纤弱而苍白,常常歪着头,躬着身体,眯着眼,表情迷惘,这种特点影片用特定镜头不止一次地加以突出。而拳师勃鲁特(唐纳德·克利斯普饰)则身体魁梧、不停跳动,显示出东西

---

① D. 普特南:《美欧电影分歧的焦点——文化属性和商业属性间的冲突》,刘利群译,《世界电影》2000 年第 4 期。

方之间鲜明的差异。程环虽然不是丑化了的中国人形象,如抽鸦片、弓背缩腰、弱不禁风、留辫子、淫荡无耻、猥獗、奸诈又软弱无能等,但仍是定型化的中国人形象的体现。这是一种被美化了的中国人形象,是形成于18世纪西方的"中国潮"的遗产。当时中国的丝绸、瓷器、建筑、庙宇都给西方留下了关于中国的美好想象空间。程环不仅在外表上有鲜明的女性化倾向,在思想意识领域是对西方无害顺从的典型。他曾经怀着向西方传播佛教的远大理想,但在现实生活中他最伟大的事件不过是劝说几个美国水手不要以暴制暴。他怀着拯救西方的理想,最后却堕落成一个抽鸦片的沉迷于幻想的优柔的中国男人。他迷恋露西,却不敢亲近,只能远远地望着她。一次,他小心地跟随露西看她买花,他靠在墙角背对露西小心地转头看她,当露西看他时他立即转回头。还有几次他很想亲近露西,但最后总是转身离去,这些都表明虽然他是露西的保护者,但在露西面前仍是怯懦的、卑微的,二人之间存在着无法跨越种族的鸿沟。对程环而言,露西是高高在上的西方女孩,而他则是卑微的东方男人,不配拥有白人女孩的青睐。巴罗因露西"与肮脏的中国佬在一起"而痛打她,而露西的辩解也只是"什么也没有做",表明在露西的观念中与中国人在一起也不合适。在好莱坞的传统中,"种族主义性隔离表现为一种单向禁忌:白人男子与黄种女性之间可以发生性爱,那是一种表现白人男子英雄气概的浪漫;相反,黄种男性与白人女孩之间的任何性倾向或活动,都是禁忌,属于可恶甚至可怕的奸污"。[1]

《苏丝黄的世界》讲述一个中国妓女苏丝黄在船上偶遇白人艺术家罗勃,故意将钱包遗落在座位上引得后者去还钱包,还故意不理白人,告诉他说不要说话。苏丝黄出身低微,孤身一人带着孩子却总幻想自己出身高贵,她初遇罗勃时谎称自己的父亲很有权势,将要赴美国与富裕的未谋面的未婚夫结婚。影片中的中国场景很典型:拥挤的街道,脏乱繁华的市场,挂满衣物的民居,熙熙攘攘的中国人群,浮华轻佻的妓女,等等。苏丝黄以自己的美貌、机智俘获了罗勃的心,二人结成伴侣。影片中,苏丝黄这样的女性如果想过上正常人的生活,只有靠罗勃

---

[1] 周宁:《双重他者:解构落花中的中国形象》,《戏剧》2002年第3期。

这样的西方开明人士才有可能,只有他们才不会纠结中国男人所偏执的"处女情结",才会给予一个风尘女子正室的地位。苏丝黄几次提到处女这个词,她内心深处为自己是非处女而自卑。对于中国女性苏丝黄而言,只有足够包容并能够欣赏她的东方之美的罗勃才是她最好的归宿。而且,也只有西方男性才能够放下种族性别的歧视追求真爱,容忍一个东方妓女作自己的妻子并拒绝了大使女儿的爱意,突显了白人爱情至上的真正高贵的品格以及强大的内心力量。

邵氏功夫片、李小龙、成龙等都改变了中国男子的阴柔懦弱的形象,同时将功夫这一中国元素牢牢地嵌入好莱坞的银幕上,但中国人形象彻底改观仍需努力。

三　好莱坞银幕上的中国文化资源

中国文化资源也在逐步成为好莱坞关注的对象。1998年,《尖峰时刻》《木兰》与《明日帝国》为好莱坞开启了中国资源大门。《功夫之王》与《功夫梦》隐喻东方智慧对于西方的引导作用。《功夫熊猫》和迪士尼动画片《木兰》更是将中国文化资源推到世界面前,关注古老中国深厚的传统文化资源。同时,中国形象不再僵化为落后、专制、封建的中国,而是一个具有勃勃生机的正在崛起的不可忽视的重要力量。影片《2012》中的诺亚方舟是中国人制造的,因为只有中国人才能在极短的时间内按时完成任务。影片无意识地反映出美国把中国看作拯救世界的盟友之一,虽然是因为中国的劳工可以没有休息日地长时间劳动才能按时造出"诺亚方舟"。这也说明"中国制造"已经成为让世界为之注目的不可小觑的力量。

《阿凡达》取景在张家界,不同于以往的肮脏、杂乱、污水横流的华人聚居区,充斥着妓女、流氓、黑帮等不法分子的社会环境,这里是一个自然环境俊逸、秀美,令人神往的人间奇景。这不是电影《蝴蝶君》中的自行车大国,阴暗、狭窄的街道和满街的蓝、白色工装的中国,也摆脱了《苏丝黄的世界》中的拥挤、逼仄的居住条件的刻板印象。

中国传统的文化符号尤其成为好莱坞青睐的可供改造的对象。1998

| 下编　叙事文本与话语实践 |

年迪士尼动画片《木兰》就成功地用美国人的视角叙述了中国人家喻户晓的木兰从军的故事。不过迪士尼动画片中的木兰少了些中国传统儒家的孝道，多了些普通人实现美国梦的意味。影片中的木兰一开始就面临着一个困境：相亲失败。她希望通过"嫁个好人家"来为家庭争光，但这个普通女性最为常见的路径被堵死了，当可汗征兵的诏书来到时，她潜意识中也许觉得可以通过在战场上杀敌立功来证明自己的价值，来荣耀自己的家族。2008年的动画片《功夫熊猫》整合了中国重要的文化符号：功夫和大熊猫，将中国特有的文化符号深刻地印入世界的脑海中，而且是积极的、乐观向上的形象。

好莱坞以其强大的资本运营和制作策划能力复制着中国形象，一代又一代中国人和中国文化资源也在以其特有的方式影响着好莱坞银幕上的中国形象，双方的相互渗透、影响也在改变着好莱坞的决定性影响，中国文化也在以边缘向中心运动的方式逐渐改变已有的定型化的形象，从而超越文化帝国主义。

第五节　好莱坞电影与中国女性形象的提升

好莱坞银幕上的中国女性形象曾经一度延续着矮小、呆板、怯懦、逆来顺受、低眉顺眼的套话，但随着中国国力和文化交流的频繁，中国女性形象也在逐渐改观、提升，成为不再神秘的可理解的普通"人"，体现出独立、自主、顽强、坚韧等美好品质。我们看好莱坞电影的时候，一方面可能从东方主义的视角读出形象背后的文化歧视，另一方面也应该看到所有的人物形象背后"人"的普遍性，从而尽量在平等对话的基础上谈论国人形象问题。

1937年上映的根据赛珍珠小说改编的电影《大地》（*The Good Earth*）在美国引起轰动，影片讲述中国农民王龙和妻子阿兰在贫穷中勤俭持家，坚韧地与天灾斗争，最终创下了一份丰厚的家业且子孙满堂的故事。影片中的中国农民，不再神秘、愚昧、阴险或难以理解，而是普通的与自然抗争、为自己的美好生活而不断奋斗的普通人。影片中的中国人形象有了很大转变，这与当时的历史条件不无关联。其时正值法

第六章　好莱坞电影与中国形象话语

西斯势力猖獗时期，美国也需要坚强的盟友与之并肩作战才能激励美国人的斗志、坚定他们的信心，因而《大地》中坚韧、顽强、勤劳、不断抗争的中国人契合了美国人需要与之相配的盟友的需要。阿兰由美国演员露伊丝·雷纳出演，她的表演很出色，凭借这个角色获得奥斯卡最佳女演员奖。这样一部正面表现中国的影片中的阿兰，勤劳、俭朴、隐忍、宽容："但这位西方演员显然有刻意表现中国女子逆来顺受、温顺驯良的倾向。将东方女子刻板化为低眉颔首、受尽欺凌而不知反抗的受难者形象，一直是西方人对东方女子的主导想象。"[①] "好莱坞电影刻画华人形象早于19世纪末20世纪初的默片时代。默片时代的电影对东方世界的态度带有很强的猎奇性，总是着力夸大东西方文化的差异，而唐人街也几乎成为所有与华人有关的电影的选景地。"[②] 银幕上充满异国情调的唐人街，烟雾缭绕的鸦片馆，留着长辫子、穿怪异的裙子的男子，矮小、呆板，女人碎步、小脚、怯懦、娇羞、低眉顺眼，都暗示着一个落后、愚昧、停滞的封建腐朽帝国。当然有关中国女性形象的套话并非一成不变，随着社会、时代变迁，这种情况也在逐渐改观，《大地》是很有影响的一例。一方面中国实力在提升，另一方面中西方交流、沟通的机会、途径日益增多，加上华人以及热爱中国文化的异国人士的共同努力，好莱坞银幕上的中国女性形象并非一成不变，也在逐步改善、提升。笔者在这里只讨论20世纪80年代以来的好莱坞银幕上的中国女性形象的转变。

一　《大班》中的美薇

1986年上映的影片《大班》讲述了清朝末年，在广州和香港两地经商的英国商人领袖史杜（人称大班）与其他商人和清廷间复杂的争斗，最终赢得商战并携手美人归的故事。影片表现出深厚的思想殖民倾向。"柔弱娇嗔的东方女子逐渐成为西方白种男人的猎物。而东方女子

[①] 李希光、刘康等：《妖魔化中国的背后》，中国社会科学出版社1996年版，第247页。
[②] 同上书，第237页。

一见到高大威武的白人男子,往往情不自禁,急切地要投怀送抱。身材娇小、一头乌发的东方女子,对白人有一种特别的性的诱惑,是所谓'异国情调'的化身。"① 美薇和大班的关系,很容易被总结成是拯救与被拯救的关系,认为美薇只有依赖与大班的婚姻关系才能有正常的生活。美薇不过是来自中国的一个长得漂亮的女性,作为大班的女仆,实在没什么太大的优势。美薇若想在香港过得好,只能通过嫁个上等人来实现。而一般的中国人的都讲究"门当户对",而作为西方绅士的大班既高大、英俊又身家不菲还没有门户之见,无疑是非常优秀的婚配对象。

影片中的美薇也确实美貌、温柔、顺从、怯懦,有着典型的中国女性形象特点。然而,在这种地位对比悬殊,只能依附的关系中,美薇也通过自身的努力在抗争,在寻求一个正式的妻子的身份,而不仅仅是等待大班的施舍。美薇在知道大班喜欢一位白人小姐时,特别嫉妒,质问大班:"为何我只能日复一日地在家里做家务,不得见人?"美薇在大班参加舞会时按照舞会的样式打扮好了自己,希望能够由大班引领参加舞会,成为社交场合中的一员。而大班见后则大吃一惊,这一惊中包含了斥责、不满和赞许,这一惊也彻底打消了美薇进入社交场合的愿望,她"只想穿给你(大班)看"。美薇后来改变策略,以仆人的身份面对大班,低眉顺眼,时时处处绝对服从,言必称主人,行必屈膝下跪,谦卑之极。更为极端的是,她甚至愿意或者简直就是享受"虐待"来表达对大班的无限依赖之情。但是,影片表现出,甘当女仆是美薇自觉自愿的,甚至是她逼迫大班"虐待"她的,大班即使抽打她,也只是装装样子给外人看而已。她告诉大班,在中国一夫多妻是正常现象,言下之意,美薇不强求做大班唯一的夫人。正是这种绝对地服从与体贴满足了大班对东方女性的想象,后来大班心甘情愿地将美薇正式"封"为夫人,一夫一妻的夫人。美薇从直接争取一个公开场合的合法身份,到后来"曲线救国"一心在家里服侍大班,再到最后登堂入室成为唯一

---

① 李希光、刘康等:《妖魔化中国的背后》,中国社会科学出版社1996年版,第238—239页。

的夫人,她没有坐以待毙,表现出以柔克刚的智慧和努力,值得重视。

值得一提的是,"美国的主流媒体,如《时代》周刊,在报道陈冲演《大班》时,耸人听闻地渲染什么'中国最红的女明星,曾是中国革命电影中的女英雄,现在扮演最腐朽堕落的洋大人奴婢',这是'资产阶级精神污染'的胜利"。① 美国新闻媒体的报道也体现出当时华裔演员好莱坞的尴尬地位,一方面角色扮演很成功,另一方面却得不到社会的承认和尊重,这些都反映出华裔在美国社会即使再成功但也不太容易被承认、被尊重的事实。美国主流社会的优越感在影片中也体现得淋漓尽致。影片通过美薇和大班的关系表现出英国绅士的优越感,男女平等和种族平等的"先进观念"。而且,影片也勾勒出英国绅士在殖民地建功立业、个人成长的蓝图。即使英国本土出现金融危机,也可通过在殖民地的经营、运作来扭转局势,这都显示出英国本土人潜意识中的到中国去建功立业来缓解本土危机、向东方扩张的动机。与美薇这样顺从、温柔的中国女性相对比的是大班助手的妻子,她对自己的英国丈夫非打即骂,甚至在公共场合不给面子,这对比出中国男女的极端不平等,显示出白人男女平等的正义性和优越感。大班在赐予第三世界的中国女子"夫人"地位的同时显示出自己文化的先进性。

二 《喜福会》中的普通女性生活

好莱坞影片中的华人女性不仅仅是小妾、歌女、妓女、仆人等处于边缘地位的角色,或是与主流文化格格不入的异域分子,还有很多普通人的酸甜苦辣。尽管华裔美国人多是美国的"模范少数族裔",也已经在美国生活了几代,但他们仍难逃被文化、政治双重边缘化的地位。这些普通女性形象一方面表现出中国女性形象的提升,另一方面也表现出明显的文化冲突,即中国文化的落后。

1989年出版的谭恩美的畅销书《喜福会》销售达到200万册,该书1993年被拍成同名电影,美国国内票房就高达3200多万美元,谭本

---

① 李希光、刘康等:《妖魔化中国的背后》,中国社会科学出版社1996年版,第260页。

下编　叙事文本与话语实践

人也一夜成名，上演了现实版的华裔被美国主流文化接受的神话。

电影中的四对母女生活经历各异，但有一点是共同的，母亲都从中国来到美国，女儿们都是在美国本土长大的。母亲们的经历都非常具有戏剧性，女儿们在美国的生活也都各有各的难处。

Suyuan 为了逃避战火并与丈夫团聚，毅然用小推车推着两个婴儿加入逃难大军，无奈途中身染重病，她以为自己活不成了，不得不狠心丢下自己的双胞胎女儿，她担心如果自己病恹恹地在孩子们旁边就没有人敢收留她们了。Suyuan 的一举一动都体现出坚韧、顽强、聪慧的特点，她理智地放弃了两个视如生命的孩子，只为她们能有一线生机。她一改刻板的中国女性温驯、怯懦等定型形象，其果断、坚决不输任何人。

Suyuan 的女儿 June 也遗传了母亲的倔强、有主见的性格，面对母亲武断、粗暴、甚至荒谬的要求，June 选择坚定地抗争，强烈反对母亲只是把她当作竞争的工具。June 的反抗有美国自由、民主环境的影响，但对小孩子来说，社会大环境远不如家庭小环境的影响大，她的身上也流淌着母亲那不平则鸣的个性。

Lindo 的母亲把她嫁给从未谋面的小 10 岁的丈夫，她的小丈夫则太小了根本不懂男女之事，她的婆婆又偏偏把她当作生育机器，经常因没生育而斥责、打骂她。Lindo 在婆家毫无地位，没有任何人可以依靠，无奈她编了谎言骗过婆家人得到了自由和去往上海的车票。旧中国的女性大多逆来顺受，无条件服从公婆、丈夫，Lindo 则懂得审时度势努力为自己争取生存空间。媒婆初来相看时，小小的 Lindo 表现出了反抗意愿，让未来的婆婆差点拒绝了这桩亲事。Lindo 的女儿 Waverly 棋艺高超，但不满母亲总是在别人面前炫耀自己的成绩，于是拒绝下棋。Waverly 离开了第一任丈夫，找到了愿意取悦自己和自己母亲，甚至愿意尝试中国文化的白人丈夫，体现出女性的独立、自信。

Yingying 的丈夫玩弄女色，她因对丈夫的不忠深感绝望和愤怒而溺死了自己的亲生儿子。

梅的母亲因她被强奸而将怀孕的她赶出家门，无家可归又身怀有孕的她只能被迫嫁给了强奸她的人。她最后以自杀结束了自己苦难的一生，也给女儿争取到了更好的生存空间。

从东方主义的视角看来，发生在中国的故事都显得荒诞而疯狂，中国是歧视性的、压迫性的、神秘的、不可思议的异国的、野蛮的种族他者，任何人只要勤奋、守法，都可在美国结婚、生子、住大房子，拥有舒适的物质生活。

影片中的女儿们都试图逃离母亲的控制，而母亲们都以自身经历和体会为依据而试图掌控女儿们的生活道路，二者之间形成激烈的冲突，这冲突背后隐含了中美文化的对立，也形成了电影的张力。但也反映出这些华裔女性都不满于过他人规定好的生活，自己的传统、母亲都不能成为她们被摆布的理由，她们依靠自身的努力奋斗、不断抗争赢得自己的幸福生活，体现出普通人的美好品质。

三 庭院里的阔太太"爱莲"

越来越多的普通华裔女性在银幕上经历着人类共有的纠结与挣扎，那么中国人的形象也就逐渐正常、可理解了，不再神秘了。

2001年上映的《庭院里的女人》是根据赛珍珠的小说《群芳亭》改编的，电影讲述了1938年的江南大户人家的理想夫人吴太太爱莲的故事。她因厌倦了丈夫的性要求以及对生育的恐惧，主动在40岁的盛年时期要为丈夫娶姨太太，这一不同寻常的举动引起轰动。但爱莲不为所动，坚持给丈夫买来一个和自己儿子凤慕同龄的小姑娘秋明做二房，也以坚决不再同丈夫同房为条件来换取自己在大宅门里的自由。爱莲知书达理，开明贤惠，请了传教士为儿子上课，为督促儿子读书，她和二姨太一起听传教士讲课，开阔了眼界，看到了吴家四四方方的围墙外的大世界，同时也对传教士暗生情愫。影片一方面可解读为西方传教士对东方女性的启蒙和拯救，如在传教士的影响下，爱莲才真正认识到"我是我自己的"，而不是其丈夫所说的"你是我的"，而且爱莲最终选择不与丈夫同行逃难而是留存老家照顾孤儿院的孩子们。另一方面也应该看到，爱莲是在传教士到来之前就做出为丈夫娶二房这一非同寻常的决定的，作为深受传统文化影响的女性，她没有接受自己的宿命，在中国传统文化环境中顽强抗争，已经在通过自己的努力周旋于夫君与权威的婆婆之间，体现出中国女性自发的独立意识和特殊的生存智慧。小镇举行通电仪式时，吴先生不出席也暗喻他是一个不愿接受新思想的老顽固，而爱莲、凤慕、秋明在可能面临老太太和传统势力斥责的情况下仍然观看了仪式，表明不管中国传统势力如何强大，都挡不住人们追求光明的脚步。而光明却总与人们不期而遇。爱莲的自主意识还体现在她主动迎合甚至要求与传教士的性爱，她从中体验到了女人应得的幸福，当幸福来时她敢于大胆地张开怀抱去接受，体现出中国女性独立自主、思想开放但不激进、温柔但不顺从的特点。

  虽然电影在美国只是一个体现多元文化的点缀，但这里仍是意识形态争夺的重要战场。何况，大众媒体已经成为人们关注、了解世界的窗口，媒介即信息，媒介即大众哲学。意识形态不仅使人理解世界，而且也会通过团结类似思想的人来强化其观念。我们再看好莱坞电影的时候，一方面可以从东方主义的视角读出形象塑造背后固有的文化观念，另一方面也应该自己从精神上站起来，看到所有的人物形象背后"人"的普遍性，从而尽量在平等对话的基础上谈论国人形象问题。

第七章
黑色幽默小说与现代性话语

黑色幽默小说能够使读者意识到文本的虚构,通过语言游戏引向对叙述方式的关注。因为"虚构性和荒诞性并不影响读者对小说寓意的解读,而是恰到好处地引导读者对于小说叙事行为和故事本身的双重关注。"① "一个作家所犯的最大的罪过就是宣称语言是个天然的、透明的媒介,通过它,读者能够把握住一个确定的、统一的'真实'或'现实'。品质良好的作家认识到写作的技巧性,并开始对它进行游戏。"② 从中可以看出语言本身不是透明的,事实就是由语言构成的,语言是存在之家。通过各种叙事手段来揭示恐惧、焦虑、压抑、孤独、迷惘、狂乱等心理真实或无意识的深层结构,而不是对确定性、理性、进取、公正、秩序等价值观的肯定,构成对现代性话语的消解。

第一节 概说

1937年,法国诗人安德烈·布赫东第一次将"幽默"(来源于拉丁文 humor——液汁)前冠以"黑色"时,"黑色幽默"(Black Humor)这一不寻常的词组当时并未引起人们的注意。1939年布赫东还以《黑色幽默文选》(*The Anthology of Black Humor*)命名了一本书集,也未引起反响。直至20世纪60年代,美国作家兼文学评论家布鲁斯·弗里德

---

① 杨敬仁:《美国后现代派小说论》,青岛出版社2004年版,第198页。
② Raman Selden et al., *A Reader's Guide to Contemporary Literary Thoery*, 4th edition, Beijing Foreign Language Teaching and Research Press, 2004, p.156.

下编　叙事文本与话语实践

曼将12位作家的作品片断收集成册，命名为《黑色幽默》（1965）时，"黑色幽默"一词才不胫而走，成为一个广泛流行的文学术语。这一派别的作家有：托马斯·品钦、约翰·巴斯、约瑟夫·海勒、库尔特·冯内古特、弗·纳博科夫、特里·撒登、约翰·雷奇、东黎卫、爱德华·阿尔比、查理斯·西蒙斯、路易斯－费迪南·席林、詹姆斯·珀迪、康拉德·尼克博克，其中前五位影响较大。

　　作为一个术语，黑色幽默这个词没有批评功能，无法区分文体，也无法区隔文学表达方式（情节、人物、思想和措辞等），它只表达一种态度。而试图命名这一现象的人，也从未对"黑色幽默"这一称号满意过。此外还有其他众多同义词如"黑色喜剧""病态的幽默""荒谬的笑""灾难幽默""启示小说""绞刑架下的幽默"等不一而足。因黑色幽默的提法最多，最终成了约定俗成的用法。关于"绞刑架下的幽默"，弗洛伊德曾举过一个例子：一名死囚在星期一被推上绞刑架，死到临头，他却高声叫道："这个星期开始得真不错！"① 美国有一个民间笑话也与此相类似，说的是一个死刑犯即将被处以绞刑，押赴刑场以后，看到绞架下围观者焦急贪婪的目光，他不禁大笑起来，得意地说："没有我，你们什么也干不成！"因此黑色幽默又称为"大难来临时的幽默""绝望喜剧"等。如弗洛伊德所说，幽默的奥秘在于当某些人遇到危险时，他们不愿承认外部世界强加给人的痛苦，不愿意承认外部世界的创伤会触及他。而且，这种创伤还会成为被人取笑的对象，与其被人取笑不如自我超脱，以笑声作绝望的反抗，反而能够赢得尊严，成为"黑色幽默"的英雄。黑色幽默能够比较清醒地认识世界，但无法提供改进烦恼现实的建议；它表明对事件、世界已经绝望，但却用"黑色"的大笑聊以自慰。

　　在最早提出"黑色幽默"概念的超现实主义者看来，"黑色幽默"本身就是一种反抗的表现方式。因为它能"通过破坏存在的平庸面貌，让精神超出自己习以为常的视野，使其在意外面前感到错愕，这样，它

---

① ［法］伊沃纳·杜布莱西斯：《超现实主义》，老高放译，生活·读书·新知三联书店1988年版，第34页。

第七章 黑色幽默小说与现代性话语

就能使精神隐约瞥见另外一个现实，即超现实。超现实主义者并不……仅仅满足于破坏，他们还要积极用世。让理性和逻辑跪倒在想象面前，那么，充满着形象和幻象的境界便会敞开！"[①] 所以，"幽默能够使我们扯断事物之间习以为常的联系，从另一个角度来观察世界"。[②] 这样，"黑色幽默"就不是一种掩盖失望的面具，而是一种特殊的人生态度，一种粉碎虚伪的武器。正如它的创造者布赫东1960年在他的《黑色幽默文选》序言中所说："黑色幽默"犹如一种不屈服意志的化身，表明"精神反抗占有优势"。特别是当人们自感生活在一个荒谬的世界上，为避免弗洛伊德所说的"因痛苦而耗费精力"时，尤其需要这样一种自卫的武器。"黑色幽默"的精神特征，具有一种超脱现实的气质。

一 黑色幽默产生的渊源

黑色幽默产生于20世纪30年代，风行于60年代的美国，表明它在60年代的美国找到了合适它的生长环境。它是人们在激烈的社会变动、多变的社会思潮和无法抗拒的心理压力下对异化世界的抵抗。

第二次世界大战留给人类一个受伤的世界，原子弹的蘑菇云在人类心底投下了浓重的阴影，核战争的威胁又将心理的琴弦绷紧。人们和平、安宁的生活消逝在战争的废墟中。先进的科学技术让人类从沉重的劳动中解脱出来，但也因此产生了一个不得不面对的问题：究竟是人决定科技还是科技控制着人？美苏军备竞赛的冷战消耗了大量的财力，美国的经济实力大大削弱，生活水平有所下降。古巴导弹事件一度将世界推到核战争的边缘。人类感到了自身科技进步、经济发展和政治对抗所带来的致命威胁，看到的是一个危机四伏的世界。

一系列的社会运动暴露了社会发展中的重大问题：青年反战运动警示美国政府的军事、外交政策不得人心，深入思考人生与社会问题成了青年们不得不面对的事；马丁·路德·金领导的黑人运动给种族隔离政

[①] [法]伊沃纳·杜布莱西斯：《超现实主义》，老高放译，生活·读书·新知三联书店1988年版，第37—38页。

[②] 同上书，第35页。

下编　叙事文本与话语实践

策和种族歧视政策画上了休止符，也激发了人们的反叛与反抗的精神，但现实生活中的歧视行为却不是一次运动所能消除得了的；环保运动号召人类保护自然生态环境，警示人类要把伸向大自然的贪婪的黑手撤回来，人要与自然和谐共处才能代代相传生生不息。紧张的国际形势和国内的种族、阶级矛盾的激化以及重大历史事件的发生，在美国社会生活中搅起一股动荡不安的浊流。

　　经济、社会发展酿成的种种社会变异，使美国现代文化充斥着一种强烈的怀疑情绪。繁荣掩盖不住青年的精神空虚，传统的价值观念和思想意识受到挑战，反主流文化盛行。"嬉皮士"放荡不羁、求新求异，表现出对现实的不满和不屑；"波普（Pop）"文化以都市日常生活中的寻常之物为题材，多用摄影等工业化和商业化的手段，将艺术拉下了高雅的神坛，消解雅俗界线，模糊喜与悲的边界，这促使了黑色幽默的出场。

　　就思想渊源说，第二次世界大战后流传广泛的存在主义哲学是培育它的主要的思想温床。存在主义的产生和流传与它的历史背景密不可分。德国是"一战"的战败国，"二战"中法国又迅速被德国法西斯击败，战争给这两个国家带来了无尽的灾难和沉重的精神危机。传统的自由、平等、博爱、理性、人道等观念都被抛弃，甚至人的生命都备受摧残。虽然科技进步丰富了人们的物质生活，但物质文明并没有给人们带来期待中的幸福感。相反，人变成了机器的附庸，不再高贵也失去了自由。这引起人们思考：人是什么？而企图从理论上回答这些问题的存在主义也就应运而生。

　　作为一种哲学思潮，存在主义在德国产生并很快在法国流传。存在主义沿袭克尔凯郭尔、尼采和海德格尔等人的哲学思想。存在主义之父克尔凯郭尔对存在主义哲学的最大贡献在于他把孤独的个体看作唯一真实的存在，把心理体验看作人的真实。尼采认为欧洲传统文明扼杀自我进而导致人的异化。他把人的存在区分为本真的存在和非本真的存在，强调现代社会导致人的异化，他试图在纯精神领域内找到一条人性的复归之路，这也正是存在主义哲学的特点。尼采为上帝敲响丧钟，上帝的信仰崩溃了，那么建立在这一信仰基础上的全部价值观念也随之倒塌

第七章　黑色幽默小说与现代性话语

了。上帝之死导致超验的彼岸世界消失了，人类的生活和行为不再被信仰所约束，更没有末日审判。人从此自由了，但世界也缺乏确定意义了，一切都要自己决定、自己负责了，人只是一个去成为什么的存在。萨特正是从尼采这儿得出了"存在先于本质"这一存在主义的哲学命题。海德格尔指出作为存在的人面对的是虚无、孤独，永远陷于烦恼、痛苦之中。人之所以痛苦是因为他面对一个无法理解的世界，即一个荒诞的世界，因此人永远只能忧虑和恐惧，而忧虑和恐惧才恰恰揭示了人的真实状态。作为法国存在主义的集大成者，萨特认为人的存在是偶然的，世界上没有任何本质而言，要想确立自己的本质必须通过自己的行动来证明，人仅仅是他自己行动的结果。个人的存在是世界万物存在之源，人的存在在先，本质在后。人不能参照一个已知的或特定的人性来解释自己的行动，每个人都有对各种环境采取何种行动、如何采取行动的自由。

"二战"以后，人们看到了一种毁灭人类的力量的存在，心灵和思想受到极大的震撼，对人类的前途产生了前所未有的悲观情绪，存在主义广泛流行。存在主义表现出对进步的幻灭，对人类的光明前途的怀疑情绪。人认识到自己的本质，意识到自身的"存在"处在"无"的包围之中，而且注定要面对死亡。"黑色幽默"文学正是艺术地吸收了存在主义哲学这种对世界与人生的认识，并把它纳入了自己的创作体系。西方资本主义发展初期，推崇理性与科学，人类的乐观精神足以战天斗地。但历史的发展给予这种盲目的乐观以沉重的一击。"黑色幽默"小说揭示出，混乱、荒谬已经在话语体制中堂而皇之地转换为合法的事实，被理性体制所收编，混乱成为世界的本真和现实状态。在海勒笔下，社会对个人的压迫演变为荒谬绝伦的"第22条军规"。官僚政治势力像癌细胞一样扩散到整个世界躯体。冯内古特以外星人作为参照系，暗示在失去终极价值依托的地球上，战争、死亡永远不可避免。科学、理性和宗教都无助于拯救人类，一个有序的世界从内部崩溃了，自由选择的人类世界正固执地走向末日。

就心理因素而言，黑色幽默来自人类要从荒诞的宇宙中寻找意义的愿望，来自心灵需要与世界荒谬之间的碰撞。黑色幽默真的属于非正常

| 下编　叙事文本与话语实践 |

的心理吗？那些来自恐惧、不和谐或不幸的笑声不健康吗？柏格森（Henri Bergson，1859—1941）认为笑声是一种嘲弄，反映了一种漠然的超越。也有人认为无报复心的无敌意的笑声能够愉悦人的心灵。弗洛伊德（Sigmund Freud，1856—1939）认为笑声是由受超我压抑的无意识释放出的能量，幽默是拒绝屈从社会成见的表现。当痛苦或不幸之人对自己的经历漠不关心或颇为自得，形式与内容之间错位时，痛苦就转换成了笑，黑色幽默也就随之出现了。对于黑色幽默小说家来说，黯淡、痛苦的现实画布需要喜剧、幽默为之着上几抹亮色。

从文学自身发展来说，黑色幽默小说受存在主义文学和荒诞派戏剧的滋养。

当黑色幽默小说在 20 世纪 60 年代的美国文坛崭露头角时，存在主义文学在美国的文学领域早已枝繁叶茂。当时严峻的社会现实提出了一个无法回避的问题：人类应该如何面对荒谬？"黑色幽默"作家与存在主义者都正视荒诞的现实，着力去表现荒诞，并为世界和人生的无意义而苦恼。但二者又有所区别，就人类的存在状态而言，世界是可笑的，而存在主义不甘心就此承认彻底失败，而试图从消极世界中找出积极的意义来，找出一条从非理性的混乱中突围出来的路，至少要在徒劳的西绪弗斯的过程中找到一个象征性的超越的阀门，而黑色幽默小说则嘲笑这个过程。

存在主义文学中充斥着绝望、厌世、颓废的情绪，但还存在改变的希望。萨特的《恶心》的主人公为了收集资料来到某城市，以日记体形式记录了他的孤独感和厌恶的情绪。城市无精打采，令人生厌：寒冷的阳光、惨淡的灯光、混乱的咖啡馆以及丑陋的广场，等等；人盲目无聊，冷漠而又邪恶：目光呆滞的行人、淫荡的咖啡馆老板娘、肮脏混乱的上层社会，等等。光明已经丧失了穿透黑暗的力量，心灵在漫漫黑夜中消沉、颓废。他孤独无依的心灵在这个城市中无法找到依托，不得不黯然离开，寄希望于一个新环境能够拯救他的人生状态和处世态度。

对于存在主义者来说，即使荒谬是世界的本真状态，他们所要寻求的仍是从存在转向西绪弗斯式的"无望"的生存的理由。而黑色幽默小说中的主人公与其说是在隐忍地退却或英雄式地挣扎，不如说是从人

第七章 黑色幽默小说与现代性话语

类无边的困境中谋求笑声。与存在主义伦理相比，黑色幽默甚至不允许无望的希望存在。他们把任何永恒的东西都看作非理性的，在理性的人和冷漠的世界之间不存在任何积极的关联。他的仅存的尊严在于他有优雅、诙谐地失去生命的能力。他们非理性的喜剧因素，也可以说是试图减缓心理痛苦的一种尝试，这种心境不能等同于悲观厌世。从这个意义上说，黑色幽默是存在主义的私生子，用嘲笑的方式来弑父。可从另一个方面来说，儿子弑父的原因之一是因为永远也摆脱不了父亲的阴影。黑色幽默小说则嘲笑希望、意义和价值的存在。巴斯的《漂浮的歌剧》中的主人公托德一生都对死亡进行不懈的探索。他的父亲在经济危机中丧失了财产后自杀了。他认为父亲的自杀应该有某种内在的逻辑原因，否则人的存在就没有合理的依据了。然而，无论怎样努力追寻，最后都得不到确切的证明。事实让他意识到，确定的因果关联根本不存在，存在从本质上说就是荒诞的、不确定的。如休谟所说，因果关系从来都不过是一种推论，而任何推论都是从我们看到的向我们看不到的现象的跳跃。因此，因果关系的推断归根结底不过是假设，而假设出来的东西我们却认为是理性的、有必然因果关系的，这恰恰证明了世界是荒诞的，没有价值，没有意义，而一个没有价值意义的人生是荒诞的人生，而人作为随时会死去的存在，也就不需要"终极理由"了。因此他要炸毁名为"漂浮的歌剧"号演戏船，消灭自己和他人的生命。然而他的计划没有成功，他不得不寻求别的自杀方式来消灭偶然的人生。这里存在已然没有意义，也不需要寻找意义。

当然这种区分并不是绝对的，只是说哪种倾向表现得更明显而已。黑色幽默小说盛行于存在主义文学之后，难免打上存在哲学的烙印。在《第22条军规》（*Catch-22*，又译《第二十二条军规》）的倒数第4章之前，尤索林一直都在荒谬的敌对的世界里为生存而挣扎。书中的大部分喜剧性因素都来源于尤索林的喜剧性的行为，他竭力地在强大的军队中降低自己的地位，希望通过这种方式能让自己存活下来。在见证了现代罗马的堕落与人类人格的卑劣之后，尤索林的态度来了个180度大转弯，从第39章《永远的城市》开始，他不再一味地逃避，意识到还有比自我更重要的东西，实际上这是存在主义主要的贡献。这种转变表现

下编　叙事文本与话语实践

在他希望逃到瑞典去，他相信在那里，世界会不那么荒谬。他曾经一心只想活命，但出于良心和对同伴的道义责任，他最终抵制了卡思卡特上校等人阴谋策划封他为"英雄"的丑剧，放弃了回国的机会，却成了存在主义的"英雄"。尤索林先前的行为和他"优雅、高贵"的转变都是无可奈何之举，是人规避风险、一心求生的本能使然，是人类仅存的那一点点尊严使他不能置同伴的命运于不顾。在第 39 章之后，主人公从完全反抗转向妥协，最终迟疑地重回到机构、系统中去，在现存的机构、体制中继续抗争，谋求生存的一席之地，体现出一种存在主义的姿态。而这明显是不可能的，因为没有终极意义的支撑，苦难与死亡归根结底只能是荒谬的。

荒谬派戏剧放弃了形象塑造与戏剧冲突，运用颠三倒四的对话、混乱不堪的思维，表达人生的痛苦与绝望。它们将不合情理的社会状态展现出来，不加解释与评论，表明世界本来如此，显得貌似客观，因而更能突出现实荒诞的本质。而黑色幽默小说以超脱的喜剧性的幽默语言将之转化为含泪的笑。它以毫不留情的、一种浸透着绝望和愤怒的冷笑去戳穿世界表面上的和谐，嘲讽荒诞现象被合理化的可悲现状，给读者以巨大的心灵震动。为表现人生的荒诞不经，荒诞派戏剧破坏、肢解了戏剧结构，将传统戏剧的要素如动作、语言、人物等都去掉，而黑色幽默小说则保留了情节的完整与艺术合理性，来体现一种相对积极的反抗态度。《等待戈多》中的流浪汉戈戈（弗拉基米尔）和狄狄（爱斯特拉冈）在等待戈多，他们在只长着一棵树的光秃秃的荒野上讲着厌恶生活的话，做着无聊的动作。他们只有单调的语言："戈多今天来吗？会来吗？明天接着等"之类的乏味、破碎的语言。荒诞派戏剧用支离破碎的情节和毫无逻辑的语言表明生活本来就是这样，所谓的情节、逻辑关系以及人物的主动选择都毫无意义，因此也就不必抗争了。人的高贵在于他面临整个没有意义的世界时，能够承认它，无所畏惧，不抱幻想，进而一笑置之。而荒诞派戏剧中连那一笑都少得可怜，倒是黑色幽默小说以其智慧和喜剧性的语言为现实生活注入了强心剂，能让人继续坚持下去。黑色幽默小说大多保留了传统意义上的情节与人物形象，当然这些情节和人物也制造了对传统的反叛。昔日在莎士比亚笔下严肃的

第七章 黑色幽默小说与现代性话语

"生存还是毁灭"的问题,变成了海勒的戏谑"死还是不死,这就是要考虑的问题",他以戏谑的方式对传统的神圣的价值观予以了消解。如尤奈斯库所说:"在这种忧虑的处境中,我并没有完全放弃战斗;如果照我所希望的那样,我不顾苦恼,而设法把幽默注入这种苦恼之中,幽默是另一种存在的欢乐的征兆,那么,这种幽默就是我的出路、我的解脱和我的解放。"①

二 黑色幽默的特点

黑色幽默小说的人物、题材、语言和结构方式都有其独特之处。

20世纪60年代兴起的黑色幽默小说,与先前的文学有显著的不同。就人物类型而言,传统文学中的人物更注重内心世界,关注个人性格的复杂性,怀有一种坚定的弗洛伊德式的信念,即个人可以逐渐成熟,相信个人成长的可能性。而黑色幽默小说中的主人公,都是一群倒霉蛋或流氓式的反英雄人物。他们懵懂无知、无辜,可悲可笑,几乎无可救药。他们不是存在于人类所熟悉的相互关系中,而是通过外在事件,通常是随意的、怪异的甚至超现实或神启式的事件被推入怪诞的不合情理的相互关联之中。传统小说中的人物命运还可以由个人选择来掌控,还可以在个性的范围内成长和变化;而冯内古特、巴斯、品钦小说中的人物仿佛无根的野草,随风飘荡。这不仅仅是因为作家们宣称自己偏离了现实主义,还在于他们的意识深处认为生活本来就由非人的难以理解的力量的操控着。

这些人物与传统的悲剧英雄截然不同,他们在生活中常处于被动地位,因缺乏伟大、高尚的英雄主义精神而显得十分渺小可悲,他们一般不会引起读者悲剧性的怜悯或恐惧。受到非理性主义思潮的影响,"黑色幽默"作家对这种人物往往采用漫画的手法,把他们的性格加以扭曲,夸大他们的病态心理,把他们描写成或玩世不恭、或受人摆布的个性分裂、行为乖僻、言谈可笑、命运坎坷的可怜虫。这种反常的人物,

---

① [法]尤内斯库:《起点》,伍蠡甫主编《现代西方文论选》,上海译文出版社1983年版,第353页。

| 下编　叙事文本与话语实践 |

正是人类对患了精神病的社会的正常反应。巴斯的《路尽头》中的雅各布有人格分裂的倾向，实际上标志着自我的丧失，他的情人伦妮评价他"像一个梦中人"或什么也不是。不仅仅是因为他戴面具，更因为他每次的面具都不一样。为了改变人格分裂的状况他在医生的建议下接受了"神话疗法"，也就是把生活戏剧化，可以随意地为自己设计角色并扮演各种角色，完全按照个人意愿自由行动。医生解释说：神话疗法建立在两个假设基础上：人的存在先于人的本质；人不仅可以自由选择自己的本质，而且可以随心所欲地改变它。这种疗法是对萨特的"存在先于本质"的命题的变形。萨特认为，人的自我是变化的，不确定的，人能够随心所欲地行动却不能随意地改变自己的本质。而神话疗法中角色设计却意味着他可以随意改变本质。在雅各布看来，人的本质是不确定的，甚至可能消失。平面化的分裂的人都是现代社会中不可避免的产物，个人的奋争已经没有意义，因此黑色幽默小说中的人物性格和命运几乎都始终如一，无从改变。

　　在现实主义者心中，人物的命运可以通过个人的抗争而改变，而对黑色幽默作家来说，命运把人物变成了笑话。黑色幽默小说中，不仅个人命运无法预料，人类共同的命运也是如此。

　　黑色幽默作家是怪异的、突兀的，他们大多怀有某种太神圣的主题，以至于难以用常规的叙述方式来表达，所以他们只好用一种无所顾忌的笑来嘲笑任何话语：从政体、战争、技术以及宗教到性、死亡，等等。

　　军队和国家机构经常是黑色幽默的讽刺对象，《第 22 条军规》嘲讽军队和所谓的爱国主义，表明整个军事机器的荒谬和走向毁灭的命运，象征整个社会的自我解体。这本小说能够成功不能不归功于 60 年代盛行的反神圣机构的思潮，包括军队。反战的结果是战争规模的扩大，解决投弹失败的措施是投更多的弹，所以要求更诚实的公众舆论只能遭遇更大的谎言和更广泛的政治阴谋。正面的任何所谓的解决方式都无可奈何，荒诞不稽的情节和语言虽说也无法改变现实，但至少可以制造虚构的叛乱，为个人的情绪的宣泄杀出一条血路。对黑色幽默作家来说，政体和机构可以在合法的外衣下肆无忌惮地杀人而不必承担责任更

第七章 黑色幽默小说与现代性话语

不必担心会被追究责任。《第五号屠场》和《第22条军规》这样的小说表明，政体和军队可以直接导致无辜的平民的死亡。《第22条军规》中，人物随时可能死亡，当小说中的人物最终一个接一个消失的时候，我们不得不相信这一点。冯内古特的《冠军早餐》设计了这样一个荒诞的故事：夏威夷群岛的土地被四十个家族占有，岛上其他百万居民无处立足，紧急之中，联邦政府采取应急措施，给每一个没有土地的人发一个充满氦气的大气球，球下拴有缆绳，人们借此继续生活在岛上而又不会侵犯别人拥有的土地。这种荒诞的幻想情节，无情地嘲讽了国家机构的无能。

技术进步以及宗教也是黑色幽默小说常涉猎的领域。冯内古特的小说《猫的摇篮》就是典型一例。霍尼克博士的传世发明——致命的化学药品"九号冰"，被儿女私分，换得各种欲望的满足，却不幸泄露，将大海、陆地冻结，酿成世界末日的惨祸。小说旨在警示科学进步脱离道德而对人类生存造成的威胁。小说中山洛伦佐岛国的人民赖以生存的精神支柱"博克侬教"也不过是谎言，说明宗教无异于精神的"九号冰"，根本无法拯救人类。冯内古特1979年出版的《囚鸟》，进一步表达了这一思想。身陷集中营、急需帮助的人们甚至调侃"上帝决不会到这种地方来。这就是纳粹份子的力量，他们比谁都了解上帝。他们知道怎样叫他不来这里"。[①] 作者看到，宗教已经丧失了作为世界的价值寄托的职能，然而超越世俗，又是人的意义所在，因此，失去信仰的人——他自身的存在就成为荒谬，心灵处于一种神经病式的状态。冯内古特还经常把笔触伸向太空，用水星、火星或杜撰出来的泰坦星和特拉德麦多尔星的神奇生活境界与人类社会相互映照，从而把死亡与毁灭的主题扩展到整个宇宙。

语言是黑色幽默小说反抗现实的重要武器之一，它以夸张、变形、反讽、双关、移植、颠倒的语言，突显现实社会的无序与支离破碎，精神家园的荒芜与失落。幽默早在古希腊时期就有了，当时指人的体液，

[①] [美] 库尔特·冯内古特：《冠军早餐/囚鸟》，董乐山译，译林出版社1998年版，第282页。

下编　叙事文本与话语实践

是作为医学术语使用的,后来引申为人的脾气、性格和气质。古希腊时期的阿里斯托芬的喜剧和伊索寓言等都曾运用各种修辞方法,在善意的微笑中表达明快、欢乐的情绪,这些手法在文学长河中从来没有断流过。可以说没有这些修辞手段,文学的"陌生化"的审美效果就要大打折扣了。黑色幽默保留了古典幽默的智慧和韵味,却抹去了善意的嘲讽所体现出来的轻松与明快的氛围,显得冷酷与漠然。弗里德曼认为,黑色幽默小说家们"对于自己所描述的世界怀着深度的厌恶以致绝望,他们用强烈的夸张到荒诞程度的幽默、嘲讽的手法,甚至不惜用'歪曲'现象以致使读者禁不住对本质发生怀疑的惊世骇俗之笔,用似乎'不可能'来揭示'可能'发生或实际发生的事情,从反面揭示他们所处的现实世界的本质,以荒诞隐喻真理。他们把精神、道德、真理、文明等等的价值标准一股脑儿颠倒过来(其实是现实把这一切都已颠倒了),对丑的、恶的、畸形的、非理性的东西,对使人尴尬、窘困的处境,一概报之以幽默、嘲讽,甚至'赞赏'大笑,以寄托他们阴沉的心情和深渊般的绝望。"[①]

　　黑色幽默小说除了运用各种修辞手法之外,还推崇一种漠然甚至冷酷的情感态度。詹姆斯·博迪的《卡伯特·赖特开始了》对任何问题都保持着致命的冷漠,他的主人公在落入法网之前曾经肢解了366位妇女,他完全失去了感受的能力,小说最后变成了对心理感觉缺失的探索。叙述者与人物之间保持着不可逾越的距离,距离无限延伸之后,就仿佛失去了感受人世间的悲欢离合的能力。冯内古特《第五号屠导场》用"液体"指涉俘虏:

　　　　液体开始流动,在门口凝结成团,啪的一声落地。
　　　　比利是倒数第二个到达门口的人类。最后一个是流浪汉。流浪汉不会流动,不会啪的落地。他已经不再是液体。他硬得像石块。

[①] 汤永宽:《黑色幽默与〈二十二条军规〉》,[美]约瑟夫·赫勒:《第二十二条军规》,南文等译,上海译文出版社1981年版,"序"第2页。

第七章　黑色幽默小说与现代性话语

事情就是这样。①

这种远距离的凝视像冰冷的摄像机一样，只关注外在的行动，对人物的内心感受一无所知，也并不关心他们的痛苦和遭遇。

黑色幽默小说还用否定性的无意义的语言制造一种蓄意的语言游戏，显示个体生存的无可奈何。《第22条军规》中，军事法庭庭长与军校学员克莱文杰之间不断重复同样的问题，纠缠不清：

你说我们不能判定你有罪，你当时说这句话究竟是什么意思？
我没有说过你们不能判定我有罪，长官
什么时候？
什么什么时候，长官？
他妈的，你是不是又想来盘问我了？
没有，长官。请原谅，长官。
那就回答我的问题。你什么时候没有说过我们不能判定你有罪？②

庭长的话无法理解，反常而又怪诞，令人发笑又感到无比沉重。

黑色幽默小说还常常打破常规的语言逻辑，制造一种"蓄意的语言叛乱"。卡吉尔上校为"发觉自己仍然这么无能，而感到十分自豪"（36）；梅杰少校因为"非常需要朋友，所以一个朋友也没有找到"（129）；因为他"在各方面都无所作为，所以他在学校里成绩倒不错"（130）；迈洛说"我从来不撒谎"，"除非有必要，否则我决不撒谎"（409）。这些都印证了牧师的一段话："几乎无需任何花招，就可以使罪恶变成美德，使诽谤变成真理……使暴行变成爱国行动，使残暴变成

---

① [美]库尔特·冯内古特：《五号屠场》，虞建华译，译林出版社2008年版，第67页。

② [美]约瑟夫·赫勒：《第二十二条军规》，南文等译，上海译文出版社1981年版，第120—121页。

正义。而且任何人都可以办到，不需要动任何脑筋，也用不着什么个性。"① 这部小说荒诞却又充满哲理，有着超现实的真实，让人不得不深思规章制度、官僚机构带给人的悲哀。面对这一切，作家没有拍案而起的愤怒，没有大任在肩的拯救意识，没有精神突围的疗救愿望，更谈不上寻找出路的具体策略。他们能提供的是现代畸形的社会中的丑恶、荒谬以及人际关系的冷酷与和个人所体会的压迫感，有的只是无可奈何的嘲讽态度，一种令人啼笑皆非、震惊而又绝望的黑色幽默感。为了渲染和启发读者对现实生活荒诞本质的认识，"黑色幽默"作家还时常把一些经过怪诞的社会现象加以浓缩改造成为警示性的箴言妙语，这些笑料可以帮助我们战胜恐惧。幽默中的庄严与崇高来源于自恋性的胜利，自我拒绝现实的挑衅，屏蔽痛苦对个体的压抑，发出免于伤害的胜利宣言。幽默有助于对抗现实的黑暗，抵制外在世界带给心灵的创伤，维护心理安全感。

严肃的题材与荒诞的表现形式，幽默与恐怖并置，形式与内容错位是黑色幽默比较突出的结构特点。"恐惧与嬉笑并存，不安与愉悦并置，或如格尔德·赫尼格（Gerd Henniger）所说，罪与乐同在。"② "黑色幽默"作家好像是弗洛伊德所比喻的那个喜欢把伤心事变成笑话来说的囚徒，在敏锐地反映同代人的忧虑与困惑的同时，得心应手地用怪诞的手法来处理荒诞的题材，将荒谬的情节、荒唐的人物与无理的社会融为一体。这种荒诞的艺术形式本身，就是对人的价值和社会现实的贬低和嘲笑，因而更增添了作品绝望的幽默感与冷蔑的讽刺意味。

第二节 黑色幽默小说与现代性话语解构

一 禁忌题材的变幻处理者——纳博科夫

纳博科夫是一位极有个性的小说家，他的小说多涉及乱伦、性变态

---

① [美] 约瑟夫·赫勒：《第二十二条军规》，南文等译，上海译文出版社1981年版，第556页。

② Alan R. Pratt ed., *Black Humor Critical Essays*, New York & London: Garland Publishing, 1993, p. 128.

第七章 黑色幽默小说与现代性话语

等黑色的内容，但他却轻而易举地解掉了道德的枷锁，用令人愉悦的方式跨越了道德禁忌的鸿沟。他的主人公仿佛与现实生活隔绝，完全生活在个人世界里。而读者也会不由自主地跟随他的文字，享受话语禁忌的狂欢。

纳博科夫认为时间是牢笼，所有人都是时间的囚徒。他说过："初看之下如此无边无垠的时间，是一个牢狱"[1]，"我曾在思想中返回——我返回时思想毫无希望地越来越窄——到遥远的地带，在那里摸索某个秘密的出口，最终仅仅发现时间的监狱是环形的并且没有出路。"[2] 他的《洛丽塔》打破了时间的线性进程，以混淆过去来对抗时间的流逝。小说写的是亨伯特在狱中的回忆，他婚姻失败，来到新英格兰的一座小镇住下。在这里他遇见了12岁的小女孩洛丽塔，为了接近她而娶了她的母亲。后来洛丽塔的母亲被车撞死，这为亨伯特扫除了与洛丽塔在一起的障碍。为了逃避世俗的眼光，他带着洛丽塔四处周游。后来洛丽塔不辞而别地消失了一段时间后，又写信向他借钱。他找到了洛丽塔并得知她是受奎尔迪的引诱而出走的。他找到奎尔迪，枪杀了对方，也因此入狱。对亨伯特来说，人到中年，对一个孩子的爱情使他摆脱了现实的时间轨道，将少年、青年和中年的梦想融为一体，他希望洛丽塔永远是他的"小仙女"，永远陪伴在他身边，如同拥有他对童年伙伴安娜贝尔的回忆一样。如他所言"我疯狂占有的不是她，而是我自己的创造物，另一个幻想的洛丽塔，或许比洛丽塔更真实；那幻想重叠又包容了她，在我和她之间浮游，没有欲望，没有感觉，她自己的生命并不存在。"[3] 小说一直努力表现洛丽塔神秘缥缈而又不可抗拒的魅力，亨伯特越是明知不可追越要渲染追寻本身那令人目眩神迷的吸引力。

小说中"引子"部分，假托小约翰·雷博士之口叙述稿子的来历，虽然他宣称《洛丽塔》没有道德支撑，但这本小说也根本无须道德支

---

[1] ［美］弗拉基米尔·纳博科夫：《说吧，记忆》，陈东飚译，时代文艺出版社1998年版，第3页。

[2] 同上书，第2页。

[3] ［美］弗拉基米尔·纳博科夫：《洛丽塔》，于晓丹、廖世奇译，时代文艺出版社2000年版，第88—89页。

下编　叙事文本与话语实践

撑，它制造的就是一个缥缈、诗意的文本世界，强调"小说的真实"和"想象的真实"，提醒人们，小说与现实之间的距离要多远就有多远。在作者看来，如何讲故事比讲什么故事更重要，作者自觉地进行着他那不可靠的叙事。前言中所谓的编辑，不认同叙述中的道德观，他告诉我们，书中的主人公亨伯特先生、洛丽塔和她的母亲都已经死去，似乎有意提醒读者本书已经死无对证了。故事是否真实不重要了，重要的是投入文本所提供的审美的幻想天空，享受文字所能带来的愉悦。于是读者跟随亨伯特的叙述，走进小说的情节。主人公曾多次接受过精神治疗这一点，就将他精致文雅的叙述建构在不可靠性之上，体现了黑色幽默有意模糊真实与虚假的边界的态度。

　　叙述者据此将这个故事的道德底线完全排斥在外了，一般读者甚至不会感到亨伯特对洛丽塔的伤害，也许亨伯特本人根本就没有意识到这一点。此书于1958年在美国出版后，有人赞扬，有人攻击，两者的结合一度使这本书位居畅销书排行榜的首位。称赞的人以艺术作为唯一的标准，称纯艺术作品可以产生一种美的狂喜，攻击的人指责它是知识分子的色情文学，缺乏道德尺度。几乎所有的读者都是带着先入之见来读它的，几乎没有读者会不事先设想它的色情内容。这里的主人公违反了最基本的禁忌、法律和道德习俗，令人奇怪的是，他以一种愉悦的而非令人生厌方式做到了这些。

　　亨伯特难以明白他对洛丽塔造成的伤害，即使到最后，他都没有完全意识到他做了什么，他的罪行源于他的思考方式。亨伯特用美学术语思考他与洛丽塔的关系，这使他没有把他欲望的对象看作一个有感情有思想有自己的意愿的主体，而是一件艺术品。如小说结尾，叙述者略显忏悔之意："我正在想欧洲的野牛和天使，在想颜料持久的秘密，预言家的14行诗，艺术的避难所。这便是你与我能共享的惟一的永恒，我的洛丽塔。"[1] 他呈现给受述者的是简洁的美学术语，这些术语都用来形容一种对女童的病态迷恋。因此有人将这部小说理解人为对艺术美的

---

[1] ［美］弗拉基米尔·纳博科夫：《洛丽塔》，于晓丹、廖世奇译，时代文艺出版社2000年版，第432页。

第七章　黑色幽默小说与现代性话语

不懈追求。

他用不同的美学理论来表现自己不俗的美学品位，表明他是一位敏感的艺术家，能够欣赏美少女，能够怀着性欲望想象她们而又不流落到低俗下流的境地。他认为性不过是艺术的婢女，他声称自己对所谓的性关系没兴趣，因为任何人都有动物性的一面。但作为艺术家，他可以凝神欣赏小仙女，后者缺乏自我的存在，是艺术家的欲望的产物，只能依附亨伯特作为艺术家的亨伯特的眼光才能显现。从这个意义上说，他甚至把自己看作洛丽塔的救星，只有他才能欣赏洛丽塔的美。基于艺术与性欲之间的区别，他把自己与罪犯区别开来，他是诗人，他的性愉悦是对美的渴望的表达，而罪犯无法升华性冲动，只能造成痛苦和伤害。他承认自己的行为并不明智，因为他并没有完全失去理智，但也没有放弃这种迷人的追求。叙述者对洛丽塔的欣赏模糊了外在现实与内在心理。他不用通常的粗俗的词语描写性。当美学术语代替了现实描绘，也就没什么能阻止他得出他没有伤害洛丽塔的结论了。通过这种方式，洛丽塔从一个主体变成了叙述者幻想出来的表象。当欲望的主体把欲望的对象审美化时，所有道德的戒律就完全消失了，更谈不上性的禁忌了。

《洛丽塔》使读者徜徉在道德的禁忌和优雅的文笔之间。一个杀人凶手和一个学龄女童的跨国之旅，本不在道德允许的范围之内，可叙述者却表明没什么是不允许的。亨伯特把他对禁忌的漠视与诗意的文字结合起来，非法的社会经历被覆之以诗情画意的描写，他以此为自己的越界辩护，他强调洛丽塔的难以抗拒的魅力和道德的相对性，他希望这些会减轻他的罪孽。和洛丽塔在一起，他会感到沉浸在艺术家的梦里。纳博科夫用语言的迷幻效果置换了爱情故事的叙事模式，使得这一形式更为优雅。《洛丽塔》以狂妄的叙述自负地允许读者开始一段放纵、愉悦又不失困扰的语言之旅。

但是，令人愉悦的阅读过程又充满了荒诞、机智的戏谑与嘲讽。亨伯特为了逃避作为丈夫的义务，以"看医生"为名，用各种安眠药在夏洛特身上做实验："在大半个7月里，我试验过各种各样的安眠药，用药物大食家夏洛特做试验。我给她的最后一剂（她以为那是镇静片——为

下编　叙事文本与话语实践

她的神经上油），把她击昏了整整四个小时。我把收音机音量开满，还将巨亮的灯光朝她脸上打去。我推她，捏她，扎她——但什么也干扰不了她平静而有力的呼吸节奏。可是，每当我一做像是吻她之类的简单动作，她马上就会醒来，像一条章鱼一样生机勃勃（我仓皇逃走）。"[1] 正当他为摆脱夏洛特而绞尽脑汁时，她居然出了车祸一命呜呼，免去了他的一切麻烦。他最后去找奎尔蒂报仇的一幕，尽显黑色幽默的风范。本来是杀人的血腥的场面，在他的笔下却显得可笑而滑稽，把杀人场面写得仿佛是射击游戏："我把丘姆对准他穿着拖鞋的脚，扣动扳机，咔嗒一声，他看着脚，又看着手枪，又看看他的脚。我又试了一次，仍是糟透了，子弹射出去，随着一声微弱的、幼稚可笑的响声，钻进厚厚的粉红色地毯。我朦胧地觉得他只是慢慢地溜了进去，可能还会溜出来。"[2] 没有刻意渲染的紧张、恐怖的氛围，有的只是漫不经心的行为，仿佛杀人也没什么了不起的，一切都是自然而然地发生的，再正常不过了。

纳博科夫的《阿达》不仅颠覆了传统观念与禁忌，而且是以理直气壮的支持与赞颂的态度完成的。《阿达》的全名为《阿达，或激情的快乐——家庭纪事》，同《洛丽塔》一样，出版后立即引起轰动。小说的男主人公万温14岁时就爱上了表妹阿达，并偷吃了禁果，而且一发不可收拾地持续了10多年。这段地下恋情不小心被万温的父亲杰蒙撞见。杰蒙揭露了一段无异于晴天霹雳的家庭秘史，他们二人竟然是同胞兄妹。在杰蒙的劝说下，二人不得不分开，阿达也嫁了人。但阿达的丈夫去世后，她迫不及待地与万温会合，甜蜜地生活在一起，他们捕捉蝴蝶、散步、写回忆录，他们回忆当年激情、甜蜜的往事，这个故事就是他们的回忆录。近亲不能结婚被认为是人类文明进步的产物，如果发生这样的事往往都不得善终。俄狄浦斯王因杀父娶母而刺瞎双眼自我流放，《洛丽塔》中的亨伯特要在狱中度过余生，洛丽塔也在贫穷中死去。而《阿达》中的主人公却没有任何负罪感，他们在庄园中嬉戏玩

---

[1] ［美］弗拉基米尔·纳博科夫：《洛丽塔》，于晓丹、廖世奇译，译林出版社2000年版，第133页。
[2] 同上书，第416—417页。

要,体验生命的欢畅淋漓的宣泄快感。万温在父亲告诉他真相事实之后,不但没有羞愧,反而因不能继续这种关系而遗憾不已,虽然答应离开阿达,但从未放弃与阿达约会。纳博科夫将亚当与夏娃从伴随着人类文明进步而产生的道德枷锁中解放出来,让人沉浸在他伊甸园般的文字中而毫无被驱逐的危险或也没有任何罪恶感。爱情的欣悦和文字虚构的魅力让人流连忘返。

小说《普宁》强调的同样是"虚构"与"幻想"给人带来的愉悦。普宁是叙述者眼中的失败者,他有很多失败经历,如出去演讲时搭错了火车;在庆祝自己谋得了终身教职又有能力搬进新居的聚会上,却得知他被解雇了,也意味着他的房子从此不再属于他,他从快乐的巅峰跌入失意的谷底。叙述者"我"多年前曾是他的情敌,流亡异国以教授俄语文学为生。"我"在回忆了普宁的历史后又开始听克瑞尔教授(他终生以模仿普宁为乐)讲述有关普宁的趣事,这样又回到了小说开头的故事:"'现在嘛,'他说,'我要讲给你听另外一段普宁的故事:他在克莱蒙纳妇女俱乐部站起来演讲,却发现自己带错了讲稿。'"[①] 这样小说又回到了开头,这类巧合与意外暗示着小说的虚构性,给人以无尽的想象空间。这也似乎在宣扬他的观点:"在文学创作中,艺术高于一切,语言、结构、文体等创作手段和表现方式,要比作品的思想性和故事性更重要。"[②] 我们不必相信主人公普宁的真实性,更不必追究是否有真实的普宁或真实的普宁的生活是怎样的,只要细细地咀嚼字里行间所散发出来的诱人味道即可。优雅的文字覆盖着腐朽斑驳的道德禁忌,忘掉背后的堕落而享受眼前的文字盛宴才是纳博科夫的文学理想,文学像走钢丝一样在二者之间平衡,正是其魅力所在。

二 官僚政体的荒诞叙事者:约瑟夫·海勒

说犹太作家约瑟夫·海勒是最著名的"黑色幽默"小说家毫不为

---

① [美]弗纳博科夫:《普宁》,梅绍武译,上海译文出版社1981年版,第204页。
② [美]弗拉基米尔·纳博科夫:《文学讲稿》,申慧辉等译,生活·读书·新知三联书店1991年版,"中译本序言"第2页。

过，他的《第 22 条军规》畅销八百余万册，成为美国当代文学的经典。小说以战争为背景，旨在揭露官僚政体的荒谬。海勒以战争为平台，把军队推到前台，以其严密的权力体制喻示普遍存在的官僚政体。他在一个虚构的几平方英里的小岛上，描绘出光怪陆离而真实可信的现代"人间喜剧"。军队中的各种规定是制度化了的荒诞，庞大的等级结构和它的"军规"牢牢地控制了每个人，无从摆脱。所有规定都以理性和秩序为借口成为压抑人性、盘剥弱者的借口，看似合理却难以掩盖本质上的荒谬无理，小说暴露了现代机构、体制背后潜藏的非理性。皮亚诺扎岛驻军极其混乱荒唐：丹尼卡医生明明活着，只因他的名字被登记在坠毁飞机的名单上，就被宣布为死亡；后补飞行员马德，正式报到前参战阵亡，中队也永远不能将他正式除名；无神论者惠特科姆被派作随军牧师的助手；一字不识的印第安人哈尔福德成为助理情报官；没有方位感的阿费当了领航员；邓巴努力培养烦恼，以使生命显得长些；奥尔每次飞行都有意让敌人把飞机击落，以练习迫降。更为荒唐的是第 22 条军规："无论何时，你都得执行司令官命令你所做的事"[①]。军医必须阻止任何一个疯子飞行，将其遣送回国；但是，他首先得向军医提出要求。然而面临危险时能关注自身安全，是头脑理性没疯的人，想逃避战斗飞行任务的人，不是疯子。这里"第 22 条军规"并不是一种真实的存在，它只是官僚政治抽象化的一种譬喻。它威严可怕又荒谬可笑，漏洞百出又无懈可击，军方在非理性的条件下可以让一切都"合情合理"。更具讽刺意味的是它根本没有具体的条文可以让人控告、批评、攻击，但它无处不在，因为每个人都认为它存在，它像一张无形的巨网，笼罩了人的生存，无法抗拒、无从挣脱。

小说塑造了一群令人忍俊不禁的国家蛀虫。德里德尔将军依靠战争得到了高官厚禄，他的逻辑是接受他命令的小伙子都应该甘愿为了下达命令的老年人的理想、抱负和怪癖而献出自己的生命。佩克姆将军与德里德尔不同，他自称是个美学家和知识分子，外表温文尔雅，随和宽

[①] ［美］约瑟夫·赫勒：《第二十二条军规》，南文等译，上海译文出版社 1981 年版，"译序"第 6 页。

第七章 黑色幽默小说与现代性话语

容，实际上是一个弄虚作假、两面三刀的阴谋家。他对别人的缺点相当敏感，对自己的则熟视无睹，他的名言是："我唯一的缺点，就是我没有缺点。"① 身为特种部队的司令，他经常发布一些毫无意义的命令。他建议部下穿着军礼服去执行飞行任务，以便他们被击落时可以"给敌人留下一个良好的印象"；他还挑拨手下两名少校的关系，使他们互相妒忌，彼此仇视。飞行大队司令卡思卡特上校是一个瞒上欺下、性格分裂的投机家，他拼命想当将军，对上阿谀奉承，谨小慎微；对下却凶残狠毒，极尽威吓训斥之能事。他总是自告奋勇让部下去完成最困难的任务，并一再下令无限增加飞行任务，但这些竟然被具有检阅怪癖的少尉谢司科普夫粉碎了。谢司科普夫是个野心勃勃的假正经，他疯狂地热衷于检阅，为保证动作整齐划一，他拟把镍合金做的钉子敲进每个学员的股骨，再用几根三英寸长的铜丝把钉子和手腕连接起来，幸亏由于时间仓促，战时难以弄到铜丝，学员才免受此皮肉之苦。就是这个丧失人性的怪物，以不挥手的操练动作赢得了检阅的桂冠，当场晋级中尉，从此被视为"军事天才"。食堂管理员迈洛以包办部队伙食为名，与军官们勾结，搞起一个伙食联营机构，后来，竟发展成为规模巨大的跨国公司。他一边与美军订立合同，轰炸德军公路桥梁，同时又同德军签约反击自己人；还受德军雇用，用美军的飞机偷袭了自己飞行大队的营地，造成严重损失，引发抗议。但当他提出用一部分联营机构的利润补偿轰炸造成的损失后，抗议就平息了。这个狂人希望政府摆脱战争，其目的不是和平，而是"由于两国的军队都是社会性的团体，作成这样的交易是私人企业的重大胜利"。② 小说造就了一种有秩序的制度化的混乱，他们既是始作俑者，也是卫护者。

尤索林看清了战争与民主自由和国家主权无关，只是当权者为升官发财而制造的骗局。他看清了军队的"奥秘"，因此想在荒谬的现实中保持一份求生的清醒，而想在荒谬的现实中独醒，这本身就未尝不是疯

---

① ［美］约瑟夫·赫勒：《第二十二条军规》，南文等译，上海译文出版社1981年版，第491页。

② 同上书，第394页。

子一般的想法。他深感生存环境的险恶，认定每个人都想"吃了"他，因为敌人用炮火攻击他，周围的人也都要暗算他，置他于死地。尤索林的忧虑并非多余，邓巴只因说了一句真话就突然失踪，斯塔布斯医生拒绝执行荒诞的命令便被送入虎口，告密、诬陷等各种阴谋到处可见。因此他把求生当作第一要务，曾"打定主意要在医院里度过战争的余下岁月"[①]。为防止被医院查出真相，他模仿病友对医生说看什么都有两个影像，检查时无论医生伸出几个手指他都说两个。医生拿他没办法，只好允许他继续住院。当这个病友死了后，他又称自己看什么都只有一个影像了，无论医生伸出几个手指他都说一个，但此时医生坚持他的病已经好了，把他送回了前线。他在清醒的意识支配下坚持荒诞的行为方式：为防背后有人突然袭击他倒退着走路；不愿接受将军为他授勋章，他赤条条地躲在树上拒绝；因为衣服上沾了同伴的血，他发誓不再穿衣服，整天像个幽灵一样在军中游荡；他坚持不吃水果，因为它对可能患病的肝脏有利。尤索林躲避的并不是战争本身，而是战争中的一种非人的权力控制。

作为一个已近而立之年的下级军官，尤索林不求名利，不想晋升，人性未泯，但他从未想让自己成为孤独的精神贵族或隐士。确切地说，他是一个能够灵活变通的玩世不恭的懦夫，开小差的人，他值得一提的英雄壮举是拒绝了一个不适合他的妓女。他没有海明威"压力下的优雅"，对爱情、幸福也无所求。玩世不恭的生活态度，逢场作戏的社交本领，下流的欲念，反常的举动与他的真诚、反抗奇妙地混杂在一起，仅仅使得他在那个充满谎言与邪恶的世界里，保持了一种被扭曲的人性。因此他称得上是一位"反英雄"，同时，作为军事官僚机构的消极对抗者，他又是一个名副其实的当代英雄，一位悲剧"英雄"。

费尔德（W. C. Fields）认为黑色幽默的魅力在于："任何有趣的事件都是可怕的。如果它能产生痛苦，那么它就是有趣的；如果不，那它就没意思了。我会尽量把痛苦藏在窘境中，我越这么做，他们就越喜

[①] ［美］约瑟夫·赫勒：《第二十二条军规》，南文等译，上海译文出版社1981年版，第3页。

第七章　黑色幽默小说与现代性话语

欢。但这并不意味着他们没有同情心。哦不，他们经常含着泪笑。"①也许开始会有人把黑色幽默界定为一种技术，但没有哪部小说从头到尾都是黑色幽默的。幽默与恐惧这两条线并存才是黑色幽默的独特之处。二者如果平分秋色，那么读者就会感到不知所从；如果过于倾向于某一方向，读者也许会几乎难以领略到另一方向的美妙；如果一方占主导地位，那么从属的一方即使是相反的感情，也会加剧主导一方的情感。黑色幽默需要在二者之间取得平衡。

《第22条军规》试图使一切不正常的情况都显得合情合理。例如第18章，尤索林扮演一位垂死的士兵演出了一幕温情的人间喜剧。这位士兵的父母长途跋涉不远千里来看着他们的儿子咽气。可实际情况是他们的儿子已经死了。为了不使这对可怜的老人失望，军医说服尤索林扮演他们将死的儿子。

　　"吉塞普，"母亲也说话了。她原先一直坐在一张椅子里，青筋暴起的手指紧紧地扣在一起搁在膝盖上。
　　"我叫尤索林，"尤索林说道。
　　"他叫尤索林，妈。尤索林，你认不出我来啦？我是你兄弟约翰。你认不出我是谁了吗？"
　　"我当然认得出罗。你是我兄弟约翰。"
　　"他真的认出我来啦！爸，他知道我是谁。尤索林，爹在这儿。给爹打个招呼。"
　　"你好，爸爸，"尤索林说。
　　"你好，吉塞普。"
　　"他叫尤索林，爹。"
　　……
　　"这可真怪，"老头搭腔说。"我一直以为他的名字是吉塞普，这会儿我发现他的名字是尤索林。这可真怪！"

---

① Alan R. Pratt ed. *Black Humor: Critical Essays*, New York & London: Graland Publishing, 1993, p. 342.

下编　叙事文本与话语实践

"妈，让他觉得好受点，"那位兄弟催促着，"说点什么让他高兴高兴。"

"吉塞普，"

"不叫吉塞普，妈，叫尤索林。"

"叫什么还不全一样？"母亲头也不抬，还是用那种悲伤的语调说。"他就要死啦。"①

因为面对的不是真正的家人，使得这一家子的真实感情流露显得滑稽可笑。谁都知道哪有亲生父母认不出自己儿子的，可读者仿佛已经习惯于接受任何荒谬的事实。这对饱经风霜的父母不得不面对白发人送黑发人的悲惨遭遇，所以他们有些糊涂真的不知道尤索林不是自己的儿子，也只能把他当作自己的儿子。尤索林也就开始装得像那个要死的儿子。因为他越来越意识到他真的要死了。所以他不断地重复"那又有什么区别呢？"感觉到了他们的丧子之痛，也为战争中丧生的年轻人哀悼，尤索林现在知道自己没有说谎：他真的要死了，和他们的儿子没什么两样。这里，读者首先感受的是尤索林的言不由衷的谎言的荒谬性，然而最后谎言却变成了现实，父母亲的愚钝最后却成了洞见。读者既不能嘲笑父母亲也不能把他们的切肤之痛当作无病呻吟。这种在两极之间的徘徊的效果产生了情感的张力。强大的权力机构对人的压抑和控制无处不在，普通人无处可逃。

社会环境和机构对现代人空虚的内心世界的贡献也是海勒要叙述的重要问题。他的《出事了》以主人公鲍勃·斯洛克姆的内心独白表现了他的工作、生活状况，展现中产阶级的精神危机。斯洛克姆是市场调研部的职员，整天和数字打交道，是个被科技异化了的人。他也用数字揭示人际关系的冷漠与戒备："在我工作的办公室里我怕5个人，这5个人的每一个人分别又怕4个人（重复的不算），一共是20个人，这20个人中每一个又怕6个人，总共是120人，他们每人至少让1个人

---

① ［美］约瑟夫·赫勒：《第二十二条军规》，南文等译，上海译文出版社1981年版，第286—288页。

第七章 黑色幽默小说与现代性话语

害怕。这120个人的每1个人又害怕其余的119位,而所有这145人又都怕12个人,这12位是公司的最高领导,是他们协助了公司的兴建,目前经营着公司,这公司归他们所有。"① 公司里的人也都过着公式化的生活,一切都被规定好了,成为高速运转的公司机器上的一颗螺丝钉。似乎所有的人、事都没有意义,小说中的公司、产品和员工都没有名字,都只是社会进程中的一个符码,个体存在的尊严与意义也就荡然无存了。斯洛克姆的生活优越、官运亨通,但由于同事们彼此戒备、仇视、算计,时常神情恍惚,他时刻担心会有可怕的事发生,以至于觉得没有怪事本身就是怪事,在家里也不能有片刻的缓解。他漠视亲情、厌烦妻子,只能用童年琐碎的回忆来麻痹自己的思想,以忘却现实中的烦恼。他的妻子酗酒、无所事事,女儿满腹抱怨,生活态度极为偏激。他说话颠三倒四,意义混乱。可怕的现实让人恐惧、窒息,但某些怪事却能调节人们的神经:一位自杀的经理在遗书中对自己没能找到合适的自杀方式感到遗憾。经理对自己自杀方式的揶揄,令人啼笑皆非。卑微可怜的现代人都被困在关系、价值的网络中,迷惘无助、无可奈何,只有无意义的大笑能够让人稍有缓和。

三 灵魂屠宰场的绘制者:库尔特·冯内古特

库尔特·冯内古特的小说体现了他对宇宙空间的解读和对人类生存的嘲讽。人类试图通过科学技术等手段探索宇宙奥秘,结果取得的进步越大却意识自己越来越浅薄与渺小。冯内古特看到了人类社会的卑微与罪恶,但又无可奈何,因为改变现状几乎是不可能的。他的小说中的人物试图寻找人生的意义与价值,到头来却发现意义不过是人们自己的愿望的投射,在现实面前根本就无能为力。但他从未放弃过追求与探索,表现对人类命运的忧患意识。由于历史的压力,作家们从来没有像今天这样对人类政权与政治力量以及人类的暴行如此关注。冯内古特在描述人类悲剧命运的同时,对现存的社会价值观加以质疑,传统的宏大叙事在冯内古特这里都轰然倒塌,需要重新加以检验。

---

① [美] 约瑟夫·海勒:《出事了》,宁芜译,南海出版公司1991年版,第10页。

下编　叙事文本与话语实践

从 1950 年的第一部短篇小说到 1969 年的《五号屠场》，在近二十年的时间里，人们只把冯内古特看作无足轻重的科幻作家。此后，随着学界对他的研究逐渐深入，他成了自海明威之后人们谈论得最多的美国作家。冯内古特热衷于科学幻想，类似于特拉德麦多尔星的神话情节曾多次在他的小说中出现。但它既不是理想的世外桃源，也不能提供解决生活矛盾的方案或希望，只是开拓了一个新的角度，一个超越现实之上的俯视地球人类生活的角度。立足于这个角度，从比地球人类更为复杂的外星生物的角度观察认识现实，为作品提供了一个恢宏辽远的宇宙背景，使读者进入一个超脱的高远的艺术境界，从而深化了小说具有全球意义的哲理探讨。

《五号屠场》1969 年在美国的反战高潮中问世，引起了强烈的社会反响。反战是《五号屠场》意图之一，但没有简单地停留在这个层面上，而是通过幻想，比利飞向太空，站在宇宙的高度俯视地球，喻示全球性的人类生存危机。比利甚至向外星人求助："我来的星球上，有史以来一直纠缠在疯狂的屠杀中……把和平秘诀告诉我，让我带回地球，拯救我们所有人：一个星球上怎样才能和平相处？"[1] 他从外星人的反应中明白："阻止地球上战争的想法也是愚蠢的，"[2] 人不要害怕和逃避死亡，人不存在死亡，人也没什么自由意志，不过是宇宙里的机器，人生要专注美好时光而不要理会战争。正是基于这些教训，比利忠实地信奉圣经的告诫："以从容沉着，去接受我所不能改变的事物；以勇气，去改变我所能改变的事物；以智慧，常能辨别真伪。"

《五号屠场》对所谓的正义的战争提出了质疑。战争是经历过"二战"的人不得不思考的问题，这不仅仅因为他们个人的经历，也因为战争是那个时代的道德之谜。《五号屠场》带有自传性质。库尔特·冯内古特 1943 年加入美国军队，次年在欧洲战场上被德军俘虏。1945 年 2 月 13 日美国对德累斯顿的大轰炸时，冯内古特因在屠宰场一个地下

---

[1] [美]库尔特·冯内古特：《五号屠场》，虞建华译，译林出版社 2008 年版，第 98 页。
[2] 同上。

第七章　黑色幽默小说与现代性话语

肉类冷藏室里才幸免于难。德累斯顿是德国"不设防"城市，这里既没有军队，也没有军工厂，但是一夜之间化为灰烬，十三万五千人瞬间丧生，城市变成了"月亮"，因为月亮上没有活物，只有矿物质，只是这个月亮上的石头滚烫。对冯内古特来说，所有的战争从道德上来说都是模糊的。小说主人公比利也因为躲在五号屠场地下冷藏室里而得以幸存。不过，人类频繁的战争和战争中多次经历亲人、朋友的死亡，他已经对死亡麻木了，他以麻木彻底"战胜"了死神："现在，当我听说某人去世了，我只不过耸耸肩，用特拉法玛多人遇到这种情况时说的话：'事情就是这样'。"① 他情愿化为蒸汽飘到树梢上去，因为那样毫无痛苦。因此飞机坠毁而重伤脑骨后，他感觉一切顺利，幻想中的生活至少可以重新创造他们自己和他们的世界，这要比现实值得期待多了。因此，比利在挣脱了时间限制后能够享受美好的时光。飞机失事后，他"从时间链条上脱开了"，"上床睡觉时是个老态龙钟的鳏夫，但醒来是在他的婚礼日。他从1955年的那扇门进去，从另一扇门出来的时候是1941年。他反身又走进那扇门中，发现自己来到了1963年。他说，他多次看见过自己的出生和死亡，任意造访了发生于两者之间的所有事件。"② 正是在荒唐可笑的狂想中，比利摆脱了生的烦恼，得到了精神的解脱。透过比利的病态心理把时间的链条打碎，再重新拼接起来，让过去、现在、未来混杂交错，现实、梦境、幻想重叠，提示人们重新思考对战争、地球包括整个宇宙的认知。《时震》对时间也有精辟的理解，由于宇宙的时空连续统一体突然出现故障，每个人都可能会重新度过自己的十年，但"如果你上一次没能躲过劫难，或者没能救起你心爱的人的性命，那么你仍然无能为力"。③ 因为人都无一幸免地重复以前的痛苦经历。他提出了一种类似于柏格森的"绵延"的时间观，过去、现在和未来就像山脉一样连绵起伏，同时存在。要防止任何灾难都是徒劳无功。因为人类从开天辟地以来就进行着愚蠢的杀戮，而且随着

---

① [美] 库尔特·冯内古特：《五号屠场》，虞建华译，译林出版社2008年版，第23页。
② 同上书，第20页。
③ [美] 库尔特·冯内古特：《时震》，虞建华译，译林出版社2001年版，第9页。

| 下编　叙事文本与话语实践

科学技术高度的发展，现代人类还将插手太空，成为"宇宙恐怖分子"，威胁其他星球。这就是《五号屠场》的黑色预言。

　　不过，这些严肃的话题都是通过调侃口吻、戏谑的情节展现的。小说中，轰炸要把目的地变成"月球"，轰炸后空中仍有飞机在寻找目标扫射，因为经过轰炸后，人都应该死了，如果还有人走动，就说明轰炸计划有漏洞，"月球"上是没有人存在的。对埃德加·德比的处决也显得荒诞。这位44岁的中学教员只想在战争中成就一番英雄事业，不料一入伍就当了俘虏。他逃过了十三万五千人死亡的劫难，却没有躲开自己人布下的荒唐的棋局。他因为拿一只茶壶而在废墟中站起来就被抓了起来，受到审问后就被枪毙了。杀害十三万五千无辜平民的罪人无人问罪，而只为一只茶壶而站起来的德比却死在自己人的枪下。第一次世界大战孕育出与武器永别的"迷惘的一代"，第二次世界大战则哺育了"绝望的一代"。比利这一代"儿童十字军"，在帝国主义战争中埋葬了自己的青春，也见证了现代战争的野蛮和荒谬。小说每当讲述到死亡时，不论是人还是动植物，随后都附有一个冷漠、漫不经心的短语——"事情就是这样"。这个短语在小说中出现一百多次，不仅显示出叙述者无可奈何、无能为力、麻木而又沉重的心态，而且为重大的死亡主题增添了几多怪谬。奥尔德曼认为黑色幽默"把痛苦与欢乐、异想天开的事实与平静得不相称的反应、残忍与柔性并列在一起的喜剧。它要求同它认识到的绝望保持一定的距离；它似乎能以丑角的冷漠对待意外、倒退与暴行"。①

　　冯内古特常借助想象的力量探讨人类与科技、自然的关系。他的第一部长篇小说《自动钢琴》宣称人类依靠电器而生，最终也会因电器而亡。小说以作者本人1947—1950年在通用电气公司工作的经历为蓝本，叙述中透露出对科技异化人类的担忧。机器统治了人类，人类别无选择，只能眼睁睁地看着自己成为二等机器或机器的奴隶。寄希望于科技进步能够造就伊甸园的梦想化为泡影。小说以虚构未来的第三次世界大战时期纽约的一家大型工厂为背景，描述现代人的心理与精神状态。

---

　　① 转引自陈焜《西方现代派文学研究》，北京大学出版社1981年版，第4页。

第七章 黑色幽默小说与现代性话语

主人公保罗·普罗透斯是"第三次世界大战"时期纽约州艾里姆市的一家大型工厂的工程师。他能力出众，前程似锦，是令人羡慕的工业骄子。他醉心于机器的功能，把工业生产奉为创造乌托邦的上帝。然而他逐渐被卷入反政府运动中，全国工商企业会长格尔洪博士要他到反政府组织中卧底，因此他要先被公司解雇。失去工作之后，他求职无门，四处碰壁。回到公司后，他发现自己已经被列入黑名单，时时处处在公司的遏制和监控之下。他身受两派势力的制约而无法自拔。他逐渐厌倦了机器控制的社会，号召人们砸烂机器，逃到一个农场，希望在那里求得安慰。但农场上的工人几个月后却满脸自豪地修复曾经被他们砸烂的机器，保罗的革命之路又回到了起点。人的主体性在机器的轰鸣中已无藏身之地，人性已经被机器掏空了，成了名副其实的躯壳。人已经无法主宰自己的命运，成了机器般的空壳，人类历史进程已经如同一架自动钢琴，自我决定自我重复。普罗透斯是希腊神话中的海神，能够预见未来，能够随心所欲地改变自己的外貌，而保罗则根本没有未来，他被推进现实的洪流中不得不随波逐流，更无法改变自己的命运。这里冯内古特提出了机器对人性的威胁，到了《泰坦的海妖》中人则完全被机器控制。主人公马拉基·康斯坦特的经历告诉人们，人的存在是微不足道的，生活的意义就在于人与人之间相互关爱。

《黑夜母亲》则宣告人已经完全失去了自由，人被人操纵，唯一的自由选择是自杀。诗人、剧作家坎贝尔是一位美国特工，"二战"期间留在德国向美国传递情报。他娶了一位德国女子为妻，但战争期间他深爱的妻子失踪了。战争结束后，他投奔了美国。然而，苏联间谍识破了他的身份，以色列和苏联政府以"美国保护的纳粹分子"通缉他。为了逃避追捕，他躲进了一个美国纳粹活动小组。这个小组导演了坎贝尔的妻子再现的一幕戏，再现的妻子是他妻子的妹妹莱西，她要诱拐坎贝尔并把他交给苏联政府。而莱西对坎贝尔产生了感觉，为了表白对他的心意而自杀。坎贝尔最终身心疲惫，觉得自己像个棋子一样被美国和德国利用，无法选择为哪一方工作和做什么，像个被操控的木偶。他决定接受审判，但就在他被捕受审之前，美国情报机关向以色列政府证实了他的秘密身份，但他已经完成了他生平唯一一次自由自主的行动——自杀，选择了自杀赋予他的永远解脱的权力。他在世上曾经认同的价值观念最终都一文不名，小说警示人们，人类加给自身的种族优越观念、社会进化论以及伦理观念等则直接导致了种种灾难，让地球这个人类赖以生存的囚笼雪上加霜。坎贝尔身上体现出明显的黑色幽默效果。当坎贝尔假借德国宣传员的名义向美军传递情报时，却意外地鼓舞了德军的士气，他的尴尬可想而知。他本来是爱国的诗人剧作家，却被政治势力当作邪恶力量，而当政客们决定铲除坎贝尔时也暴露了他们邪恶的"神圣"，他们只有迫害他人才能为自己平庸的生活赋予神圣的光环。

《猫的摇篮》表明，科学家的任何研究到头来都会变成武器。书中，弗兰克·霍尼克为使美军陆战队能顺利通过沼泽地，研制出号称世界末日种子的"九号冰"。只要一粒种子投入水中，水原子就能重新组合，冻结成块。而霍尼克为求得仕途晋升，竟然将"九号冰"献给了当权的独裁者，埋下了毁灭的祸根。他去世后将一块"九号冰"作为遗产分给三个子女，子女们为满足一己私欲，无意间导致了世界的毁灭。这里导致世界灭亡的原因与其说是科学技术的进步，不如说是人类自身责任感的缺失，是人类灵魂深处的冷漠与欲望。作家乔纳见证了霍尼克的一生，目睹了世界的毁灭，他最后得出结论，人生就如同"猫的摇篮"一般的游戏，即小孩子玩的用绳子翻出各种花样的游戏，生活中政治、科学等都是欺骗人的游戏。宗教更加虚无，乔纳认识到了科学的无度和罪恶之后，转向宗教寻求解脱，他信奉博肯诺这一"欲望递减"的宗教，宣扬不要浪费时间辨别真与假，世界本身就是虚幻与无意义的。被当地居民奉为真理的宗教，被小说揭示为不过是人类自欺欺人的寄托罢了。科学忽视了人的道德和精神，而宗教充满了谎言与欺骗。人类的贪婪无度和虚妄催化着欲望无限膨胀。但欲望永无止境，人的精神也挣扎在绝望的边缘。

虽然冯内古特的小说题材奇特、怪异，具有令人忍俊不禁的喜剧效果，但这种想象的真实却能激发思考的空间，让人从中品出理想与关怀。虽然情节不切实际，但只有拉开读者与现实的距离，读者才能觉察到秩序井然的世界中还存在着一种颠覆常规的价值标准和选择。正如沃尔特·布莱尔所指出的，所有的喜剧都有一个必要的前提，即观众与笑话的对象之间必须存在一定的距离,这样幽默才有可能。① 黑色幽默蕴含的引起恐慌甚至恐惧的因素最终会颠覆所有逻辑结构。黑色幽默不仅仅是个可以寻求抚慰和意义的教堂,它更需要一种怀疑精神,怀疑所有的人类世界中的机构、系统和价值观念。

四 徒劳的追寻者——托马斯·品钦

追寻是文学永恒的主题。自从亚当、夏娃被逐出了伊甸园,他们的子孙就从未停止过把要自己的存在依托在某个理由之上,他们的足迹穿越历史时空今天仍让人激动不已:奥德修斯漂泊十年终于回到家中与妻子团聚;浮士德为以灵魂为代价苦苦寻求真理;圣地亚哥面对大马林鱼和鲨鱼,不露怯色地捍卫了人的尊严。品钦的人物也一直在延续"追寻"的主题:《V.》中的斯坦西尔在调查神秘代码 V. 的含义;《拍卖第49批》中的奥狄芭企图找到地下组织特里斯特罗的谜底;《万有引力之虹》中的美军上尉斯洛思罗普努力追查自己的性行为与 V-2 火箭爆炸地之间的渊源;《葡萄园》中的少女普蕾丽一直在寻找母亲。然而,品钦笔下人物既追寻不到目标也无法在追寻过程中完善自己,最终丧失了对终极意义的坚守与信念,最后变成了追寻的意义就在于追寻本身。

工业社会,人类要与天斗与地斗,才能争得一席生存的空间,才能其乐无穷。大自然这个对手激发了人类的斗志,人类因而豪情满怀。随着科学技术发展,人类的足迹已经能够登上月球,自然界已经失去了其绝对的主宰能力,也就不再具有作为人类强劲对手的资格。个人所面对的压力更多地来自于人类社会内部。机构、制度、观念、知识、权力等强大的无处不在的力量时时都能压榨出人的皮袍下藏着的"小"来。上帝已经死去,理性也无法带领人类到达迦南地,在一个失去了终极意义的世界里,人们追寻的终极目标也就不再重要,甚至是否有应该追求的终极意义都不确定,人的不懈努力注定一无所获。然而,他们仍然义无反顾地一路追寻下去,只有在追寻的过程中才能体会到生命的意义

---

① Walter Blaie, *Native American Humor*, San Francisco: Chandler, 1960, p. 10.

所在。

  品钦的第一部长篇小说《V.》以主人公斯坦西尔追寻代码 V. 的意义为主线。V. 是他父亲日志上的一个代码，为了弄清 V. 的庐山真面目，他在线索的迷宫中左奔右突，实际上却根本找不到方向。"他不是以《圣经》而是以他间谍父亲的日志为圭臬，苦苦追求的不是宗教的信仰或人间的真理，而是已然僵化的 V. 和他假想的围绕着 V. 的一切阴谋的真相。"① 他发现 V. 是个变幻莫测的女人，行踪诡秘，而且可能是他的母亲。随着调查的深入，线索越来越多，答案却越来越远。它像一系列事物的代名词：一处血腥的地点、下水道里的一只老鼠、一座冰山、一个爵士俱乐部，等等。他陷入了自我设置的追寻迷宫里，毫无结果。追寻过程中，他发现所谓的历史、现实、身份、本质等都是幻想而已，都像 V. 一样变幻着，根本无法把握。"还有些美国批评家仔细地剖析了 V. 的含义。'V.' 作为象征显然有多种意义。它可以指胜利（Victory）；在埃及的一家德国啤酒馆里一个德国女招待正在擦洗的盘子上忽隐忽现、无法洗去的 V 形褐色斑痕；两条相碰撞的矢量线（vector）；俗丽其外、空虚其内的维苏（Vheissu）；作为女性的象征，V. 使人想起维纳斯女神（Venus）、圣母马利亚（Virgin Mary）、贞女（Virgin）；此外还可指马耳他的首都瓦莱塔（Valletta）。作为字母，在 N 中有两个 V，在 W 和 M 中各有三 V，阅读英文原著的细心读者可因此生发更多的联想。"② 而且隐藏在 V. 的背后与内里的到底是什么越来越扑朔迷离了，V. 已经不是谁了，而是什么，V. 是什么。斯坦西尔始终企图以他对 V. 的主观想象来构造现实。他用意识简单地将事件纳入到可理解的范畴内，而不能纳入框架中的则被屏除在外。普鲁费恩是小说中的另一个主人公，他漫无目的、无拘无束，毫无主见，缺乏从整体上把握事件的能力。他所见的只是分散的个体，事件之间毫无关联，因而也就没什么需要调查跟踪的线索。他没有目的，没有追求，听天由命地生活，任何试图改变他的企图都是徒劳的。

---

① ［美］托马斯·品钦：《V.》，叶年华译，译林出版社2003年版，"译序"第7页。
② 同上书，"译序"第8—9页。

第七章 黑色幽默小说与现代性话语

小说将现实中发生的事件与 V. 的意义混合在一起，"二战"期间的马耳他之围，"二战"之后的苏伊士危机以及五六十年代的麦卡锡事件等，名义上是为破解 V. 的真实含意而做的研究工作，实际是对这些事件的嘲讽与戏弄。其中最具荒诞性的是对女人 V. 的探寻。她首先出现在 1898 年的埃及，以维多利亚为名。她容貌美丽，但心地恶毒，手段诡秘，她的妹妹米尔德里达相貌平平却心地善良。这两姐妹象征着人性的两面。然而，米尔德里达很快就再也不露面了，象征着人性泯灭，人类的爱与善逐渐缺失。此后，她每变幻一次身份，她的躯体就会增加一些无生命的物件。她装着以钟面为虹膜的玻璃眼，肚脐里嵌着蓝宝石，牙、脚和头发都是假的。她逐渐丧失了人性，成为异化的空壳。

《拍卖第 49 批》亦采取了品钦常用的追寻模式：女主人公厄迪帕·马斯太太突然获悉，她的前男友、加州房地产巨子皮尔斯去世后，指定她为其遗嘱执行人。要她清查资产，分配遗产。清查遗产时，她发现了一个名为特里斯特罗的地下组织，只有弄清这个组织，才能解开遗产的秘密。奥狄芭先有所发现，接着线索就中断了，再有新线索再中断，她好像一直在逼近真相，谜底却一直扑朔迷离。纷乱的线索让奥狄芭陷入了与斯坦西尔一样的困境中。最后主人公朦胧地意识到皮尔斯的遗产似乎就是整个美国。在纷乱的信息、神秘的环境中，主人公身心疲惫不堪，感到恐慌与滑稽，进而对周围的事和自己的亲身经历产生疑问：这都是真的吗？这会不会是自己的幻觉或皮尔斯的恶作剧。小说的迷雾最后转到了皮尔斯留下的一套邮票上，这套邮票仿佛是成千上万个彩色的窗口，预示着无限的空间和时间远景。小说以她在拍卖场等待最后一批珍邮即"第 49 批"拍品的出现开始，而小说在拍卖开始之前就结束了，奥狄芭的追寻也无果而终。她的追求与传统模式追寻的崇高意义无关，而显得琐屑、迷乱，仿佛在现代荒原上迷途的羔羊。现代观念已去，又没有新的来替代，精神世界一片真空，只有分子运动一样杂乱无章的信息充斥其间。

《万有引力之虹》中美军上尉斯洛思罗普要寻找自己的性关系与德军 V-2 火箭爆炸地之间的联系。全书共分四部分，第一部分中主人公美国军官泰洛尼·斯洛思罗普把每个和女人发生关系的地点都标记出

下编 叙事文本与话语实践

来，奇怪的是这些地点随后都成为德军火箭的轰炸目标，这引起了盟军的兴趣。第二部分斯洛思罗普化身为英国战地记者，着手调查自己的身世与火箭爆炸地之间的联系。第三部分中他逐渐了解到，自己幼年时期曾经被父亲卖给心理学家做儿童性心理试验。而当时被用来刺激儿童性器官的化学物质后来被应用在 V-2 火箭的制造上，因此有了斯洛思罗普性关系发生地与 V-2 火箭轰炸地之间的关联。最后一部分中斯洛思罗普在看见天上的彩虹后，他的肉体竟然分解消散。彩虹一方面是自然界雨过天晴的象征，也隐喻《创世记》中上帝向挪亚及所有幸存的生灵的诺言：凡有彩虹在天，世上便永不再有灾难与毁灭；然而当火箭坠落时，也会划出飞虹，但却成了死亡与毁灭的象征。现代社会似乎已经丧失了被拯救的希望，看似美好的事物背后可能都有弥天厄运随之而来。

　　品钦小说中追寻的对象显得荒诞不经。战争、死亡这样充满血腥的事件与性爱莫名其妙地联系在一起，使得主人公的追寻一开始就显得怪诞不羁。而斯洛思罗普要探寻火箭的秘密却发现自己的思维在整个追寻过程中越来越糊涂，他所能组合的信息越来越呈现碎片化的趋势，导致他的思想也逐渐支离破碎，读者的阅读过程也就成了对纷繁复杂、千变万化的世界的特殊体验之旅。这部巨著简直就是一个令人头晕目眩的大杂烩。它蕴含着海量的信息，但真正有效的交流信息却很少，多个事件交错，各种理解相互矛盾相互消解，彻底颠覆了传统小说的逻辑结构。

　　品钦的小说中的主人公在求索的过程中，都是从一条线索滑向下一条线索，而每条线索最终都难以指向真正意义上的明晰的谜底，小说也只是在线索与线索之间的关联中无限地滑动。他的小说体现了德里达对符号的看法：符号只是由一个能指链滑向另一个能指链的延异运动：移置、增补、播撒……根本上就是一种无穷无尽的游戏过程。而符号背后的所指概念决不会自我出场，决不会在一个充分的自我指涉的在场中出场，从本质和规律上来说，每个概念都刻写在链条和系统内。他的主人公也在信息的网格中脱离所指，成为漂浮的能指。能指的滑行中呈现了能指的唯一品质：坚持，而坚持把意义永远流放。他的人物都坚定不移地追寻谜底，但终极目标虚无缥缈、荒诞不经，追寻也永远无法成功。

第七章 黑色幽默小说与现代性话语

面对一个失去终极意义的世界，追寻的过程本身就是追寻的意义所在。一方面，追寻是人体验生命、对抗异化的生存方式；另一方面，追寻也提供了一个流动和开放的空间，让备受压抑的人性有了舒展的可能性。这也正是黑色幽默小说的功劳之一，在铁筒一般坚实、禁锢的现实世界中打造出一个可以苟延残喘的小孔，以缓解绝望、无奈的紧张情绪。

总体而言，品钦的小说中渗透着他的熵化理论。他从热力学和信息论中关于"熵"的理论出发，建构小说。熵指在一个封闭的热力系统中，分子的运动由于不能与外界进行物质交换而越来越混乱，直至达成新的平衡状态。熵即是这种热力平衡状态的度量单位。封闭系统中熵值越大，内部也越混乱。当熵值最大时，热能散尽，所有的有机运动都会停止。在社会生活中，人们在接受海量的信息时，人与人之间的信息和情感交流也越困难。信息内容的纷繁复杂，导致人难以准确把握和理解，从而造成人被信息异化的过程。文化信息的熵值越高，人的思想和感情也就像热能一样不能传递，因而人与人之间也就越发缺乏交流，从而越孤独，思想也就越沉寂，人类的危机也就在所难免。

黑色幽默小说颠覆了现代性话语中的理性、正义、秩序、终极目的等追求，努力激活新的欲望话语。虽然还没有形成更高层次上的综合，显得感性化、分裂化、碎片化，但以其鲜活丰饶的艺术景观成为文学史上的重要环节。

结　语
面对后现代主义的挑战

后现代主义认为，语言不能指涉自身之外的任何事物，世界、现实和过去都不在语言所能指涉的范围内。叙事理论的话语研究必然要面对后现代主义的挑战，必须要回答叙事的现实指向功能和所能实现的批判的力度。然而，叙事是可以指向现实的，是能够有所指的，而且有时会成为行动的命定的依据。叙事理论的话语批判也应该能够成为实际行动的注脚，可以从新历史主义那里寻求纠正叙事理论话语研究局限性的理论指引。

新历史主义认为历史与虚构叙事有相似性。海登·怀特认为，历史被编撰成历史记事，记事再被转换为故事，而故事再被赋予意义也就是被阐释，其中最后一步是更为重要的历史编写步骤。怀特把将编年记录赋予情节的做法称为"情节化操作"，这样历史编写不仅仅涉及事件本身，更在于如何把编年事件改造为故事所要做的情节化处理。一个事件是否会成为情节，并不在于它自身，而在于它在故事发展过程中的作用。而事件一旦经情节化而成为故事，事件也就获得了某种解释。史书的叙述都有把历史事件情节化或故事化的倾向，要创造出故事之间的连续性。

在情节化过程中，已经涉及历史叙述与虚构叙述之间的关系问题。因此可以说，情节化既是一种叙述方式，也是一种解释手段。事实要想存在，必须先引入意义。怀特写道："这将要求人们不仅要把他们的著作当成信息来接受，而且要当成象征结构来读解。历史话语中所包含的那种潜在的、派生的、或内涵的意义就是它对构成其内容的那些事件所作的阐释。正是历史话语通常产生的这种阐释，使事件获得了在叙述性

结语 面对后现代主义的挑战

虚构作品中所见到的那种情节结构形式上的一致性,否则它们仍然只能是按年代顺序排列的一连串事件而已。"① 这种事件之间的连续性创造了时间和历史的连续性,这样事件才可以被理解,历史叙事使得历史事件可以被理解。蒲安迪曾经通过分析司马迁的《刺客列传》来说明,历史著作中的叙述人如何把特定的历史事件片段组合成故事,从而形成一个故事框架。怀特对类问题有解释:"因为故事并非'亲历',本来不存在'真实的'故事这类东西。故事是讲出来的或写出来的,而不是找出来的。至于'真实的'故事这种概念,实际上一种矛盾的措辞。所有的故事都是虚构的。"② 这意味着"事"只是为了显示过去的一部分而特别建立的一种话语类型的叙述,事件之间的因果关联恰是被这种特殊话语创造出来的,起源、目的都是这种叙述模式的基础。

从历史叙述的过程来看,它与虚构叙述类似,都有转换和隐喻的功能。而且历史叙述是被不断地涂擦和重写的,就像罗斯所说的"写在羊皮纸上的历史"。公元前165年,帕加马的欧迈尼斯二世发明了羊皮纸和犊皮纸。然后将一张张的羊皮纸折叠成页订在一起用来书写,这样形成的书柔韧耐用,成为此后4个世纪主要的书籍形式。希提对此有比较明确的了解:"直到回历三世纪初,书写的材料,是羊皮纸或纸草纸。有些书写在羊皮纸上的公文,在艾敏和麦蒙争哈里发职位的内战中,被人劫掠了去,后来洗刷干净之后,又卖到市场上来。"③ 罗斯的羊皮纸上的历史就意味着历史被不断地擦掉又被不断地重写,新旧历史叠加在一起,也可以说历史是一种虚构,它的面貌就是多种多样、各不相同的。罗斯认为羊皮纸式的小说以自己的诠释重写了各种官方的"羊皮纸",对各种原教旨主义的特权提出质疑。在罗斯看来:"小说将根深扎在历史文献中,总是与历史有着亲密的联系。然而与历史不同的是,小说的任务是将我们心智的、精神的以及想象的视野扩展到极致。

---

① [美]海登·怀特:《"描绘逝去时代的性质":文学理论与历史写作》,载拉尔夫·科恩:《文学理论的未来》,程锡麟等译,中国社会科学出版社1993年版,第53页。
② 同上书,第54—55页。
③ [美]菲利浦·希提:《阿拉伯通史》(上册),马坚译,商务印书馆1979年版,第260页。

结语　面对后现代主义的挑战

而'羊皮纸上的历史'通过将现实与魔幻，历史与对历史精神的、哲学的再诠释化合在一起正好能够做到这一点，因此可以认为这种'羊皮纸上的历史'是各种文化遗产中的经书——它们靠它们所创造的信仰的力量生存（在此我将荷马包含在内，他同样依靠文艺复兴时期古典文化有效性的绝对信念而得以保持其永恒魅力）——与这些经书所创造的无穷无尽的注释与评论（这些评注通常并不依靠他者而生存，每一评注都根据时代精神的需要取代前人的评注，就像荷马史诗和俄国古典小说各种译本之间的相互取代一样）——二者之间不断地游移和漂浮。"①

可以说，历史话语只能培育"真实性效果"，但永远达不到"真实"。历史从它所产生的虚构那里借来了叙述，因此历史与虚构叙述不可分。历史像现实主义小说一样，通过将叙述作为真实的能指，从它对叙述的拷问中抽出"真理性"。

新历史主义者认为"历史"和"文学"占据着同等重要的位置，要用同样的分析方法来对待。格林布拉特说，新历史主义将重点从"反映的层面"转移到"动态交流"的层面：即语境与文本之间的交流、内容与形式之间的交流。具体说，就是强调文学与历史之间的互动，有意识地让读者同相关作品保持某种距离，仔细审查有助于文本产生和使之带有文化活力的权力结构，并广泛关注社会机构和社会政治力量，以之取代对语言特性、叙事结构或人物塑造等文本细节方面的关注。叙事研究与话语批判结合起来，使叙事学走出了封闭的牢笼，它获得新生的源泉是社会历史语境及文化转向以来的理论，它要继续深入下去也应该继续在这条路上走下去。

亚里士多德认为历史叙述表现个别的真实，而虚构叙述则注重表现普遍的真实。金圣叹在总结前人论述和《水浒传》创作经验的基础上，也提出了类似的对小说与历史区分的标准，他在《读第五才子书法》中提出"《史记》是以文运事，《水浒》是因文生事。以文运

---

① ［意］安贝托·艾柯等：《诠释与过度诠释》，王宇根译，生活·读书·新知三联书店1997年版，第168页。

事，是先有是事生成如此，却要算计出一篇文字来，虽是史公高才，也毕竟是吃苦事。因文生事即不然，只是顺着笔性去，削高补低都由我。"他认为"顺着笔性去"作家可以驰骋艺术想象，顺着人物性格发展逻辑来写，不必受实际存在的个别事实的拘牵，具有较大的自由度。金圣叹认为小说不必求证于真人真事："若夫其人其事之为有为无，此固从来著书家之不计，而奈何今之读书者之惟此是求也。"历史从材料的真实可能转向故事的虚构，而文学从虚构的故事出发却可能通向真实世界。

实际上，叙事在联系观念和社会方面开始发挥重大作用，可以作为道德和伦理观念引进日常生活的叙述，可以通过布道、圣徒传、艺术和建筑、礼拜、朝圣之类的群众性宗教仪式发挥作用。这些经验赋予生活一种叙述形式，这种叙述形式无论是通过概念化方式还是戏剧性活动制定的，都把人民的行为和一种想象性的道德价值联系起来。人们可以从故事中抽取出理性原则，再将这些原则进行整理、编撰，作为伦理正当性的理性基础，从而为个体行为奠定基础。

对于进入文明社会的人来说，经常需要一个个可以被模仿的故事，只有先创造出故事之后，才能去行动来实践这个故事。而一旦有人实践过后，故事还会被继续讲述并加以修正，这样个人的情感和社会的行动模式都会被重新模仿和讲述。司马迁就是一个典型的例子。他作为"刑余之人"，要忍受宫刑的巨大痛苦和耻辱。那个年代"太上不辱先，其次不辱身，其次不辱理色，其次不辱辞令，其次诎体受辱，其次易服受辱，其次关木索被箠楚受辱，其次剔毛发婴金铁受辱，其次毁肌肤断支体受辱，最下腐刑，极矣！"[1] 况且，"仆虽怯懦欲苟活，亦颇识去就之分矣！何至自湛溺累绁之辱哉！且夫臧获婢妾犹能引决，况若仆之不得已乎！"[2] 生死关头，奴婢尚知保持尊严而"引决"，何况身为士大夫的司马迁身受如此大辱。而且，司马迁未必料不到大刑过后将要面对世俗的"谤议"，乡党的"戮笑"，"是以肠一日而九回，居则忽忽若有所

---

[1] 班固：《汉书·司马迁传》卷六十二，中华书局2002年版，第696页。
[2] 同上书，第697页。

结语　面对后现代主义的挑战

亡，出则不知其所往，每念斯耻，汗未尝不发背沾衣也。"① 可见，活下来需要更大的勇气，因为有比死更重要的事情需要自己来担当。

从自序来看，他忍辱负重完成《史记》，是因为司马谈的临终遗言："余先周室之太史也。自上世尝显功名于虞夏，典天官事。后世中衰，绝於予乎？汝复为太史，则续吾祖矣。今天子接千岁之统，封泰山，而余不得从行，是命也夫，命也夫！余死，汝必为太史；为太史，无忘吾所欲论著矣。"②当时，孔子的孝道已经深入人心，司马迁凭借孔子的孝悌观念活下去并完成《史记》，是一个正当而堂皇的理由。然而，司马谈临终之日在洛阳是否说过这样的话，我们已无从考证，因为除了司马迁所说的话，我们对司马谈一无所知。但司马谈作为深受到皇帝重视的史官，确没能留下一部值得引以为傲的史书，他壮志未酬的遗憾是可以想见的。《史记》中许多重要人物都在讲了一番令人敬佩的遗言之后才死去，从中可以看出，司马迁把祖先的行为作为神话图式付诸实践，以此作为个人的使命。

此外，司马迁在《史诗·太史公自序》中含蓄地自比孔子，"先人有言：'自周公卒五百岁而有孔子。孔子卒后至于今五百岁，有能绍明世，正《易传》，继《春秋》，本《诗》《书》《礼》《乐》之际？'意在斯乎！意在斯乎！小子何敢让焉。"③那么，他的《史记》也功在"绍明世"。这样的重任舍"小子"其谁？而这一切的基础都在能把声名传于后的不朽的文本——《史记》。他把孔子列为世家，写道："高山仰止，景行行止，虽不能至，然心向往之。"④ 司马迁的例子说明，个人只有用这种方式为自己的行动赋予意义，才会具有不可抗拒的影响力，才会在个人身上集聚起行动所需的意义和整个群体力量的支持。

"圣人"及祖先的行为和事迹在人类社会中是作为范例而存在的。在旧约中，祖先的行为或祖先叙述的故事都具有律法的效力。这样，历

---

① 班固：《汉书·司马迁传》卷六十二，中华书局2002年版，第697页。
② 司马迁：《史记·太史公自序》，中华书局1959年版，第3295页。
③ 同上书，第3296页。
④ 司马迁：《史记·孔子世家》，中华书局1959年版，第1947页。

结语　面对后现代主义的挑战

史和叙事的关系就颠倒了过来：不是叙事模仿了现实，而是历史或社会中的人模仿了故事。

在这个叙事中，祖先及圣人的过去不仅仅是一个故事，更是一种价值评判尺度。但过去的故事又可以通过命定的个人而获得重现。不过这里存在一个悖论，一个人获得了祖先的授权和嘱托，能够证明的人只有他自己。这个过程及事件不能进行论证，只能求助于叙事。可以说，在被叙述的文明社会历史中，听众和读者是被文本化了的社会。叙事虚构作品最终验证了柏拉图的观念：现实世界是对理式的模仿。如布赖恩·斯托克所说："对于一个正在发现读写能力的社会来说，需要有一种对行动的文本参照系统是很正常的，这种需要经常促使各种文学形式（并无存在的依据）的设计的产生：诸如虚假的谱系、想象性的历史重构，尤其是伪造手段的高度创造性的运用。因为在伪造一个文本时，伪造者却创造出了存在于所有文本中的那一套有序化的关系。这些手段可能被用于谋取不正当利益，但是它们也能够作为图式服务于人们相信为正义的、甚至受神灵激发的计划。"[①] 和祖先、前辈或神灵对话是个人获得授权的神圣仪式，为处于劣势地位的人提供行动的正当性和神圣性。历史话语从这个方面来讲与虚构并无不同。话语的普遍特征不能作为某种话语样式所独有。在历史写作中，话语机制是在场的。

20世纪后半叶的理论触摸现实世界的触角越来越敏感，其对现实世界的批判力度也有所增强。叙事理论中的话语批判把话语的批判功能放在话语与现实联姻的层面上，实现了文本与现实的双重批判。叙事理论与话语批判结合，试图描绘文学产生意义的系统，而并非阐释个体文本的意义，"它有什么意义"永远不会成为结构主义的问题，而"它如何产生意义"才是关键所在。叙事理论的话语研究运用叙事理论提供的工具，将叙事现象中所隐藏的话语权力关系揭示出来。话语本身就囊括了社会的政治、经济、文化等层面，因而叙事话语分析可以实现对现

[①] ［加］布赖恩·斯托克：《历史的世界，文学的历史》，拉尔夫·科恩《文学理论的未来》，程锡麟等译，中国社会科学出版社1993年版，第89—90页。

结语　面对后现代主义的挑战

实政治的批判，走出了单纯的文本范畴，实现了文本与现实的双重抵制和反抗。

叙事理论中的话语批评虽然是一种逆反的力量，但种种现实的阶级、政治、经济、种族问题乃至第三世界的温饱问题都是触目惊心的基本事实，话语批判虽然有力度但不能取代现实社会中的政治博弈。

参考文献

中文专著

1. ［美］保罗·德曼：《解构之图》，李自修等译，中国社会科学出版社 1998 年版。
2. ［美］丁乃通：《中西叙事文学比较研究》，陈建宪译，华中师范大学出版社 2005 年版。
3. ［美］弗·杰姆逊：《后现代主义与文化理论》，唐小兵译，陕西师范大学出版社 1986 年版。
4. ［美］韩南：《中国近代小说的兴起》，徐侠译，上海教育出版社 2004 年版。
5. ［美］苏珊·S. 兰瑟：《虚构的权威：女性作家与叙述声音》，黄必康译，北京大学出版社 2002 年版。
6. ［美］戴卫·赫尔曼主编：《新叙事学》，马海良译，北京大学出版社 2002 年版。
7. ［美］J. 希利斯·米勒：《解读叙事》，申丹译，北京大学出版社 2002 年版。
8. ［美］海登·怀特：《后现代历史叙事学》，陈永国、张万娟译，中国社会科学出版社 2003 年版。
9. ［美］海登·怀特：《形式的内容，叙事话语与历史再现》，董立河译，文津出版社 2005 年版。
10. ［美］海登·怀特：《元史学——十九世纪欧洲的历史想象》，陈新译，译林出版社 2004 年版。

参考文献

11. ［美］华莱士·马丁：《当代叙事学》，伍晓明译，北京大学出版社 2005 年版。

12. ［美］罗伯特·C.艾伦编：《重组话语频道》，麦永雄、柏敬泽等译，中国社会科学出版社 2000 年版。

13. ［美］劳拉·斯·蒙福德：《午后的爱情与意识形态 肥皂剧、女性及电视剧种》，林鹤译，中央编译出版社 2000 年版。

14. ［美］弗雷德里克·詹姆逊：《政治无意识：作为社会象征行为的叙事》，王逢振、陈永国译，中国社会科学出版社 1999 年版。

15. ［美］弗雷德里克·詹姆逊：《批评理论和叙事阐释》，王逢振编，中国人民大学出版社 2004 年版。

16. ［美］哈罗德·布鲁姆：《影响的焦虑：一种诗歌理论》，徐文博译，江苏教育出版社 2006 年版。

17. ［美］里蒙·凯南：《叙事虚构作品》，姚锦清等译，北京大学出版社 1987 年版。

18. ［美］乔纳森·卡勒：《结构主义诗学》，盛宁译，中国社会科学出版社 1991 年版。

19. ［美］阿瑟·阿萨·伯格：《通俗文化、媒介和日常生活中的叙事》，姚媛译，南京大学出版社 2000 年版。

20. ［美］詹姆斯·费伦主编：《当代叙事理论指南》，申丹等译，北京，北京大学出版社 2007 年版。

21. ［加］安德烈·戈德罗、［法］弗朗索瓦·若斯特：《什么是电影叙事学》，刘云舟译，商务印书馆 2005 年版。

22. ［法］贝尔纳·瓦莱特：《 小说——文学分析的现代方法和技巧》，陈艳译，天津人民出版社 2003 年版。

23. ［法］保罗·利科：《 虚构叙事中的时间塑形：时间与叙事卷二》，王文融译，生活·读书·新知三联书店 2003 年版。

24. ［法］米歇尔·福柯：《 知识考古学》，谢强、马月译，生活·读书·新知三联书店 1998 年版。

25. ［法］米歇尔·福柯：《 疯癫与文明》，刘北成、杨远婴译，生活·读书·新知三联书店 1999 年版。

26. [法] 米歇尔·福柯：《词与物》，莫伟民译，生活·读书·新知三联书店 2001 年版。
27. [法] 米歇尔·福柯：《规训与惩罚：监狱的诞生》，刘北成，杨远婴译，生活·读书·新知三联书店 1999 年版。
28. [法] 米歇尔·福柯：《临床医学的诞生》，刘北成译，译林出版社 2001 年版。
29. [法] 蒂博代：《六说文学批评》，赵坚译，生活·读书·新知三联书店 2002 年版。
30. [法] 托多罗夫：《批评的批评》，王东亮、王晨阳译，生活·读书·新知三联书店 1988 年版。
31. [法] 托多罗夫：《巴赫金、对话理论及其他》，蒋子华、张萍译，百花文艺出版社 2001 年版。
32. [法] 克洛德·列维-斯特劳斯：《野性的思维》，李幼蒸译，商务印书馆 1987 年版。
33. [法] 罗兰·巴特：《符号学原理》，王东亮等译，生活·读书·新知三联书店 1999 年版。
34. [法] 雅克·德里达：《文学行动》，赵兴国等译，中国社会科学出版社 1998 年版。
35. [法] A. J. 格雷马斯：《结构语义学》，蒋梓骅译，百花文艺出版社 2001 年版。
36. [法] 让-弗朗索瓦·利奥塔：《后现代状态》，车槿山译，生活·读书·新知三联书店 1997 年版。
37. [英] 戴维·洛奇：《小说的艺术》，王峻岩译，作家出版社 1997 年版。
38. [英] 休·索海姆：《激情的疏离：女性主义电影理论导论》，艾晓明、宋素凤、冯芃芃等译，广西师范大学出版社 2007 年版。
39. [荷] 米克·巴尔：《叙述学：叙事理论导论》，谭君强译，中国社会科学出版社 2003 年版。
40. [美] 伊恩·P. 瓦特：《小说的兴起》，高原、董红均译，生活·读书·新知三联书店 1992 年版。

参考文献

41. 钱中文编：《巴赫金全集》，河北教育出版社1998年版。
42. 陈林侠：《文化视阈中的影像叙事》，武汉大学出版社2007年版。
43. 陈平原：《中国小说叙事模式的转变》，北京大学出版社2004年版。
44. 戴锦华：《电影理论与批评》，北京大学出版社2007年版。
45. 丁建新：《叙事的批评话语分析：社会符号学模式》，重庆大学出版社2007年版。
46. 董小英：《叙述学》，社会科学文献出版社2001年版。
47. 傅修延：《先秦叙事研究——关于中国叙事传统的形成》，东方出版社1999年版。
48. 傅修延：《文本学——文本主义文论系统研究》，北京大学出版社2004年版。
49. 高小康：《中国古代叙事观念与意识形态》，北京大学出版社2005年版。
50. 郝朴宁、李丽芳：《影像叙事论》，云南大学出版社2007年版。
51. 胡全生：《英美后现代主义小说叙述结构研究》，复旦大学出版社2002年版。
52. 李显杰：《电影叙事学，理论和实例》，中国电影出版社2000年版。
53. 罗钢：《叙事学导论》，云南人民出版社1994年版。
54. 申丹、韩加明、王丽亚：《英美小说叙事理论研究》，北京大学出版社2005年版。
55. 申丹：《叙述学与小说文体学研究》，北京大学出版社1998年版。
56. 王宁、薛晓源主编：《全球化与后殖民批评》，中央编译出版社1998年版。
57. 杨念群主编：《新史学》，中华书局2007年版。
58. 杨义：《中国叙事学》，人民文学出版社1997年版。
59. 张鹤：《虚构的真迹，书信体小说叙事特征研究》，人民文学出版社2006年版。
60. 张寅德编选：《叙述学研究》，中国社会科学出版社1989年版。
61. 赵毅衡：《苦恼的叙述者》，十月文艺出版社1994年版。
62. 赵毅衡：《当说者被说的时候》，中国人民大学出版社1998年版。

期刊论文

1. 车槿山：《比较叙事学的设想》，《中国比较文学》2006 年第 2 期。
2. 龙迪勇：《反叙事：重塑过去与消解历史——叙事学研究之二》，《江西社会科学》2001 年第 2 期。
3. 龙迪勇：《叙事学研究之五 梦：时间与叙事》，《江西社会科学》2002 年第 8 期。
4. 龙迪勇：《论现代小说的空间叙事》，《江西社会科学》2003 年第 10 期。
5. 龙迪勇：《寻找失去的时间——试论叙事的本质》，《江西社会科学》2000 年第 9 期。
6. 申丹：《小说艺术形式的两个不同层面》，《外语教学与研究》2004 年第 2 期。
7. 申丹：《修辞学还是叙事学？经典还是后经典？——评西摩·查特曼的叙事修辞学》《外国文学》2002 年第 2 期。
8. 申丹：《多维进程互动——评詹姆斯·费伦的后经典修辞性叙事理论》，《国外文学》2002 年第 2 期。
9. 申丹：《语境、规约、话语——评卡恩斯的修辞性叙事学》，《外语与外语教学》2003 年第 1 期。
10. 申丹：《叙事结构与认知过程——认知叙事学评析》，《外语与外语教学》2004 年第 9 期。
11. 申丹：《经典叙事学究竟是否已经过时？》，《外国文学评论》2003 年第 2 期。
12. 申丹：《解构主义在美国》，《外国文学评论》2001 年第 2 期。
13. 申丹：《〈解读叙事〉的本质究竟是什么？》，《外国文学评论》2004 年第 2 期。
14. 申丹：《"故事与话语"解构之"解构"》，《外国文学评论》2002 年第 2 期。
15. 申丹：《究竟是否需要"隐含作者"——叙事学界的分歧和网上的对话》，《国外文学》2000 年第 3 期。

213

16. 申丹:《叙事形式与性别政治——女性主义叙事学评析》,《北京大学学报》2004 年第 1 期。
17. 申丹:《"话语"结构与性别政治——女性主义叙事学"话语"研究评介》,《国外文学》2004 年第 2 期。
18. 申丹:《语境叙事学与形式叙事学缘何相互依存》,《江西社会科学》2006 年第 10 期。

英文

1. Ansgar Nünning, "'But why will you say that I am mad?' On the Theory, History, and Signals of Unreliable Narration in British Fiction", *Arbeiten aus Anglistik und Amerikanistik* 22 (1997).

—, "The Creative Role of Parody in Transforming Literature and Culture: An Outline of a Functionalist Approach to Postmodern Parody", *European Journal of English Studies* 3 (1999).

—, "Crossing Borders and Blurring Genres: Towards a Typology and Poetics of Postmodernist Historical Fiction in England since the 1960s", *European Journal of English Studies* 1 (1997).

2. David Herman, Manfred Jahn & Marie-Laure Ryan eds., *Routledge Encyclopedia of Narrative Theory*, London & New York: Routledge, 2005.

3. Fredric Jameson, *Marxism and Form*, Princeton: Princeton University Press, 1971.

4. F. K. Stanzel, *A Theory of Narrative*, Cambridge: Cambridge University Press, 1984.

5. James Phelan & Peter J. Rabinnowitz, *A Companion to Narrative Theory*, Blackwell Publishing, 2005.

6. James Phelan, *Narrative as Rhetoric*, Columbus: Ohio State University Press, 1996.

—, "Why Narrators Can Be Focalizers", *New Perspectives on Narrative Perspective*, (eds.) Willie van Peer and Seymour Chatman, Albany: SUNY Press, 2001.

—, *Worlds from Worlds*, Chicago: University of Chicago Press, 1981.

—, *Reading People, Reading Plots*, Chicago: University of Chicago Press, 1989.

7. John Berger, *Ways of Seeing*, London: British Broadcasting Corporation &Penguin Books, 1972.

8. Josephine Donovan, "Feminist Style Criticism", *Images of Women in Fiction*, (ed.) Susan Koppelman Cornillon, Bowling Green: Bowling Green State University Press, 1981.

9. Mark Currie, *Postmodern Narrative Theory*, New York: St. Martin's Press, 1998.

10. Micheal Kearns, *Rhetorical Narratology*, Lincoln and London: University of Nebraska Press, 1999.

11. Patrick O'Neill, *Fictions of Discourse: Reading Narrative Theory*, Toronto: University of Tonronto Press, 1994.

12. Peter Brooks, *Reading for the Plot: Design and Intention in Narrative*, New York: A. A. Knopf, 1984.

13. Robyn R Warhol, *Gendered Interventions: Narrative Discourse in the Victorian Novel*, New Brunswick and London: Rutgers University Press, 1989.

—, "The Look, the Body, and the Heroine of *Persuasion*: A Feminist-Narratological View of Jane Austin", *Ambiguous Discourse: Feminist Narratology and British Women Writers*, (ed.) Kathy Mezei.

—, "Neonarrative; or, How to Render the Unnarratable in Realist Fiction and Contemporary Film", *A Companion to Narrative Theory*, (ed.) James Phelan and Peter Rabinowitz, Oxford: Blackwell, 2005.

14. Seymour Chatman, *Story and Discourse: Narrative Structure in Fiction and Film*, Ithaca: Cornell University Press, 1978.

—, "On Deconstructing Narratology", Style 22 (1988).

—, "The 'Rhetoric' of 'Fiction'", *Reading Narrative*, (ed.) James Phelan, Columbus: Ohio State University Press, 1989.

—, *Coming to Terms: The Rhetoric of Narrative in Fiction and Film*, Ithaca:

Cornell University Press, 1990.

15. Steven Cohan, *Telling Stories: A Theoretical Analysis of Narrative Fiction*, New York: Routledge, 1988.

16. Susan S. Lanser, *Fictions of Authority: Women Writers and Narrative Voice*. Ithaca: Cornell University Press, 1992.

—, "Toward a Feminist Narratology," *Style* 20 (1986), reprinted in *Feminism: An Anthology*, edited by Robyn R. Warhol and Diane Price Herndl, New Brunswick: Rutgers University Press, 1991.

—, "Shifting the Paradigm: Feminism and Narratology", *Style* 22 (1988).

—, "Sexing the Narrative: Propriety, Desire, and the Engendering of Narratology", *Narrative* 3 (1995).

17. Wayne C. Booth, *The Rhetoric of Fiction* (2nd edition), Harmondsworth: Penguin Books, 1983.

—, "Introduction", *Problems of Dostoevsky's Poetics by Mikhail Bakhtin*, (ed. & tr.) Caryl Emerson, Minneapolis: University of Minnesota Press, 1984.

—, "Resurrection of the Implied Author: Why Bother?" *A Companion to Narrative Theory*, (eds.) James Phelan and Peter Rabinowitz, Oxford: Blackwell, 2005.

后　记

　　书写完了，有的并非是成就感，而是深深的遗憾。自己知道，书中很多地方还可以继续深入下去，对某些理论的把握还有待加强。但只能自己安慰自己，一本书是一个学术成果，也是一个学术训练的过程，同时也是学术生涯的新起点。内心深处，自己知道，书中的缺憾会鞭策自己进行可持续性的努力，以期在学术领域更上一层楼。

　　原来对于叙事理论和话语的看法略显偏激，在本书中有所修正，心态上更为平和了，也可以说是学术包容性更强了。作为第一本学术专著，书中也包括自己近年来对中国形象的影像叙事问题和西方现代小说研究的一点心得。

　　本书是在博士论文的基础上整理、扩充而成的。博士论文的选题、开题及全部的写作过程，都由恩师杨恒达教授悉心指导。他为人宽厚，治学严谨，为人、为学、为师都值得我终身学习。整整三年的学习过程都渗透着老师的鼓励和支持。学生对老师的感激之情总是表达不尽的，但还是要说，谢谢杨老师。

　　此外，论文开题过程中人大的黄克剑老师、杨慧林老师和耿幼壮老师都提出了建设性或批评性的意见，在此表示感谢。人大三年的学习生活中，杨煦生老师多次无私地帮助过我，感激不尽。读博期间，我的硕士导师首都师范大学的易晓明老师也多次给予鼓励和支持，让我倍感温暖。

　　责任编辑慈明亮老师为本书顺利完成付出了大量的时间精力，他的敬业精神让我惭愧，感激不尽，在此谨致由衷的谢意。

　　感谢我的家人，他们是我永远的精神支柱，是我可以撒娇和撒野的

| 后　记 |

　　肆意妄为的温情空间，是我生活中最温润的组成部分。
　　多年来，我一直关注叙事理论的发展，已经用尽了"洪荒之力"，但才疏学浅，不足之处在所难免，恳请各位专家、学者指正。

马　婷
2016 年 11 月